Sam Shepard **Spencer Tracy ist nicht tot** *Erzählungen*

Aus dem Englischen von Reinhard Kaiser *S. Fischer*

Die Originalausgabe erschien 1996 unter dem Titel
›Cruising Paradise‹ im Verlag Alfred A. Knopf, Inc., New York.

Satz: S. Fischer Verlag auf Apple Macintosh/QuarkXPress
Druck und Bindung: F. Spiegel Buch GmbH, Ulm
Printed in Germany 1997
ISBN 3-10-074416-0

Gedruckt auf chlor- und säurefreiem Papier

Inhalt

Für
John Dark,
meinen Sohn Jesse
und Tage mit Garcia y Vega

»Ich habe einen Sohn von dir«, sagte sie zu mir. »Dort ist er.« Und sie zeigte auf einen großen, dünnen, erschrocken dreinblickenden Jungen: »Nimm den Hut ab, damit dein Vater dich sehen kann!«
Und der Junge nahm den Hut ab. Er war genau wie ich, hatte etwas Verschlagenes im Blick. Etwas davon mußte er von seinem Vater haben.
»Sie nennen ihn auch ›El Pichón‹«, fuhr die Frau fort, die jetzt meine Frau ist. »Aber er ist kein Bandit und kein Mörder. Er ist ein guter Mensch.«
Ich ließ den Kopf hängen.

Juan Rulfo

Der Selfmademan Für ihn begann es in einem Moment ohrenbetäubender Stille. Etwas löste sich ab und fiel weg. Instinktiv verstand sein Herz, daß dieses »Etwas« die langgehegte Vorstellung war, er sei ein unverwechselbares Individuum; ein amerikanisches Wesen mit Namen »Selfmademan«. Generationen jähzorniger Vorfahren, alle mit dem gleichen kantigen Unterkiefer und der gleichen knorrigen Nase, hatten ihm das mitgegeben. Er hatte Bilder von ihnen auf dem Kaminsims stehen. Blechfotos, noch aus dem Bürgerkrieg, von seinem Ururgroßvater; einem Mann namens Lemuel P. Dodge, der im Kampf für den Norden ein Ohr verlor und im Kampf für den Süden einen Arm und den man schließlich wegen »Schürzenjägerei« in Ojinaga hängte und durch die staubigen Straßen schleifte, bis sich sein Kopf vom Rumpf trennte. Es gab andere: Männer mit langen Bärten unter Strohhüten mit breiten Krempen, zu dritt nebeneinander auf riesigen Heuwagen stehend, hölzerne Gabeln in den Händen, fast biblisch vor dem Präriehimmel. Eisenbahner, die auf den Schienenräumern von Lokomotiven hockten und mit Melonen winkten; die sich ihren Weg durch Granitgebirge sprengten; unaufhaltsam in ihrem unerschütterlichen Glauben an ihre göttliche Bestimmung Richtung Westen. Dann spätere Generationen, denen das rätselhafte Glimmen des Zweifels in den Augen aufzugehen beginnt. Kampfflieger mit Lederhelmen und Seidenschals, die sich an den Tragflächen einer P 38 festhalten, doch das tapfere Lächeln in die Kamera hat schon einen Knick, wie bei einem Lamm, das weiß, seine Zeit ist gekommen.

Abends, wenn der Schein des Feuers über den steinernen Kaminsims flackerte, studierte er diese Gesichter manchmal. Er nahm die Rahmen in die Hand, um sie von nahem zu betrachten, wanderte rauchend im Zimmer umher und hielt die Glasscheibe so schräg, daß der Feuerschein ihn nicht blendete. Er setzte sich, nahm die Porträts auf den Schoß und staubte sie behutsam, liebevoll mit seinem blauen Taschentuch ab. Er spürte, es gab eine Verbindung, wirklicher als bloß vorgestellt. Wirklicher als die Verbindung zu seinen lebenden Verwandten, die heute verstreut in den abgelegensten Ecken des Landes wohnten: an Orten wie Tampa oder Seattle, zu denen ihn nichts hinzog. An Orten, die genausogut auf der Rückseite des Mondes hätten liegen können. Alleinsein war eine Naturtatsache, ging es ihm durch den Kopf. Er hatte gelernt, nicht über sie hinaus zu sehen und zu suchen; auf die Tricks des Verstandes, wenn es um Frauen ging, nicht mehr hereinzufallen; und schon gar nicht auf all das, was nach Verführung aussah. In der Vergangenheit hatte sich das nie ausgezahlt. Auf den Verstand war in dieser Beziehung kein Verlaß. Der Verstand hatte ihm immer nur furchtbaren Kummer bereitet. Jetzt hatte er immerhin einen kleinen Waffenstillstand mit sich selbst geschlossen.

Er stand auf und stellte das Foto an seinen Platz auf dem Kaminsims zurück: das von seinem Großvater am Steuer eines alten Ford-Pickup mit einem störrischen Maulesel im Schlepptau. Eine Zeitlang blieb er noch bei dem Bild und lauschte den Eulen, die draußen im Wipfel des alten Tulpenbaumes ihre Jungen fütterten. Es war ein nächtliches Ritual, mit dem er inzwischen jedes Frühjahr rechnete. Er nahm seine Taschenlampe, trat leise auf die Veranda hinaus und ließ den Strahl über den breiten, rissigen Stamm gleiten, bis er das Nest in einen perfekten Lichtkreis eingeschlossen hatte. Dieses Jahr waren es zwei Junge, und sobald sie das Licht auf ihren Augen spürten, verstummten sie. Die Mutter schwebte mit einer kleinen schwarzen Schlange in den Klauen über ihnen. Sie hatte dem Lichtstrahl ihren Rücken zugewendet, breitete die Flügel aus und ließ sich nieder. Zirpfrösche orgelten sich in den Vordergrund, verdrängten das Eulengeschrei und sanken zurück, gingen unter im fernen Dröhnen eines Sattelschleppers auf dem Weg nach Süden. In der Hoffnung, die Eulen würden mit ihrem Radau noch einmal anfangen, knipste er die Lampe aus; in der Hoffnung, irgend etwas würde die zunehmende Stille ausfüllen. Er lauschte auf blökende Kälber in der Ferne. Nichts. Er lauschte auf ein Anzeichen von Wind. Nichts. Er hüstelte, um wenigstens sich selbst zu hören; die eigene Anwesenheit zu spüren. In seinen Ohren klang das wie ein Mensch. Irgendein Mensch. Ein Mensch ohne Charakter. Als hätte ein Fremder hinter ihm die Veranda betreten. Er sah sich um. Da war niemand. Nur sein Atem. Pochendes Blut. Er wollte schon sprechen, aber zu wem? dachte er. Was sagen? In wessen Namen? Sein Herz klopfte schneller, und alle Sprache, die in ihm war, schien sich ganz hinten in seinem Hals zu einem pulsierenden Knoten zu ballen. Sie brannte, als hätte sich da eine kleine schwarze Walnuß festgesetzt, die ihm nun die Kehle verstopfte. Panik überkam ihn. Plötzlich war da keine Grenze mehr zwischen seiner Haut und der Nacht; zwischen seinem Atem und der stickigen Luft um ihn. Er sah noch einmal zu dem massigen dunklen Baum hinauf. Das Auge der Eulenmutter blinzelte zu ihm herab. Gelb, dann schwarz. Sein eigenes Auge erlosch. Leere füllte ihn ganz aus. Es war, als würde sie ihn durchrauschen und jeden Gedanken, jedes Gefühl mit sich reißen. Sie ließ nichts zurück außer dem alles durchdringenden Bewußtsein seines eigenen Atmens. Eines Rhythmus, den er weder hervorbrachte noch kontrollierte. Frieden, dachte er, und so rasch, wie der Gedanke Gestalt annahm, verließ ihn der Friede.

16/7/94 (Del Rio, Texas)

Der echte Gabby Hayes Ich war sieben, und ich war mit meinem Vater raus in die Mojave gefahren, der Ort hieß Hot Springs. Wir hatten uns da draußen ein kleines Stück Wüste angesehen, das er von einem Immobilienhausierer gekauft hatte, der auf unserem Küchentisch bunte Prospekte ausgebreitet hatte. Bilder von glitzernden Swimmingpools, smaragdgrüne Golfplätze, ein Clubhaus – alles sollte erst noch gebaut werden. Als wir hinkamen, war da nur blanke, unberührte Wüste. Ich half meinem Vater, sein Stückchen Land an allen vier Ecken mit Eisenstangen abzustecken, an denen kleine orange Fähnchen im Wind knatterten. Als wir fertig waren, kam es mir eher wie ein Friedhof vor. Den Rest des Nachmittags verbrachten wir damit, aus einem 22er-Revolver auf rostige Bohnenbüchsen zu schießen und Schlangen zu suchen. Er wollte eine Klapperschlange mit nach Hause bringen und meiner Mutter zeigen. Eine grüne aus der Mojave. »Bloß als Beweis, daß wir hier draußen waren«, sagte er. »Damit sie nicht auf irgendwelche Ideen kommt. Am Ende glaubt sie noch, ich würde rumludern oder was weiß ich.«

»Hast du mich deshalb mitgenommen?« fragte ich.

»Was soll das heißen – ›deshalb‹?«

»Damit sie nicht denkt, du würdest rumludern?«

»Du weißt ja nicht mal, was rumludern bedeutet, oder? Sieben Jahre bist du. Woher willst du da wissen, was es bedeutet?« Er drehte mir den Rücken zu und ging davon, trat gegen eine leere Büchse und lud den Zweiundzwanziger neu. Ich wußte, er war sauer auf mich, weil ich ihn das gefragt hatte. Ich folgte ihm und hob die leeren Patronenhülsen auf, wenn sie in den Sand gefallen waren. Eine andere Büchse warf er in die Luft und feuerte. Daneben. Er entlud den ganzen Revolver in den Himmel und schoß jedesmal daneben, wenn er eine Büchse hochwarf. Es war mir peinlich, seinetwegen, und ich tat, als würde ich nichts mitbekommen. Ich fand einen Stock von einem schwarzen *manzanita*-Busch und fing an, Karos in den Sand zu zeichnen. Er sah sich über die Schulter nach mir um und lud von neuem. Schweiß tropfte ihm von der Nase, und er blies danach, als wollte er eine Fliege verscheuchen. »Na, was hältst du von dem Stückchen Wüste hier? War doch ein gutes Geschäft, findest du nicht? Wir zwei sollten einfach unsere Zelte abbrechen und hier rausziehen. Da können uns die Frauen gestohlen bleiben.« Er lachte und schoß noch einmal, nach einer Büchse auf dem Boden. Ich war mir nicht sicher, ob er getroffen hatte, ich sah nämlich nicht hin, aber Metall hörte ich nicht scheppern. Ich hoffte jedoch, daß er getroffen hätte, weil ich dachte, es würde ihn vielleicht ein bißchen besänftigen. Ihn auf andere Gedanken bringen. Immer wieder nahm er lange Schlucke aus einem Flachmann, der, in eine Papiertüte gewickelt, in seiner Gesäßtasche steckte. Er versuchte, freundlicher zu mir zu sein. Ich konnte es an seiner Stimme hören. Irgendwie versuchte er mich einzubeziehen, als wäre ich ein Mitverschwörer. Aber je mehr er das versuchte, desto größer kam mir der Abstand zwischen uns vor. Auch er schien das zu spüren, aber er konnte nichts dagegen tun. »Manchmal ist es gut, wenn man irgendwo für sich sein kann. An einem Plätzchen wie dem hier, wo man sich verkriechen kann, von dem keiner was weiß. Findest du nicht?« Er schoß noch einmal, diesmal auf einen riesigen Eselhasen, aber er kam nicht mal in seine Nähe. Der Hase blieb einfach sitzen und starrte ihn an. »Das war meine Idee bei diesem Stück Land. Ein kleines Wüstenversteck. Kann nicht immer den Familienvater spielen. Ich und du, wir könnten hier draußen ein Flaschenhaus bauen, wenn du ein bißchen älter bist. Was hältst du davon?«

»Was ist denn ein Flaschenhaus?« fragte ich, ohne ihn anzusehen.

»Das weißt du doch! Ein Flaschenhaus – wie die Soldaten in der Wüste sie bauen. Hast du bestimmt schon mal gesehen! Aus lauter verschiedenen Flaschen, wie kleine Ziegelsteine übereinander. Verschiedene Farben. Gibt ein schönes Licht, wenn die Sonne sie richtig trifft.«
»Bestimmt«, sagte ich, immer noch mit dem Stock herumspielend.
»Wir besorgen uns ein paar Packesel. Ziehen rum und suchen nach Schätzen. Hier draußen gibt es nämlich noch Schätze, weißt du. Das ist unerforschtes Gebiet.«
»Was für Schätze?«
»Spanische Kriegsbeute. Cabeza de Vaca muß genau hier durchgekommen sein. Mal von ihm gehört? Der Name bedeutet ›Kuhkopf‹. Hatte offenbar einen großen, häßlichen Schädel. Nach allem, was man weiß. Möchte wetten, er kam genau hier durch, als er nach Cibola suchte.«
»Was ist denn das?«
»Die Sieben Goldenen Städte. Das lernst du noch, wenn du Geschichte bekommst. Du hast wohl noch keine Geschichte.«
»Nein. Nur Dinosaurier.«
»Also, das war lange nach den Dinosauriern. Das war, als die Spanier diese Idee hatten, irgendwo würde es eine Stadt ganz aus Gold geben. Ich weiß nicht, wie sie darauf kamen, aber sie waren fest davon überzeugt, hier draußen im Westen müßte sie irgendwo sein.«
»Haben sie sie gefunden?«
»Ach, was! Aber der alte de Vaca hatte einen Neger als Diener – einen Mohren, so nannten sie die damals, glaube ich. Einen Riesenkerl von einem Neger, den machte de Vaca zum Kundschafter. Schickte ihn los, nach den goldenen Städten suchen, und eines Tages kam der Neger ins Lager zurück und berichtete de Vaca, er hätte sie endlich gefunden. Sie brachen sofort auf, und der Mohr zeigte ihnen den Weg, und als sie hinkamen, stellte sich raus, daß es sich um

ein Dorf der Pueblo-Indianer handelte, das in eine Felswand gehauen war. Wenn die Sonne zu einer bestimmten Tageszeit auf das Pueblo schien, sah es aus, als wäre es aus

Gold. Da ließ de Vaca den Mohr enthaupten.«

»Enthaupten?«

»Tja! Hackte ihm einfach den Kopf ab. Gleich an Ort und Stelle.« Mein Dad ging weiter und ließ mich mit dem Bild von dieser Enthauptung zurück. Direkt vor mir blinzelte eine Kröte voller Warzen. Hätte sie nicht geblinzelt, wäre sie mir gar nicht aufgefallen. »Egal, das hier wäre jedenfalls genau die richtige Stelle für ein kleines Versteck. Bloß wir beide.«

»Du meinst, wir sollten allein hier draußen wohnen?« fragte ich ihn.

»Na ja, nicht andauernd. Nicht für immer. Es wäre eben ein Schlupfwinkel. Niemand wüßte davon, außer dir und mir. Wäre unser kleines Geheimnis. Müßten natürlich Wasser herholen. Das ist das Hauptproblem hier draußen, nämlich Wasser. Schätze, wir könnten es aus Indio holen. Einen Brunnen graben.«

»Und Mom würden wir nie mitnehmen?« Diese Frage machte ihn anscheinend wieder sauer. Er trat nach dem Sand und ließ die Trommel seines Revolvers kreisen.

»Sie ist nicht der Wüstentyp«, sagte er. »Wälder sind ihr Ding. Wälder und Seen. Mittlerer Westen und so.« Er feuerte auf einen alten Benzinkanister, der so nah lag, daß er ihn nicht verfehlen konnte. »Sie hat es gern, wenn alles zu ist und man kein Tageslicht sieht. Nicht mein Fall. So'n Flaschenhaus wäre genau richtig. All die verschiedenfarbigen Lichtstrahlen.«

Wir fuhren über den Sand zurück zur Asphaltstraße und hielten bei einem Dattelstand an, über dem ein Schild in großen handgemalten roten Buchstaben verkündete »Dattel-Shakes«. Mein Vater fragte den mexikanischen Besitzer nach dem Weg zu einem Gasthaus namens Shadow Mountain Inn – eine Art Country Club, an den er sich aus seiner Zeit bei der Air Force erinnerte. Wir teilten uns eine Schachtel Datteln, die mit Kokosraspeln gefüllt waren, dabei leckte er sich ständig die Finger und sagte: »Das schlägt jeden Schokoriegel um Längen!« Wir fanden den Shadow Mountain Inn und parkten direkt davor. Er wickelte den Zweiundzwanziger in eine alte Wettzeitung und verstaute ihn unter dem Beifahrersitz. Er nahm noch einen langen Schluck aus seiner Flasche und versteckte sie dann im Handschuhfach unter ein paar vergilbten Straßenkarten. Plötzlich hatte ich das Gefühl, ich müßte auch irgendwas verstecken, aber ich wußte nicht, was.

Während wir über den Parkplatz gingen, sagte er zu mir, es wäre ein sehr exklusiver Club, und wir müßten so tun, als würden wir dazugehören. Mir war noch nie der Gedanke gekommen, daß »so tun als ob« ein Teil des Lebens sein könnte. »Alles hängt davon ab, wie man sich gibt«, sagte er. »Wenn du da reingehst und so tust, als würdest du nicht dazugehören, wenn du dir selbst komisch vorkommst oder so, dann merken sie es sofort. Verhalte dich einfach natürlich und entspannt, wie ein anständiger Bürger.«

Wir setzten uns an die Mahagonibar, und mein Vater bestellte sich einen Martini, in dem weiße Perlzwiebeln herumschwammen. Er zog eine Schale mit Erdnüssen heran und stellte sie zwischen uns. Ich dachte, die Erdnüsse würden vielleicht jemand anderem gehören, sie standen ja schon auf der Theke, aber er griff einfach zu. Ich hatte noch nie erlebt, daß er sich einen Martini bestellte. Vermutlich wollte er den Barkeeper beeindrucken. Zu Hause bestellte er immer Bourbon und Soda. Ich bekam eine Kirschcola mit einer Zitronenscheibe drin, und gerade in dem Moment, als die Cola kam, sah ich Gabby Hayes. Den echten Gabby Hayes. Zuerst konnte ich es nicht glauben. Ich starrte andauernd zu ihm rüber, weil ich sicher sein wollte, bevor ich es meinem Dad sagte. Der weiße Bart faszinierte mich.

Da saß er, lebensgroß, in einer Plüschecke, schmale schwarze Bolo-Krawatte und schimmernder Smoking, an einem hellichten Nachmittag in der Wüste. Draußen waren es ungefähr 43 Grad, so heiß, daß der Asphalt schmolz, und Gabby Hayes trug einen Smoking. Bei ihm waren zwei junge blonde Frauen in enganliegenden Cocktailkleidern, die von Schmuck und Sex nur so trieften. Schon mit sieben konnte ich Sex erkennen, wenn ich welchen sah. Da gab es für mich kein Vertun. Die beiden ließen Krabben, die sie in rote Soße getunkt hatten, vor seiner Nase baumeln und kicherten dazu und knabberten an seinen kräuseligen Ohren. Eine von ihnen hatte eine Hand auf seinem Schoß, unter einer weißen Leinenserviette. »Dad, da drüben, das ist Gabby Hayes! Der echte Gabby Hayes!« flüsterte ich bedeutungsvoll. Aus irgendeinem Grund klopfte mir das Herz, mein Atem kam stoßweise und trocken. Mein Vater drehte sich auf seinem Hocker steif zur Seite, und ich konnte den fuseligen Schweiß auf seinem sonnenverbrannten Nacken riechen. Er blickte zu der Sitzecke hinüber und wendete sich dann wieder seinem Drink zu.

»Das hat man davon, wenn man reich und berühmt ist«, sagte er. »Paar blonde Miezen und 'n Krabbencocktail. Na, ist das was?« Ich starrte immerzu auf den Bart von Gabby Hayes und beobachtete seinen Mund, wie er an der Krabbe knabberte und dann an dem Finger des Mädchens lutschte. Es sah aus, als hätte er jetzt ein komplettes, elfenbeinweißes Gebiß. Im Fernsehen hatte er nie Zähne. Im Fernsehen trug er auch nie einen Smoking. Da war er der unterwürfige, zahnlose Alte, ein bißchen verrückt und Frauen gegenüber immer schüchtern. Ich war nie auf die Idee gekommen, daß der echte Gabby Hayes ein ganz anderer Mensch sein könnte.

An diesem Abend fuhren wir den ganzen Weg nach Hause zurück, ohne einen Ton zu sagen. Mein Vater rauchte und blinzelte über die lange Straße nach den Lichtern von

Duarte. Einmal schaltete er das Radio ein und hörte sich an, wie Frank Sinatra »You belong to me« sang, dann stellte er es wieder ab. Ich starrte hinaus auf die dunkle Bergkette, die langsam in der tiefen Wüste hinter uns versank, und über den Bergen sah ich den riesigen abgeschlagenen Kopf eines schwarzen Mannes auf uns herunterlächeln.

11/3/90 (Papantla, Mexico)

Nuevo Mundo *(zuerst Arnold R. Rojas erzählt)* In den späten fünfziger Jahren des 19. Jahrhunderts war Perfecto Cuen ein junger Mann von fünfzehn. Er hatte die wichtigsten Fertigkeiten im Umgang mit der ledernen *reata* schon erworben und verstand sich auf die Kunst der *jineta* inzwischen so gut, daß er bei seinen Altersgenossen als echter *vaquero* galt. Zu Pferd machte er sich auf den langen Weg nach Süden, durch das San Joaquin Valley nach der Siedlung Los Angeles, wo, wie er gehört hatte, die Mormonen große Viehherden zusammenkauften, um sie in ihre Kolonie nach Utah zu treiben. Er wurde eingestellt, zusammen mit mehreren Seeleuten – *gringos*, die ihr Schiff verlassen hatten und den Viehtrieb als eine Chance sahen, wieder nach Osten zu kommen. Wie sich Seeleute in Reiter verwandeln konnten, diese Frage stellte Perfecto nie laut. Er war ein vornehmer Mann in der schweigsamen Tradition seiner *paisano*-Vorfahren aus Sonora.

Nachdem die Herde den Mormonen wohlbehalten übergeben worden war, wurde Perfecto mit massiven Goldbarren bezahlt. Er sagte den Seeleuten, die sich wund geritten hatten, *adiós* und lenkte seinen Mustang nach Kalifornien zurück. Ihm schwirrte der Kopf von lauter Ideen, wie er seine Beute in den *cantinas* von San Luis Obispo verprassen würde. Schon wiegten sich vor ihm schlanke Dattelpalmen, aber er hatte noch etliche Tage im Sattel vor sich, ehe er sie erreichen würde.

Er durchquerte den ausgedörrten weißen Sandozean, aber er schonte dabei sein Pferd, indem er sich seinen Weg sorgfältig suchte und auf jedes noch so geringe Anzeichen von Wasser achtete – Anzeichen, die zu erkennen er bei den *viejos* und *brujas* seiner Heimat gelernt hatte. Er ritt bei Mondlicht, um sich und seinem Tier die gnadenlose Wut der Sonne zu ersparen. Immer schwebte ihm der Gedanke an die Brüderlichkeit seiner *vaquero*-Kultur vor und spornte ihn an. Vor sich sah er die Raubvogelgesichter der Alten, wie sie im Kreis um das Lagerfeuer ihre *cuentos* erzählten. Gitarren, schweißnasse Pferdeleiber und rissiges Leder. Diese Lager waren sein Zuhause. Diese kleinen Trupps von nomadischen Reitern, die von den Mohren, den Yaqui und den spanischen *conquistadores* abstammten.

Im Osten Nevadas stieß er auf ein Indianerlager. Ihn plagten nicht die Ängste, die bei einer solchen Begegnung über einen weißen Mann gekommen wären, denn die angestammten Bewohner dieser Gegend waren spanisch sprechenden Leuten sehr wohlgesonnen, und niemals belästigten sie ihr Vieh oder ihre Pferde. Vaqueros konnten ganz nach Belieben kommen und gehen, und diesmal erfuhr Perfecto, warum. Die Häuptlinge des Stammes zeigten ihm mehrere Urkunden, die ihnen Jahrzehnte zuvor die echten Spanier ausgestellt hatten, als sie in das Land eingedrungen waren. Diese Indianer betrachteten sich nach wie vor als Verbündete und Untertanen Spaniens. Für sie war Perfecto ein Angehöriger der herrschenden Klasse, also ein Mann, dem Ehre gebührte. Perfecto versuchte ihnen zu erklären, daß er weder lesen noch schreiben könne, aber die Siegel und *rubricas*, die zu der alten Unterschrift am Fuß jeder Seite gehörten, erkannte er. Die Indianer stachen mit ihren dunklen Fingern nach dem Pergament und versicherten, diese Erklärungen garantierten ihm eine sichere Passage durch ihr heiliges Land. Mit all der Eleganz, die ein Fünfzehnjähriger aufzubringen vermochte, nahm Perfecto seinen breiten *sombrero* ab und erwies einem Weltreich seine Reverenz, das seit langem nicht mehr über die Macht verfügte, seinen Erlassen in dieser neuen Welt Geltung zu verschaffen. Die Indianer waren von der Treue, die der junge Mann der Krone erwies, gebührend beeindruckt und drängten ihn, bei ihnen zu bleiben und sich eine Frau zu nehmen. Welche auch immer. Er könne im ganzen Dorf frei wählen. Juckender Schweiß begann Perfecto in Strömen über die Brust zu laufen. Er wußte, wenn er das Angebot dieser Leute ablehnte, wäre das eine furchtbare Beleidigung. Eine Beleidigung, die allen geheiligten Urkunden zum Trotz leicht seinen Tod zur Folge haben konnte. Außerdem war seine Satteltasche mit schwerem Gold gefüllt, das er in den grünenden Straßen von San Luis Obispo auszugeben gedachte. Er wußte auch, wenn er hier eine Frau nahm, würde er diesen Leuten nie mehr entkommen, obwohl er ein erfahrener Reiter war. Sie würden ihm auf den Fersen bleiben und ihn aufspüren. Sie würden ihn, wenn es sein mußte, bis nach Kalifornien verfolgen.

Perfecto stieg langsam ab, innerlich zerrissen von zwei unmöglichen Alternativen. Als die Sternrädchen seiner spanischen Sporen unter ihm klirrten, war ihm, als würde er plötzlich ohnmächtig werden und nie mehr auf diese Erde zurückkehren; nie mehr seine geliebte Heimat sehen. Man führte ihn in ein Tipi und ließ viele junge Mädchen vor ihm antreten, die alle kicherten und mit den Augendeckeln klimperten. Bald beschloß der Häuptling, das Verfahren abzukürzen und zog eines der blühendsten und jüngsten aus der Reihe hervor. Er stellte das Mädchen vor Perfecto hin und ließ eine narbenübersäte Hand langsam über die prallen, nackten Brüste gleiten. Er grinste und nickte Perfecto zu, aber Perfecto starrte nur auf den ausgebleichten Boden vor sich. Den *sombrero* hielt er in den Händen. Sein Mund war trockener als je zuvor bei einer Wüstendurchquerung. Sein Herz klopfte in einer Angst, wie er sie noch nie verspürt hatte. Endlose Meilen hatte er sich auf dem kantigen Rücken seines kleinen Mustangwallachs dahingequält, hatte sich mühsam seinen Weg durch scheußliches, schlangenverpestetes Gelände gebahnt, in dem hier und da Feigenkakteen standen, und hatte sich nach den Kerzen zu Hause gesehnt... Und nun, so dachte er, stand ihm hier der Tod

bevor. Hier, in den Händen einer fremden, urwüchsigen Großzügigkeit, die er nicht wollte.
Der Häuptling ließ sie allein und drängte die übrigen Mädchen hinaus. Ihr Kichern und Kreischen verlief sich in der aufkommenden Dunkelheit. Das Mädchen starrte Perfecto an, aber er blickte nicht auf, sah ihr nicht in die Augen. Er weinte jetzt, aber ohne einen Laut von sich zu geben. Nur seine Schultern zuckten leicht, während ihm der Kummer den Magen und die Kehle zuschnürte. Die salzigen Tränen liefen ihm in die Mundwinkel und schmeckten so brackig wie das bißchen Wasser, das er in der Großen Salzwüste von Utah gefunden hatte. Vor sich sah er seinen Tod. Er erschien auf dem Boden als eine Schlange ohne Kopf: ein Schatten, der größer wurde, dann ins Licht zurückwich; der Kopf verband sich mit dem Leib, brach wieder ab und tauchte in die Tiefe der schwarzen Erde. Er hatte Angst, sich zu bewegen. Angst, daß seine Sporen rasseln und das Mädchen auf neue Gedanken bringen könnten. Die Kälte der Nacht breitete sich aus, und er begann am ganzen Körper zu zittern. Das Mädchen mußte es bemerkt haben. Sie ging zu seinem Pferd, um seinen *poncho* zu holen. Sie brachte ihn und legte ihn über seine Schultern. Sie sah die Bahnen seiner Tränen und leckte ihm mit ihrer rauhen Zunge die Wangen. Diese Zunge erinnerte ihn daran, wie ein junges, verwaistes Kalb an seinen Fingern lutschte, wenn er es mit einer Kuh zusammenbrachte, die als Pflegemutter einspringen sollte. Perfecto sah nicht vom Boden auf. Er hatte die Augen auf seinen Tod geheftet, gleich da vor ihm. Das Mädchen trat zurück und ließ sich langsam nieder. Obwohl sie vollkommen nackt war, gab sie durch nichts zu erkennen, daß sie fror. Sie blickte zu ihm auf, aber er ließ sich von ihr nicht in die Augen sehen. Die ganze Nacht hindurch verharrten sie so: sie saß vor ihm; Perfecto stand stocksteif. Hin und wieder seufzte sie, gab einen leisen, fedrigen Laut von sich, klickte mit den Zähnen und

wurde wieder still. Er betete, ohne die Lippen zu bewegen. Betete zu seinem Schutzheiligen, er möge ihn von all seinen Sünden erlösen. Von Sünden, die er vielleicht vergessen hatte. Sünden, die er vielleicht begangen hatte, ohne es zu bemerken. Sünden des Geistes und des Fleisches. Irgendwann erhob sich das Mädchen, ging langsam auf den Eingang des Tipi zu und schwenkte dabei ihr schwarzes Haar hin und her, als wollte sie ihn auffordern, ihm zu folgen. Perfecto blieb. Er stand die ganze Nacht hindurch mit gesenktem Kopf da, den *poncho* über den Schultern, den *sombrero* mit beiden Händen haltend.

Als der Häuptling ihn beim ersten Licht der aufgehenden Sonne so fand, begriff er, daß dies ein Mann von echter Stärke war. Nicht bloß ein Junge. Er mußte seinem Volk von der spanischen Krone selbst als eine Art Omen gesandt worden sein. Ohne Groll willigte er ein, Perfecto in seine Heimat ziehen zu lassen, und als der *vaquero* seinen hageren Mustang bestieg, da rannte das Mädchen auf ihn zu. Sie klammerte sich an seine *tapaderos* und seine Sporen und versuchte seine Stiefel aus den Steigbügeln zu reißen. Sie warf sich vor den Füßen des Pferdes auf den Boden und fing an, sich die Brüste zu zerkratzen. Sie stieß einen Schrei aus, so tierhaft, daß es Perfecto eiskalt den Rücken herunterlief, aber er sah nicht zu ihr hinab. Er trieb sein Pferd auf die Sierras zu und ließ den blauen Horizont nicht aus den Augen. Alle Mädchen im Lager lachten und feuerten die auf dem Boden an. Die, die Höllenqualen ausstand. Sie stellten sie wieder auf die Füße und stachelten sie an, dem Reiter nachzulaufen. Meilenweit jagte ihm das Mädchen nach, heulte wie ein wilder Hund und riß sich das Haar aus. Aber nie sah Perfecto zurück und wechselte auch nie die Gangart seines Pferdes. Er hatte nur Augen für Kalifornien.

31/7/94 (Del Rio, Texas)

1943: Das Ministerium für Kriegsmobilmachung wird erfunden.
Eisenhower wird zum Oberkommandierenden sämtlicher Alliierten Streitkräfte gemacht.
Mussolini tritt zurück.
Mein Dad läßt Bomben auf Italien fallen.
Ich werde geboren
Und habe keine Ahnung.

1943: Am Rand von Mountain Home, Idaho, gibt es ein kleines Motel. Aus irgendeinem Geheimcode, den mein Vater mit meiner Mutter auf seinen Postkarten ausgetüftelt hat, entschlüsselt sie die Zimmernummer und die genaue Zeit, wann sie ihn treffen kann. (Ein Bomberpilot darf selbst dem nächsten Angehörigen nicht verraten, wo er sich gerade aufhält.) Dieses Motel ist hufeisenförmig angelegt, lauter gleichförmige Bungalows um einen flachen Fischteich aus Beton, der dank eines Unterwasserscheinwerfers in seiner Mitte blaßgrün leuchtet. Unter einem Kiefernpaar stehen, dem Teich zugewendet, zwei Liegestühle aus Metall. Auf einem sitzt meine Mutter in einem mit hawaiianischem Blumenmuster bedruckten Kleid, das sie von den Philippinen mitgebracht hat, als wir dort stationiert waren. Sie trägt eine Hibiskusblüte in ihrem tiefschwarzen Haar, und sie sitzt nach vorn gebeugt, die Ellbogen auf den Knien und lächelt auf die schwimmenden Fische herab. Ihr kokettes Teenagerlächeln fällt mir auf, obwohl ich noch gar nicht sprechen kann und meinen Darm noch nicht unter Kontrolle habe. Mein Vater in seiner khakifarbenen Uniform sitzt auf dem anderen Stuhl, einen Fliegerhelm mit Lederkrempe auf dem Kopf. Ich sitze auf seinen Knien und starre in das schimmernde grüne Licht im Teich. Es rührt sich kein Lüftchen, es riecht nach Kiefern, und der ganze Himmel ist voller Sterne.

1943: »You'd Be So Nice to Come Home To«
»Don't Get Around Much Anymore«
»That Old Black Magic Has Me in Its Spell«
»Comin' in on a Wing and a Prayer«

1943: Meine Mutter zeigt auf einen gelben Fisch und verfolgt ihn mit dem Finger, versucht mich auf ihn aufmerksam zu machen – auf diesen besonderen Fisch mit seinem langen, wallenden Schwanz. »Wie ein Vogel!« sagt sie mit einer freundlichen, erstaunten Stimme. »Der sieht ja fast aus wie ein Vogel? Siehst du? Da schwimmt er!« Mein Vater beugt sich vor, und ich spüre, wie sich der Metallstuhl unter ihm zusammenzufalten beginnt und dann in einer Folge abwärts gerichteter Rucke wieder streckt. Seine stoppelige Wange streift meine, während er in das grüne Wasser blickt, und seine Silberschwingen und seine Air-Force-Orden graben sich mir in den Rücken. Ein plötzlicher kalter Luftstoß aus den Bergen verschlägt mir den Atem.

1943: Schuhrationierung
Fleischrationierung.
Käserationierung.
Keine Butter.
Roosevelt verkündet die Achtundvierzigstundenwoche.
Die deutsche Wehrmacht kapituliert in Stalingrad vor den Russen.

1943: Meine Mutter gerät immer mehr außer sich über diesen Fisch. Sie kniet jetzt im Gras, beugt sich über den Teich, zeigt und kichert und schlenkert sich das schwarze Haar aus dem Gesicht. Die rosa Hibiskusblüte fliegt ihr vom Kopf und segelt direkt an meinen Augen vorüber. Mein Vater springt auf, der Blüte nach und läßt mich los. Ich befinde mich jetzt in der Luft, fliege auf den schimmernden Teich und die fallende Hibiskusblüte zu. Ich schwebe, sehe, wie sich die Blüte sachte auf die Oberfläche senkt, ohne unterzugehen, und sich dreht wie eine Ballerina, bevor ich in das wellige grüne Licht platze. Meine Decke treibt neben mir.

1943: Rassenunruhen in Detroit, Los Angeles, Mobile, Harlem und Beaumont, Texas.
Count Fleet gewinnt die drei wichtigsten Rennen des Landes.
James Cagney ist »Yankee Doodle Dandy«.

1943: Auf einem der beiden Betten in dem Bungalow des Motels in Mountain Home, Idaho, hat mein Vater einen Alptraum. Ich schlafe in der untersten Schublade der Kommode, die herausgezogen auf einem Bettvorleger steht. Meine Mutter duscht in aller Ruhe. Meine Decke trocknet am Fenster. Ich höre, wie sie tropft. Mein Vater sieht Bomben auf Italien regnen. Er sieht, wie diese Bomben unter ihm kleiner werden. Wie sie unter seinen Schweißfüßen dem »Stiefel« Italien entgegenfallen. Er sieht die mit der Hand aufgemalten Fratzen auf diesen Bomben: Teufelsfratzen in allen Einzelheiten; Gespenster; kleiner werdend. Davonfallend. Er sieht, wie sich seine eigene bleiche Hand aus dem Cockpitfenster reckt und verzweifelt zuzupacken versucht; diese gemalten Fratzengeschöpfe zu greifen versucht, bevor sie das ausdruckslose Gesicht Italiens einschlagen.

1943: Rachmaninow stirbt.
Streptomyzin wird isoliert.
Jackson Pollock hat seine erste Einzelausstellung.
God Is My Co-Pilot kommt auf die Bestsellerliste.

Ich werde geboren
Und habe keine Ahnung.

5/94 (Chicago)

Wildes in die Wildnis Es war damals, als man nach den Kleinanzeigen hinten in Jagd- und Angelzeitschriften wie *Field and Stream* noch wilde Tierbabys bestellen konnte, einfach per Post. Man schrieb hin, legte einen Scheck oder eine Zahlungsanweisung bei, und einen Monat später kamen sie knurrend und fauchend in einer Holzkiste an, unten beim Güterschuppen der Eisenbahn. Mein Freund Mitchell Chaney, der in unserem Trio an der High School Posaune spielte, hatte fast alle Sorten von wilden Tierbabys, die man damals bekommen konnte, gesammelt. (Kein Mensch hatte irgendwas von »bedrohten Arten« gehört.) Bei ein paar von den billigeren hatte ich mitgehalten, bei dem Alligatorbaby und dem Gürteltierbaby beispielsweise. Sie waren aber alle bei Mitchell untergebracht, weil wir bei uns zu Hause zu viele Hunde hatten und weil mein Dad fest davon überzeugt war, daß Wildes in die Wildnis gehört.

Abends, wenn unsere Band bei Mitchell probte, gingen wir irgendwann auch in den Garten und machten die Runde, überprüften alle Käfige, sorgten dafür, daß die Wasser- und Futterbehälter gefüllt waren, spritzen den Dreck weg, den die Tiere machten (vor allem der Klammeraffe), und zogen neuen Kleiderbügeldraht in das Geflecht an der Klapptür des jungen Wolfs ein. Wir fanden einfach keinen Draht, der so dick war, daß unser Wolf nicht herauskam. Es dauerte zwei oder drei Tage, dann hatte er sich wieder durchgebissen, und manchmal baumelte da noch ein blutiger Zahn. Zuletzt streunte er dann auf den Eisenbahngleisen herum, die hinter Mitchells Garten vorbeiführten, murkste Hühner ab und wühlte im Müll der Nachbarschaft herum. Es war eine Mordsarbeit, ihn wieder einzufangen, wir versuchten ihn mit Hotdogs ohne Brot zu ködern und zerrten ihn dann mit einer Abschleppkette, die wir von Mitchells Dad gelie-

hen hatten, zurück. Er war inzwischen ziemlich groß geworden – sechzig Pfund und nur Muskeln. Jeden Abend gegen sechs kam ein mit Obst beladener Güterzug der Union Pacific durch die Stadt, und wir wußten genau, bis wann wir unseren Wolf von der Strecke haben mußten.
Nat Henkins, unser Klarinettist, war nicht so scharf auf wilde Tierbabys wie ich und Mitchell. Aus irgendeinem Grund interessierte er sich nicht dafür. Eigentlich brachte nur eins ihn wirklich in Fahrt, nämlich Big-Band-Musik aus den Vierzigern. Die Dorsey Brothers und solche Sachen. Äußerlich hielt er sich an den jungen Benny Goodman, Mittelscheitel, mit Pomade angeklatscht; er trug eine Brille mit breitem, schwarzem Rand und der oberste Hemdknopf war immer zu. Außerdem konnte er fließend Noten lesen, was mich und Mitchell mit ziemlicher Ehrfurcht erfüllte, obwohl wir ihn insgeheim für einen Blödmann hielten. Aber er war der einzige Klarinettist an der Schule, deshalb mußten wir zusehen, daß wir mit ihm zu Rande kamen. Von uns dreien wirkte Nat am ehesten fehl am Platze, wenn es darum ging, einen jungen Wolf von den Bahngleisen zu zerren. Sein Körper sah nie so aus, als wäre er wirklich bei der Sache. Und seine Kleidung auch nicht. Zwischen den Ziehversuchen machte er viel zu lange Pausen, rieb sich ausgiebig die Hände an der Hose ab und starrte geistesabwesend die Strecke entlang. Seine Hände waren sehr weiß und seine Finger sehr lang, mit milchigen, weichen Nägeln. Das Stöhnen, das er von sich gab, wenn er an der Kette zog, klang nicht nach Kraftanstrengung, sondern so, als wollte er sich beschweren, und mich und Mitchell machte das langsam sauer. Wir konnten Nats Halbherzigkeit spüren, diesen Mangel an Einsatz. Vor lauter Keuchen versagte Mitchell immer wieder die Stimme, während er sich gegen das Gewicht des jungen Wolfs stemmte: »Ist dir klar, Nat, daß hier in ungefähr fünfzehn Minuten der Obstzug durchfegt? Das ist dir doch klar, oder? Wir müssen diesen Wolf von den Schienen holen!«

»Der fegt nie«, sagte Nat. »Du übertreibst. Durch Städte dürfen sie nicht fegen. Das ist Gesetz. Sie müssen langsamer fahren, wenn die Zivilisation in Sicht kommt. Außerdem verstehe ich nicht, warum ihr ihn nicht einfach laufen laßt. Der Wolf wird ja nicht einfach stehenbleiben und sich plattfahren lassen. So doof ist der nicht.«

Mitchell hörte auf zu ziehen, stellte sich gerade hin und sah Nat scharf in das hagere Gesicht. »Das ist ein wildes Tier, Nat. Mit ›doof‹ hat das nichts zu tun. Der ist wild. Der hat sein Leben lang noch keinen Zug gesehen. Der kennt sich mit Zügen nicht aus.«

»Das heißt doch nicht, daß er sich von einem zu Brei fahren läßt. Er hört den Lärm und das Pfeifen und haut ab. Das ist ein natürlicher Instinkt.« Nats vernünftige Art brachte Mitchell anscheinend nur noch mehr in Rage.

»Ich habe das Gefühl, das Schicksal unseres Wolfskindes ist dir scheißegal, Nat.«

»Ich bin's bloß leid, hier die ganze Zeit zu verplempern, statt zu üben. Jedesmal wenn ich herkomme, macht ihr Typen mit diesen blöden Viechern herum, und es dauert ewig, bis wir endlich in die Gänge kommen.«

»Du willst ihn also einfach laufenlassen, damit er dann unter einen Zug oder ein Auto kommt oder in die Berge läuft und sonst irgendwo stirbt?«

»Er stirbt in den Bergen nicht. Er ist ein Wolf, Herrgottnochmal!«

Der junge Wolf saß einfach da, die Hinterläufe in den Schotter gegraben, keuchend und auf die Schienen sabbernd, während seine Zunge wie eine rosa Eidechse aus- und einfuhr. Ich ließ die Kette fallen und setzte mich neben ihn auf die kalte Schiene. Sein Atem roch nach Hotdogs ohne Brot und Hüttenkäse, und genau damit hatten wir ihn auch gefüttert. Ich starrte in seine gelben Augen und sah, daß er mich nicht so wiedererkannte, wie mich meine Hunde wiedererkannten. Er erwartete von mir nichts, keinen

Klaps und keine milde Gabe. Er lebte in einer Welt für sich. Plötzlich wirkte sein Kopf sehr groß, wie die Nahaufnahmen von King in *Sergeant Preston of the Yukon*.

»Du, Mitchell, was wollen wir mit diesem Wolf eigentlich machen, wenn er ausgewachsen ist?« fragte ich, ohne das junge Tier aus den Augen zu lassen. »Hast du darüber schon mal nachgedacht?«

»Wir machen eine Zucht auf. Es gibt eine ungeheure Nachfrage nach Kreuzungen.« Nat kicherte und schüttelte hoffnungslos den Kopf. Er zog ein gebügeltes Taschentuch aus seiner Gesäßtasche und fing an, seine Brille zu putzen, indem er sie in den blasser werdenden Himmel hielt, kleine Nebelwolken auf die Gläser hauchte und sie dann mit rasch kreisenden Bewegungen rieb, wie er es bei älteren Leuten gesehen hatte. Erwachsenen. Bei seinem Vater vielleicht oder bei seinem Onkel. Plötzlich begriff ich, daß der Unterschied zwischen mir und Nat sich aus einem versteckten, geheimen Muster ergab, das nichts mit dem zu tun hatte, wofür wir selbst uns hielten. Aus Anschauungen und Verhaltensweisen, die uns durch die Menschen, mit denen wir groß wurden, zuwuchsen. Menschen, die wir für legitim und unwiderleglich hielten. »Wir werden ihn mit einer von unseren Schäferhündinnen kreuzen«, fuhr Mitchell fort, aber es war mehr an Nat gerichtet, eine Art versteckte Herausforderung.

»Mit welcher?« fragte ich.

»Welche gerade läufig ist. Du kannst dir dann aus dem Wurf ein Tier aussuchen.«

Nat rieb weiter an seiner Brille herum und blinzelte nach unten, während er sprach. »Wann wollt ihr Kerle überhaupt noch proben? Ihr habt hier bald einen Zoo am Laufen. Irgendwann müßt ihr euch mal überlegen, was ihr in diesem Leben anfangen wollt. Wollt ihr Musiker werden oder Wolfszüchter?« Es war diese blasierte Art von Nat, die mich und Mitchell näher zusammenrücken ließ. Der »philosophische«

Ton, in dem er von »diesem Leben« sprach, als wollte er uns damit sagen, wohin wir gehörten; als läge »dieses Leben« noch weit vor uns und als hätte es mit Zügen und Wölfen und verdämmerndem Tageslicht nichts zu tun. Mitchell hockte sich neben mich auf die Schienen, zwischen uns unser eigensinniger Wolf, und Nat fuhr fort mit seiner Predigt: »Euch scheint nicht klar zu sein, daß es Arbeit bedeutet, eine Band aufzumachen. Jahrelange engagierte Arbeit. Das muß auf eurer Liste ganz oben stehen. Wir schaffen nicht mal ›Old Black Magic‹ von vorn bis hinten ohne Fehler.«

»Ich kann ›Old Black Magic‹ nicht ausstehen, wenn du es genau wissen willst«, sagte Mitchell und schleuderte einen Schotterstein gegen die eiserne Schiene. »Alberner Text. ›*Those icy fingers up and down my spine. That same old witchcraft when your eyes meet mine.*‹ Was für eine schmalzige Scheiße ist das?«

»Wir spielen nicht den Text«, sagte Nat. »Darum geht es nicht. Der Text ist völlig egal. Wir spielen die Melodie. Du kannst die Version von Peggy Lee nicht ausstehen, aber du willst nicht kapieren, daß wir nicht versuchen, die Version von Peggy Lee zu imitieren.«

»Was versuchen wir denn dann zu imitieren?« fragte ich.

»Es geht nicht ums Imitieren«, beharrte Nat. »Es geht darum, eine Grundlage zu schaffen. Wir können unseren eigenen Stil nicht einfach aus der Luft greifen.«

»Und warum nicht?« sagte Mitchell.

»Weil das so nicht läuft!« Nats Taschentuchreiben wurde hektischer. »Wir müssen die alten Standards auswendig lernen. Die müssen so sitzen, daß wir sie im Schlaf spielen können. ›Blue Moon‹, ›Down by the Old Mill Stream‹ – diese Sachen. Klassiker. Dann können wir anfangen, was Neues auszuprobieren und unseren eigenen Sound zu entwickeln. Das ist ein langsamer Prozeß. So wird eine Band geboren.«

»Also, ich bin diese Vierzigerscheiße leid«, sagte Mitchell

und fing an, mit einem anderen Schotterstein an der Schiene herumzukratzen. Der Wolf spitzte die Ohren bei dem schrillen Geräusch, dann wälzte er sich wieder auf die Seite

und hechelte weiter.

»Ich finde, wir sollten mal versuchen zu improvisieren«, sagte ich. »Wozu diese Standards auswendig lernen, wenn wir sie doch nie spielen? Bei Schulfeten spielen wir sie nie.«

»Weil sie einen Ausgangspunkt bilden, eine Grundlage«, sagte Nat. »Wir werden ja nicht immer bloß auf irgendwelchen Schulfeten spielen. Ohne Grundlage fischen wir nur im dunkeln. Was glaubst du denn, wie die Großen angefangen haben? Ellington, Count Basie, die Dorseys? Glaubst du, die hätten einfach drauflos improvisiert und sich ansonsten auf ihr Glück verlassen?«

»Wir sind eine Combo, ein Trio, und keine Big Band, verdammt noch mal«, explodierte Mitchell. »Wenn du was Klassisches spielen willst, dann laß uns was wie ›Madagascar‹ spielen, nicht ›Satin Doll‹ und ›Old Black Magic‹. Das ist doch für'n Arsch.«

»Wer hat ›Madagascar‹ gespielt?« fragte Nat ehrlich überrascht, und Mitchell beugte sich zu mir herüber und lächelte. Ich wußte nicht, warum er lächelte, denn auch ich hatte von dieser Nummer noch nie gehört.

»Wilbur De Paris«, sagte Mitchell und wandte sich selbstgefällig wieder Nat zu.

»Wer zum Henker ist Wilbur De Paris?« fragte ich, und Mitchell fuhr mit dem Kopf in meine Richtung, als hätte ich irgendein zwischen uns bestehendes Geheimabkommen gebrochen.

»New Orleans«, sagte Mitchell und tat, als wäre das eine Sache nur für Eingeweihte. »Mein Dad hat die Aufnahme in seiner Sammlung. Ich spiel sie euch vor, wenn wir nachher reingehen.«

»Ich weiß nicht«, sagte ich. »Ich finde diese Burschen aus Chicago gut. Was anderes kann ich eigentlich gar nicht mehr hören. Gegen die sieht Perry Como doch wirklich alt aus.«

»Gegen wen zum Beispiel?« fragte Nat. »Gegen wen aus Chicago?«

»Gegen J. B. Lenoir zum Beispiel«, sagte ich.

»Was hat der gespielt?«

»Den ›Eisenhower Blues‹.«

»Den ›Eisenhower Blues‹?«

»Genau, den ›Eisenhower Blues‹.«

»Das ist doch obskur«, sagte Nat. »Wollt ihr obskures Zeug spielen, oder wollt ihr eine richtige Band werden?«

»Ich will Tierarzt werden!« sagte ich. Und das brachte Nat erstmal zum Schweigen. Zuletzt war er so deprimiert, daß er einfach wegging, die Brille baumelte in seiner linken Hand, und der Kopf hing ihm tief auf die Brust. Er rutschte aus, als er das Schotterbett der Gleise herunter wollte, und unten rappelte er sich hoch, ohne auch nur seine Hose abzuklopfen. Ich und Mitchell lachten ihn nicht aus. Irgendwie tat er uns leid in seiner Enttäuschung, aber wir riefen auch nicht hinter ihm her, um ihn etwa zurückzuholen und die Sache wieder in Ordnung zu bringen. Es war das beste, wenn er sich auf seine Art mit Musik abgab. Wir sahen zu, wie er in Mitchells Garten zurückging und durch das kaputte Eisentor. Er versuchte gar nicht, es hinter sich zuzumachen. Er sah sich keinmal nach uns um. Er ging einfach die Einfahrt hinunter zur Straße. Als er den Gehweg betrat, gingen mit einem Schlag alle bläulichen Straßenlampen gleichzeitig an, als hätte er mit seinem Schritt den Schalter betätigt.

Der Sechs-Uhr-Obstzug schnaufte in der Ferne, und die Bahnübergänge in der ganzen Stadt, bis hinaus zum Fish Canyon schnarrten. Der junge Wolf sprang auf, er spitzte die Ohren, und dann schüttelte er sich, wie es Pferde tun, bei denen das Zittern den Hals hinunter und das Rückgrat entlang bis in den Schwanz läuft. Anders als der Haushund,

der sich in einem Stück schüttelt. Der Wolf hörte auf zu he-
cheln und starrte in die Richtung, aus der der Zug kam. Er
gab ein Winseln von sich, machte dann kehrt und sprang,
40 die Kette hinter sich herschleifend, vom Gleiskörper herun-
ter und von uns weg. Ich und Mitchell standen einfach da
und sahen zu, wie er in die Nacht lief. Wir riefen nicht mal
hinter ihm her. Seinen Namen kannte er sowieso nicht.

2/5/1989 (Scottsville, Virginia)

:in Mann von einem Mann Eines schönen Morgens beim Frühstück verkündete mein Vater, er habe mir einen Job auf einer Pferderanch draußen in Chino besorgt. Es hätte ihn viel Mühe gekostet, diese Sache über meinen »4-H-Club«-Führer Duane McFiel zu organisieren, einen riesigen Schotten mit Händen so groß wie ein Baseballhandschuh.* Er sei ein »Mann von einem Mann«, sagte mein Vater; einer, der keine Angst vor schwerer Arbeit hätte, und das sollte auch heißen, wenn ich mich an ihn hielte, könnte ich selbst so ein Mann werden. Duane sollte mich am nächsten Morgen um halb sechs in seinem 57er Chevy abholen und nach Chino fahren, um mich dort einzuarbeiten. Halb sechs sei eine vielversprechende Aufstehzeit, meinte mein Vater. Um diese Zeit würden mehr Tiere geboren und mehr Verbrechen aus Leidenschaft begangen als zu jeder anderen Tageszeit. Ich hätte ihn gern gefragt, was Verbrechen aus Leidenschaft mit Tiergeburten zu tun hätten, aber das war eine Frage, wie sie mein Vater absolut nicht leiden konnte, deshalb hielt ich den Mund.

Duane McFiels 57er Chevy-Coupé war einer dieser Wagen, für die jeder auf der Highschool die eigene Oma erschlagen hätte. Schwärzestes Schwarz mit glänzenden Chromverzierungen, Haifischflossen und der blitzschnelle Kurzhub-Achtzylinder, der den Chevy auf den Nebenstraßen Amerikas berühmt machte. Duane fackelte nicht lange und zeigte, was in seiner Kiste steckte. Von dem Augenblick an, als er mich in unserer Einfahrt einsteigen ließ, und die ganze Strecke durch die Einöde von San Bernardino County,

* Die vier H umschreiben ein pädagogisches Konzept für die amerikanische Landjugend: *head, heart, hand, health* – Kopf, Herz, Hand, Gesundheit. Anm. d. Übers.

nahm er den Fuß nicht mehr vom Gas, ließ hinter jeder leeren Kreuzung die Reifen qualmen und nagelte die Tachonadel in den roten Bereich. Dabei grinste er wie ein Kind, gackerte vor sich hin und tätschelte das Lenkrad, als hätte er es mit einem braven alten Jagdhund zu tun. Das war also mein »4-H-Club«-Führer, den ich bisher nur als zurückhaltenden Lehrer kannte, der uns an einer farbigen Schautafel mit dem Zeigestock erklärte, wie man einen Mastochsen fachmännisch zerlegt. Plötzlich hatte er sich in einen leicht übergeschnappten, halbstarken Street-Dragster verwandelt. Als wir uns der Ranch endlich näherten, fing er an, mir Tips zu geben, wie ich mich in meinem neuen Job verhalten sollte. Ich sollte niemandem irgendwelche Fragen über den Laden stellen. Eigentümer sei irgendeine anonyme Mormonenorganisation, die unter einem unverfänglichen Gestütsnamen englische Vollblüter in Rennen laufen ließ. Vor kurzem hätten sie gegen alle Wahrscheinlichkeit sogar das Kentucky Derby gewonnen, mit einem Pferd namens »Swaps«, aber selbst das sollte ich nicht weitererzählen. »Nicht mal deinem Vater«, warnte Duane. Seine Stimme bekam einen verschwörerischen Ton, als wir vor dem Stahltor anhielten, das mit schwerer Kette und Vorhängeschloß gesichert war. Die Ranch hatte absolut nichts Romantisches. Ein Pferch aus Stahlpfosten und Stacheldraht, sonst nichts. Keine Statuetten von Jockeys mit Schärpe und Kranz. Nichts, was auf den Glanz und Glamour des Rennsports hindeutete. »Die haben da einen alten Cowboy aus Arizona als Trainer und Vorarbeiter – zäher Brocken. Vielleicht begegnet er dir mal, wenn er auf seinem stämmigen Fuchs um die Luzernenfelder reitet. Sieh am besten gar nicht hin und sprich ihn bloß nicht an. Tu einfach, als wäre er nicht da.«

»Ist er der Boss?« fragte ich.

»Er ist der Boss. Vielleicht hast du ihn mal als Titelbild von *Life* gesehen. Er war derjenige, der die ganze Strecke nach Kentucky zum Derby bei Swaps im Güterwagen mitgefahren ist. Saß da in einer Ecke, die Schrotflinte auf dem Schoß. Sagte, er wollte sichergehen, daß niemand versuchte, seinem Pferd irgendwas in den Kaffee zu tun oder es zu stehlen. Ziemlich verrückt, der Alte, wenn du mich fragst, aber der Boss ist er auf jeden Fall.«

Als wir dann reinfuhren, war der Nebel so dick, daß ich die Pferdekoppeln und die Scheunen gar nicht erkennen konnte; ich sah nur die schmale, sandige, von Stacheldraht gesäumte Ranchstraße wie einen Korridor vor mir. »Wo sind denn all die Pferde?« fragte ich Duane.

»Kümmere dich nicht um die Tiere. Die gehen uns gar nichts an. Wir sind hier fürs Heu zuständig, und damit hat es sich.« Wir schoben uns langsam durch den dichten Nebel bis hinter das Ranchgebäude, wo ich in regelmäßigen Reihen große Luzernenballen liegen sah, die darauf warteten, daß wir zupackten. Ein Flachlader mit Fahrer und Arbeitern war schon unterwegs, kroch an der Ballenreihe entlang, und die blaßorangen Lichter bluteten durch den Nebel. Ich bekam weiche Knie bei der Vorstellung, daß ich mich den ganzen Tag mit diesen hundertfünfzig Pfund schweren, dreifach geschnürten Ballen herumschlagen sollte.

Ich fing an, auf der Ladefläche zu stapeln, während der Fahrer das Feld entlangkroch und Duane mir von unten die Ballen zuwarf. Man mußte so schnell sein, daß man immer etwas Vorsprung hatte; jeden Ballen wie einen Ziegelstein absetzen, dicht an dicht, und gleich wieder herum, sonst bekam man den nächsten einfach vor den Latz. Einmal mit der Heugabel hängengeblieben, und schon krachte er auf dich herunter. Eins von diesen Scheißdingern hatte mich schon getroffen, es war, wie wenn ein Baum auf dich stürzt. Duane war ein Gorillamann. Je schwerer er arbeitete, desto mehr Kraft bekam er. Er schien dieses Geracker zu genießen, grinste mich jedesmal an, wenn er einen Ballen hochwuchtete, und gackerte dazu wie vorher in seinem Chevy. Manchmal drückte er sich zwischen zwei Schwüngen mit dem Daumen ein Nasenloch zu und blies aus dem anderen weißen Rotz ab. Er erinnerte mich an einen von diesen riesigen, rothaarigen Schotten, die bei den Highland Games mit Bäumen werfen. Und ich bekam das nun alles ab. Meine Schultergelenke waren schon wie ausgerenkt, dabei hatte der Tag eben erst angefangen.

In der ersten Pause, der Nebel wollte sich gerade etwas heben, hörte ich Dutzende Männerstimmen im Takt Zahlen schreien. In dem klaren Streifen zwischen Boden und Nebel erkannte ich Reihen von grauen Beinen, die in einem gymnastischen Rhythmus vor- und zurücksprangen. »Staatsgefängnis Chino«, erklärte mir Duane und biß in einen Schokoriegel. »Merle Haggard soll da sitzen. Verhaftet, weil er seinem Onkel den Wagen geklaut hat. Stell dir das mal vor: der eigene Onkel bringt dich in den Knast. Die Zeiten haben sich wirklich geändert, scheint mir.« Am anderen Ende des langen Heufeldes tauchte plötzlich ein Reiter aus dem Nebel auf und hielt an. Er blieb einfach stehen und beobachtete uns aus der Entfernung, beide Hände auf dem Sattelknauf und irgendwie in unsere Richtung gebeugt, als würde er eine Viehherde inspizieren. »Das ist er!« sagte Duane, sprang von der Ladefläche herunter und griff nach seiner Heugabel. »Das ist der Mann. Los, macht schon!« Der Fahrer, ein älterer Mann über sechzig, turnte in seine Kabine zurück, schob sich hinter das Steuer und ließ den Motor an. Ich stand langsam auf, versuchte mein schmerzendes Rückgrat zu strecken, und sah zu dem Reiter auf der anderen Seite des nassen, flachen Feldes hinüber. Er schob sich seinen grauen Westernhut aus der Stirn, legte seine Hand wieder auf den Sattelknauf und starrte weiter zu uns herüber. Ich konnte seine Augen nicht erkennen, aber ich fragte mich sofort, was bestimmte Männer an sich hatten, das andere Männer in Panik versetzte. »Los jetzt! Los jetzt!« rief mir Duane zu. »Schnapp dir die Gabel! Auf geht's!«

Bei Sonnenuntergang machten wir Schluß, und ich erinnere mich noch, wie ich in die roten Polster von Duanes Wagen sank und dachte, ich könnte nie mehr auch nur einen Schritt gehen. »Keine schlechte Arbeit, wenn man erst mal den Rhythmus heraus hat.« Duane gluckste. »Ist sowieso alles eine Frage der Einstellung.« Während wir langsam über die sandige Straße zurückfuhren, tauchte plötzlich auf der anderen Seite des Zauns neben uns ein kastanienbrauner Hengst auf und schnaubte, als wollte er den Wagen herausfordern. Er blähte die Nüstern und schüttelte den Kopf in unsere Richtung.

»Das ist doch nicht etwa Swaps, oder?« fragte ich Duane.

»Könnte sein. Könnte sogar sehr gut sein. Benimmt sich wie ein Rennpferd, oder?«

»*Das* ist das Pferd, das im Kentucky Derby gesiegt hat? Ich faß es nicht!«

»Kommt mir wirklich so vor. Mal sehen, was er für ein Tempo hinlegt.« Duane trat das Gaspedal durch, und schon war der Achtzylinder dem Hengst einen Satz voraus, aber ehe das Getriebe in den Zweiten sprang, flog das Pferd an uns vorbei, als würden wir stehen. So mühelos und fließend, daß es mich eher an einen Leoparden als an ein Pferd erinnerte. Duane drehte sich zu mir herüber, die Augenbrauen bis an den Haaransatz hochgezogen. »Verdammt! Das *muß* Swaps sein!« Er brach in ein hysterisches Lachen aus, hämmerte auf seinem Steuerrad herum und schüttelte den Kopf. »Wir haben uns gerade von Swaps in den Arsch treten lassen. Stell dir vor!« Für kurze Zeit war alle Erschöpfung und Zerschlagenheit von mir abgefallen. Ich reckte den Kopf nach hinten, um noch einen Blick auf das unglaubliche Tier zu werfen, als wir es an der Ecke der Koppel überholten. Der Hengst schüttelte den Kopf in unsere Richtung und stampfte mit dem Huf, als wollte er uns auffordern, es noch einmal zu versuchen. »Habe noch nie gehört, daß ein Pferd einen Chevy geschlagen hätte, du vielleicht? Das muß das erste sein!«

Irgendwo in den Außenbezirken von Riverside fiel ich in einen tiefen, dumpfen Schlaf und wachte erst wieder auf, als ich merkte, daß Duanes riesige Hand in meinem Schritt lag. Schlaff lag sie da, wie ein Fladen Rinderhack. »Du bist zu Hause«, sagte er, nahm seine Hand ans Steuerrad zurück und lächelte so unterwürfig, daß er mir plötzlich leid tat.
Als ich die Einfahrt zum Haus entlangging, sah ich unter der Lampe in der Küche meinen Dad, der sich einen Drink machte. Er trug ein T-Shirt, und sein Kopf hing ihm tief auf die Brust. Er hob ihn und blickte zur Decke und dann zum Fenster, starrte hinaus in meine Richtung. Ich wußte, er konnte mich nicht sehen, weil das Licht im Hof kaputt war, ich blieb aber trotzdem stehen und wartete. Mir tat alles weh, und ich wollte nur eins, mich ins Bett hauen, ich konnte mich jedoch nicht bewegen. Ich wartete endlos lange, sah zu, wie er aus dem Fenster starrte, und hoffte, er würde aus der Küche gehen, damit ich auf dem Weg nach drinnen nicht an ihm vorbei mußte. Draußen war es stockfinster; keine Autos auf der Straße; kein Hund bellte. Nicht mal der Mond war zu sehen. Ich wartete weiter, daß er das Licht ausschalten und aus der Küche gehen würde, aber er blieb einfach stehen und starrte vor sich hin. Was ging ihm durch den Kopf? Wartete er auf mich? Ich spürte, wie mir diese Panik in der Brust und den Ohren zu klopfen begann. Diese altbekannte Angst. Was war das, was bestimmte Männer an sich hatten?

18/5/95 (Scottsville, Virginia)

acken Packen löste jedesmal einen Brechreiz bei ihm aus. Dieses leichte Kitzeln oben in der Kehle. Der Wattemund. Schon der Anblick seiner Unterwäsche und der Socken, wie sie auf dem Sessel da auf ihn warteten. Der Stapel ausgebleichter T-Shirts. Er achtete nicht darauf, in welcher Reihenfolge seine Sachen in den grünen Seesack wanderten. Er stopfte sie hinein, wie es gerade kam, und überlegte nie, was er als erstes brauchen oder in welcher Stadt er am ersten Abend haltmachen würde. Er wußte nicht mal, in welche Richtung er fahren oder welche Straße er nehmen sollte. Er hätte genausogut würfeln können. Er versuchte, sich ein Ziel auszudenken: Lexington, El Paso, Boulder City. Ihm fiel nichts ein. Alle Ziele verschwammen ineinander. Er versuchte sich auszumalen, wie es wäre, wenn er dort wäre. Irgendwo wäre. Wenn er ankäme. In Albuquerque vielleicht. Tucumcari. Er sah einen Denny's Coffee Shop vor sich, der ihm bekannt vorkam, gleich gegenüber einem Spielplatz und einer alten Bahnstation; aber er war nicht sicher, in welcher Stadt das gewesen war und warum dieses Lokal ein Grund sein sollte, dahin zurückzukehren. Er überlegte, ob er alle seine Landkarten verbrennen sollte.

Es war schon dunkel, als er das Badezimmer betrat und seine Zahnbürste und den Elektrorasierer einsammelte. Er konnte nicht glauben, daß es schon wieder dunkel war. Er hatte den ganzen Tag durchgeschlafen; fünfzehn Stunden vielleicht oder noch mehr. Die Sorte Schlaf, bei der man nachher so schlapp ist wie vorher, als wäre man tot. Seine Beine fühlten sich an, als wären sie aus Gummi. Er hatte noch nichts gegessen. Vielleicht könnte er auf dem Weg aus der Stadt bei »Happy Chef« vorbeifahren und sich ein *patty melt* holen, Gehacktes auf Brot, mit Käse überbacken. Er brauchte etwas. Er hatte jetzt ein Ziel.

Er machte sich wieder ans Packen, aber mittendrin wußte er plötzlich nicht mehr weiter; stand wie betäubt neben der Dusche, der Rasierer baumelte in seiner Hand; er drehte sich zum Spiegel, als hätte er etwas vergessen. Etwas, auf das er sich nicht besinnen konnte. Warf einen flüchtigen Blick auf sein Gesicht, das ihn anstarrte. Sein ausgezehrtes Gesicht, das nichts preisgab. Die Augen zuckten sofort wieder weg, als wäre da irgendwas Beschämendes im Spiel. Diese beschämende, absolute Ziellosigkeit. Er schüttelte es ab und kehrte verbissen zu seinem Seesack zurück, den er auf dem Bett deponiert hatte. Er marschierte auf ihn los, als hätte ihm gerade jemand den Befehl gegeben, er solle sich »zusammenreißen«. Er stopfte den Rasierer und die Zahnbürste hinein und zog den Reißverschluß zu. Es war das erste angenehme Gefühl, seit er aufgewacht war – dieses Geräusch, mit dem sich die grünen Zähne des Reißverschlusses ohne Mucken ineinanderhakten. Er drehte sich um und ließ den Blick noch einmal in dem Motelzimmer umherwandern, suchte nach irgendwas, das er möglicherweise übersehen hatte. Es war eine alte Gewohnheit seiner Mutter gewesen, aus der Zeit, als sie zu zweit seinem Vater von einem Air-Force-Stützpunkt zum nächsten nachgejagt waren. Damals, als die Motels noch *motor courts* hießen. Immer wenn sie das Gepäck in den großen Kofferraum ihres Plymouth-Coupé geworfen hatten, hatte sie ihn noch einmal an die Hand genommen, und sie hatten zu zweit jeden Zentimeter des Zimmers nach Sachen abgesucht, die sie vielleicht vergessen hatten; was das sein konnte, wußte er nie. Aber sie öffneten jede Schublade jeder Kommode, alle Schränke, auch die, die sie gar nicht benutzt hatten, und seine Mutter ließ ihre Hand bis in die hintersten Ecken und an den Kanten entlanggleiten, und manchmal nahm sie die Schublade auch ganz heraus und drehte sie um, bis die vergilbte Zeitung, mit der sie ausgelegt war, auf den Boden segelte. Dann schüttelte sie die Schublade über dem Kopf und sah von unten hinein, bis sie völlig sicher war, daß sie nicht irgendeinen persönlichen Wertgegenstand von ihr enthielt, eine Haarklammer zum Beispiel. Sie durchsuchten auch jede Schrankkammer, gingen hinein und drehten die nackte Glühbirne an. Er konnte sich erinnern, wie er zu ihren weißen Armen hochgesehen hatte, während sie die leeren Kleiderbügel an den Rohrstangen hin- und herschob, bis sie zu klingeln anfingen. Sie fahndeten auch im Badezimmer, und sie stieg mit ihren Stöckelschuhen in die Badewanne, hob die kleinen aufgeweichten Seifenrechtecke in die Höhe und warf einen Blick auf ihre Unterseite. »So habe ich mal den Ring von deinem Vater verloren«, sagte sie und ließ ihren roten Daumennagel über den geriffelten Boden einer Seifenschale gleiten. »Ich hatte ihn abgezogen, als ich in der Wanne lag, und in eine Seifenschale gelegt, so eine wie die hier. Als ich dann die Seife auf ihn legte, grub sich der Ring in sie hinein und ich konnte ihn eine Woche lang nicht finden. Ich dachte, ich würde sterben. Ich konnte es deinem Vater nicht erzählen, und die ganze Zeit mußte ich meine Ringhand vor ihm verstecken. Ich schämte mich so. Zuletzt fand ich ihn in einem Papierkorb. Weiß nicht, wie er da hineingekommen ist. Kannst du dir das vorstellen? Dein Vater hatte nicht den geringsten Verdacht, daß der Ring verschwunden sein könnte. Ich weiß nicht, was ich getan hätte, wenn er gemerkt hätte, daß ich ihn nicht trug. Deshalb ist es wichtig, überall gründlich nachzusehen, bevor man seine Rechnung bezahlt. Wenn man Sachen vergißt, kann man nachher nie sagen, jemand hätte einem was gestohlen.«

7/91 (Kadoka, South Dakota)

ruising Paradise Crewlaws Dad hatte sich in seinem Motelbett verbrannt. Das war die Geschichte. Matratze explodiert oder so was. Die Einzelheiten ließen mir keine Ruhe. Crewlaw erzählte, die Ursache sei ein großes Stück Zigarrenglut gewesen, das herunterfiel, während sein Dad nicht bei sich war; besoffen. Die Glut war an seinem T-Shirt heruntergerollt, irgendwie ins Bettzeug geraten, hatte sich dann durch die Matratze gefressen und einen Schwelbrand ausgelöst. Ich konnte es mir nicht richtig vorstellen, obwohl Crewlaw alles beschrieb, als wäre er dabeigewesen. Er fühlte sich persönlich beleidigt, weil ich es nicht kapierte, und behauptete, ich würde ihn für einen Lügner halten, obwohl er genau wußte, daß ich ihn nicht für einen Lügner hielt. Er sagte, wenn ich ihm nicht glaubte, könnte er mit mir zu dem Motel fahren, wo es passiert war, und mir die Matratze zeigen. Ich sagte ihm, ich würde ihm ganz bestimmt glauben, ich könnte es mir eben bloß nicht vorstellen, aber er schleppte mich trotzdem da raus.

In Crewlaws 48er Mercury mit den grau grundierten Bugspoilern fuhren wir auf dem Highway 66 raus nach Azusa und parkten auf einem Kiesplatz neben dem Motel Jupiter, einem von diesen irgendwie spanisch aussehenden Dingern um einen Innenhof, mit einem Springbrunnen in der Mitte, der nicht lief, und ohne Gäste. Crewlaw beugte sich zu mir herüber und deutete auf ein dunkles Fenster mit einem roten Aufkleber in einer Ecke, Reklame für obenliegende Nockenwellen. Ich konnte das Butchwax in seinem Haar riechen und die Lucky Strikes, die er sich in den Ärmel von seinem T-Shirt gerollt hatte. »Da ist es passiert«, sagte er. »Genau da. Siehst du das Fenster?«

»Was hat er hier draußen eigentlich gemacht?«

»Gelebt. Was denn sonst?« sagte Crewlaw und setzte sich

hinter seinem Lenkrad wieder aufrecht, dann stieß er die Tür auf und schlenderte zu dem Motelbüro hinüber. Die Art, wie seine Schuhe durch den lockeren Kies knirschten und rutschten, hatte für mich etwas Weibliches, aber was genau, hätte ich nicht sagen können. Seine Wut war jedenfalls männlich. Damals schien er auf alles wütend zu sein. Vielleicht lag es am Tod von seinem Dad. Ich weiß es nicht.
Ich folgte ihm, als er die rostige Fliegentür zum Büro aufstieß und dieses Kabuff betrat, die Lobby, und der silbernen Glocke auf der Theke einen Schlag versetzte. Es war eine von diesen Lobbys, die aussehen, als würden die Besitzer Tag und Nacht darin wohnen. Eine Couch mit Rollen, darauf ein karierter Schlafsack mit offenem Reißverschluß wie eine Bettdecke ausgebreitet. Auf dem Fußboden überall leere Schachteln von Winchell-Doughnuts. Ein blauer Sittich, der in seinem Käfig mit dem Schnabel nach einem kleinen Spiegel hackte und dazu laut krächzte. In einem Zimmer weiter hinten fing ein winziger Köter an, sich die Kehle aus dem Hals zu kläffen, und stürmte dann den Gang entlang auf uns los. Crewlaw stieß mit dem Fuß nach ihm und tat, als wollte er ihm den Schädel eintreten, worauf der Hund sich flach auf den Boden warf und winselte. Eine kleine dicke Frau in einem orangen hawaiianischen Kittelkleid und grünen Pantoffeln kam den Gang entlanggeschlurft. Das Kinn hing ihr tief auf die Brust, und sie keuchte, als wäre sie kurz vor dem Ersticken. Sie rief den Hund in einem so grauenhaft von Mitleid triefenden Ton beim Namen, daß Crewlaw mit den Zähnen knirschte, als er sie ansprach. »Ich heiße Crewlaw. Ich bin der Sohn von dem Mann, der hier letzte Woche verbrannt ist, und wir würden bloß noch mal gern das Bett sehen. Die Matratze.«
»Wie wa'er Name?«
»Crewlaw.«
»Iss'en das für'n Name?«
»Könnten wir das Bett sehen?«

»Was für'n Bett?«
»Das Bett, wodrin er verbrannt ist.«
»Wir ha'm hier kein Bett.«
»Er hatte Zimmer sechs. Er ist dadrin verbrannt. Im Bett. Matratze explodiert.«
»Ach, *das* Bett!« sagte sie.
»Ja, *das* Bett. Können wir es sehen? Mein Freund hier glaubt mir nicht.«
»Ich glaube dir wohl«, sagte ich und hätte am liebsten kehrtgemacht und mich verdrückt.
»Ist total verbrannt«, sagte sie.
»Ich weiß. Könnten wir es trotzdem sehen?«
»Wozu wollense'n verbranntes Bett sehen? Außerdem isses aufgeweicht und verquollen, von dem Feuerwehrschlauch. Riesenschaden in dem Zimmer. Wasserschaden. Rauchschaden. Wer zahlt mir jetzt den Schaden?«
»Ich jedenfalls nicht«, sagte Crewlaw. »Das steht fest.«
»Wer dann? Sie sind sein Sohn, stimmt's?«
»Stimmt.«
»Was ha'm Sie gesagt, wie war der Name?«
»Crewlaw.«
»Genau. So hieß er. An den Namen erinner'ch mich. Was iss'en das nun für'n Name?«
»Litauisch.«
»Wo iss'en *das*?«
»Egal. Können wir jetzt das Bett sehen oder nicht?«
»Hab's rausgeschmissen.«
»Wohin rausgeschmissen?«
»Hinten raus. Lehnt da hinter dem Haus an der Wand.«
»Ist doch okay, wenn wir hintergehen und einen Blick drauf werfen, oder?«
»Was ham Sie'nn damit vor?«
»Gar nichts. Ich will's bloß sehen.«
»Da ist doch nich etwa Geld drin oder was? Wenn in der Matratze da Geld steckt, schulden Sie mir was.«

»Einen Scheißdreck schulde ich Ihnen«, sagte Crewlaw, drehte sich um und ging zur Tür.

»He, du hass' kein Recht, hier einfach reinzumarschieren und mich dumm anzuquatschen, Freun'chen! Ist mir völlig egal, woher du kommst! Am liebsten würd'ch die Polizei rufen!«

»Leck mich doch am Arsch!« sagte Crewlaw, schlug ihr die Fliegentür vor der Nase zu und marschierte mit knirschenden Schritten zum Parkplatz zurück. Die Stimme der dicken Frau in der Lobby zeterte jetzt eine Oktave höher, und ihr Hündchen fand plötzlich seinen Mut wieder und kläffte im Gleichklang mit.

»Ich ruf jetzt die Cops! Verstanden? Glaubt ihr, ihr könnt hier am hellichten Tage reintanzen und ich lasse mich von euch beleidigen? Verdammtes Gesocks! Wundert mich nich, daß dein Alter verbrannt ist!«

Wir sprinteten um das Gebäude herum und sprangen über ein niedriges schwarzes Eisentor. Mülleimer standen in einer Reihe an der Wand und darauf in der Sonne verdörrte Katzenteller mit eingetrockneter Milch und Thunfisch. Den Fliegen ging es hier prima. »Da steht sie! Sieh sie dir an! Verstehste jetzt?« Crewlaws Stimme klang nach Rechthabenwollen. Die Todesmatratze lehnte aufrecht an einem Verandageländer, ein riesiges Loch in der Mitte, glatt durchgebrannt. Es sah aus, als wäre eine Bombe auf sie gefallen. Crewlaw zog sie von dem Geländer weg und steckte den Arm in das Loch, so daß seine Hand auf der anderen Seite wieder herauskam. Er öffnete und schloß seine Faust und grapschte nach Luft. Je nachdem ob er die Faust auf- oder zumachte, spannte sich das zwischen seinem Daumen und seinem Zeigefinger tätowierte, blaugrüne *pachuco*-Kreuz, oder es erschlaffte. Ich erinnerte mich an den Tag, an dem sich Crewlaw dieses Kreuz während der Geometriestunde mit einem Taschenmesser in die Hand geschnitten hatte. Er stichelte so lange an der Haut herum, bis sie blutete, und dann träufelte er aus einem Patronenfüller Tinte in die Wunde, die sich darin festsetzte. »Glatt durchgebrannt. Siehst du? So was schafft'ne Zigarre. Vielleicht kannst du's dir *jetzt* vorstellen.«

»Wir sollten abhauen, Crewlaw. Die ruft wirklich die Polizei.«

»Glaubst du vielleicht, die kommen hier raus, bloß weil ihr jemand paar Schimpfwörter an'n Kopf geworfen hat? Das machen die nicht.«

»Ich will nicht, daß sie mich hier in Azusa noch mal drankriegen. Wenn sie mich hier noch mal drankriegen, bin ich im Arsch.«

»Du hast doch nichts dabei, oder?«

»Nein«, sagte ich, »aber ich will kein Risiko eingehen.«

»Alles klar, also los, pack mal an.«

»Was soll denn das werden?« fragte ich.

»Ich nehme sie mit.«

»Wozu?«

»Einfach so. Los, pack an!«

Wir schleppten die verbrannte Matratze auf den Parkplatz raus und warfen sie auf das Dach von Crewlaws Wagen. Er hatte von der Rennbahn ein Stück Draht zum Binden von Heuballen auf dem Rücksitz, damit schnallten wir die Matratze fest. Der kleine Kläffer jaulte noch immer im Hintergrund, aber von der Chefin war nichts zu sehen. Crewlaws Blick schoß noch mal zu dem Büro hinüber, während er den rostigen Draht festzurrte. »Ich würde diesen Scheißköter erschießen, wenn er mir gehörte. Ihm das Elend ersparen.«

Wir fuhren mit der schlackernden Matratze auf dem Dach los, vorbei an dem Irwindale-Steinbruch nach Westen, auf der alten Baseline Road durch Zitronenhaine und Weingärten. In diesem Augenblick wirkte der Honigduft der Zitronenblüten verwirrend. Die seltsame Angst, die mich gepackt hatte, schien zu der Natur um uns nicht zu passen: eine

Spottdrossel, die hart und laut ihr Lied trällerte; der vibrierende Regennebel aus den Sprühanlagen. Das Gewummer auf dem Dach des Mercury rumpelte bis in die Bodenbleche und hinaus zwischen die makellosen Reihen der Zitronen- und Orangenbäume. Ich hatte das bestimmte Gefühl, als Passagier in einem Teufelsfahrzeug zu sitzen, das im Paradies herumkurvt. Und ich hatte keine Ahnung, wie ich dahin geraten war. Ein Kojote duckte sich zwischen den Bäumen weg und lief auf einen tiefen Graben zu: ein schöner, roter Kojote mit einer großen Halskrause. Er sah sich noch einmal um, blieb einen Moment stehen, betrachtete den verbeulten, zerkratzten Mercury mit der schlackernden verbrannten Matratze auf dem Dach und verschwand dann zwischen den Töpfen für die Rauchfeuer und den Sprinklern.

In Fish Canyon bogen wir ab und fuhren auf einer holprigen Schotterstraße zum Hochwasserschutzkanal raus – einer riesigen Betonschlange, die sich aus den San Gabriels bis hinunter in die Wüste windet. Mehr als ein Rinnsal hatte ich nie darin fließen sehen. Hochwasser kannte ich überhaupt nur von Bildern aus Alabama. Soweit ich gehört hatte, diente der Kanal hauptsächlich dazu, Mordopfer aus L. A. darin zu deponieren, aber ich hatte auch nie eine Leiche darin gesehen. Crewlaw fuhr mit dem Wagen bis dicht an den Rand des breiten Beton-Canyons und sprang hinaus. Er marschierte ein paarmal an der Kante hin und her, starrte in die Weite hinter dem Manzanita- und Yuccagestrüpp, zündete sich dann eine Lucky Strike an und drehte sich wieder nach mir um. »Bringen wir es hinter uns«, sagte er und ging auf die Matratze los, fing an, den Draht zu lösen, wobei die Zigarette zwischen seinen Lippen auf- und abtanzte. Ich half ihm, ohne zu fragen, was er eigentlich vorhatte.

Wir schoben die Matratze vom Wagendach und ließen sie die steile Schrägwand des Kanals hinunterkullern. Sie torkelte und rutschte vielleicht fünfzehn Meter weit, bis sie unten ankam und vor einer kaputten alten Waschmaschine liegenblieb – einer von denen, wo die Trommel oben ist und an der Seite eine Kurbel, um das Wasser aus der Wäsche zu pressen. Crewlaw stand am Rand und starrte einen Moment lang nach unten, als wollte er sich vergewissern, daß die Matratze wirklich aufgehört hatte, sich zu bewegen. Als könnte sie doch noch einen Funken Leben in sich haben. Er schnippte seine Zigarette die Böschung hinunter, ging zum Kofferraum seines Wagens und nahm einen orangen Benzinkanister mit silberner Tülle heraus. Plötzlich rannte er los, auf die Kante des Kanals zu, sprang und verschwand, wie ein Selbstmörder aus dem Fenster springt. Ich folgte ihm und sah ihn vor mir die abschüssige Betonfläche herunter auf die Matratze zugaloppieren, wobei er den Benzinkanister hoch über den Kopf hielt. Als wir die flache Sohle des Kanals erreicht hatten, blieben wir stehen und starrten keuchend auf die Matratze. Hier unten roch es nach toten Fischen und Grünalgen.

Crewlaw schüttete alles Benzin in kleinen gezielten Güssen auf die Matratze und warf den leeren Kanister noch dazu. »Komm ein Stück zurück, das Scheißding geht nämlich in die Luft«, sagte er und zog mich am Ellbogen. Wir gingen ein paar Schritte zurück, und er hob einen glatten, flachen, korkbraunen Stein vom Boden auf. Er nahm seine letzten drei Lucky Strike aus der Packung, ließ den Stein hineingleiten und knüllte die Packung dann fest um den Stein. Das Zellophan zündete er mit seinem Gasfeuerzeug an und wartete, bis die blaue Flamme orange geworden war, dann schleuderte er den brennenden Stein mit einem kleinen *overhand flip* von sich, wie ich ihn beim Basketball von ihm gesehen hatte. Der Stein sah aus wie ein ferner Komet auf seiner gekrümmten Bahn am Horizont, dann versank er lautlos in der Matratze. Einen Moment lang geschah nichts. Wir glaubten beide, er sei ausgegangen. Keine Flamme. Nichts. Zuerst war es wie ein Flüstern, dann war es schlagartig da, wie der Wind in der Wüste, und der ganze Kanal leuchtete auf. »Jetzt ist er *ganz* weg«, sagte Crewlaw, während er auf die schwarze Rauchwolke starrte, die aus dem Loch in der Matratze aufstieg. »Ich schätze, manche Leute müssen zweimal verbrennen.« Hinter den Betontürmen des Kieswerks, an denen schon die kleinen blauen Warnlichter blinkten, ging gerade die Sonne unter, und die schwarzen Yuccabüsche standen schweigend an der Steilkante.

Wir fuhren zu seiner Tante Mellie raus nach Cucamonga und wollten dort übernachten. Sie wohnte am Rand eines alten verlassenen Weinbergs, in einem dieser holzverkleideten Häuschen, die ursprünglich für die mexikanischen Wanderarbeiter aufgestellt worden waren. Der Weinbau hatte sich weiter nach Norden verzogen. Wir kamen am »Blue Sky«-Autokino vorbei, wo gerade *Jailhouse Rock* lief. Wir konnten Elvis sehen, riesengroß vor den tiefroten Bergen, wie er da lautlos sang und seine berühmten Hüften schwang. Ich fragte mich, in was für einem Gefängnis sie ihn wohl so singen und tanzen lassen würden, mit einer Band im Hintergrund, aber Crewlaw sagte ich davon nichts. Er gab es zwar nicht zu, aber er hatte sich immer viel Mühe gegeben, den Pomadeentenschwanz von Elvis mit dem Regenabfluß über der Stirn zu imitieren. Pfundweise benutzte er Dixie Peach und Butchwax, aber er bekam es nie richtig hin. Die Tülle hing ihm immer zu tief in die Augen und gab ihm ein mürrisches, gefährliches Aussehen, das ihn schon viele Jobs gekostet hatte. Ohne meine persönliche Empfehlung hätten sie ihn auf der Rennbahn von Santa Anita wahrscheinlich nie angestellt. Die Geschäftsleitung wollte kein »Gesocks von der Kirmes«, und an solche Leute erinnerte sie Crewlaws Frisur. Pferdetrainer putzten sich immer fein heraus, trugen diese albernen kleinen Tweedkappen und Spaghettikrawatten mit einem goldenen Hufeisen als Klammer. Sie mußten dieses Getue mitmachen, obwohl jeder wußte, daß sie aus der Gosse kamen, genau wie wir. Wahrscheinlich waren sie noch schlimmer als wir.

Crewlaws Tante Mellie war ziemlich hinüber, wie immer, und stand nicht mal von ihrem Sofa auf, als sie uns kommen hörte. Wir gingen einfach ins Haus und sofort in die Küche. Aus dem vorderen Zimmer, wo sie sich *The Lone Ranger* ansah, rief sie: »Geht mir bloß nicht ans Bier, ihr Typen! Das muß noch zwei Tage reichen!« Crewlaw zwinkerte mir zu, zog vorsichtig die Kühlschranktür auf und stahl uns eine Flasche, ohne daß es auch nur einmal klirrte. Tante Mellie dröhnte von ihrem Sofa aus weiter: »Ab und zu könntet ihr ruhig mal an andere Leute denken, hört ihr? Könnte nicht schaden. Würde euch nicht umbringen, auch mal 'n bißchen an die andern zu denken!« Vorsichtig drückten wir den Deckel ab, setzten uns an den Resopaltisch und schoben die Flasche zwischen uns hin und her, wobei wir einander stumm Reaktionen auf die kleine Predigt von Crewlaws Tante vorspielten. Manchmal mußten wir uns die Nase zuhalten, sonst wären wir laut herausgeplatzt und hätten auf dem Linoleum überall Bier verspritzt. »Dasselbe Problem mit dei'm Alten! Von dem muß du das haben. Die gleiche Rücksichtslosigkeit. Nie hat er an andere gedacht. Kein bißchen.« Wir nickten feierliche Zustimmung, während zwischen Revolverquerschlägern aus dem Hintergrund die *Wilhelm-Tell*-Ouvertüre erklang. »Weißer Bruder« und »He-jo, Silver, auf geht's!« Tante Mellie ließ nicht locker. »Der machte immer munter drauflos! Die Folgen waren ihm piepegal. Von Zukunft keine Rede. Der Hurensohn. Überrascht mich kein bißchen, wie es ihn erwischt hat. Er hat's verdient, bis zum letzten. Findet ihr das grausam? Ich schätze, ihr findet das grausam, wie?« Wir schüttelten heftig die Köpfe und bekamen uns kaum noch ein. Wir krümmten uns auf den federnden Rohrstühlen, hielten uns die Bäuche und schnappten nach Luft. »Niemand war so grausam wie dein Alter, das kann ich dir sagen! Was der deiner Mutter angetan hat. Ist ein Wunder, daß sie so lange gelebt hat. Und diese verdammten Ausreden, die er immer parat hatte. Habe nie einen Mann erlebt, der so viele Ausreden hatte. Genau wie du. Ausreden, immer nur Ausreden! Und was für eine Ausrede hast du heute abend, Crewlaw? Antworte!« Crewlaw setzte sich aufrecht und versuchte, seinen Lachanfall in den Griff zu bekommen.

»Wie bitte, Madam?«

»Was für eine Ausrede du heute abend hast, habe ich gefragt! Du hast es genau verstanden!«

»Wofür denn, Madam?«

»Dafür, daß ihr hier mitten in der verdammten Nacht reintappt und mein Bier klaut! Ich weiß genau, was ihr da drüben macht.«

»Es ist noch nicht mitten in der Nacht.«

»Es ist halb nach dunkel! Widersprich mir nicht!«

»Ja, Madam.«

»Laß die Finger von dem Eisschrank, Crewlaw!«

»Ich hol dir morgen ein Sechserpack, Tante Mellie!«

»Morgen! Am besten wärste so'n verdammter Mexikaner geworden, mit deiner *mañana*-Krankheit. ›Morgen!‹ Das gleiche Lied, wie dein Daddy gesungen hat. ›Morgen, morgen‹! Jetzt hat er kein Morgen mehr. Wie findest du das? Dem sind die Morgen ein- für allemal ausgegangen! Und was ist mit dir?«

»Was soll denn mit mir sein, Tante Mellie?« Diesmal brach Crewlaw völlig ein, konnte das Glucksen nicht mehr unterdrücken. Ich beugte mich zu ihm rüber und boxte ihn vor das Knie, aber es half nichts.

»Du glaubst wohl, das ist alles eine große Komödie, wie? Die ganze Quälerei und Plackerei, bloß damit man ordentlich was zu lachen hat! Siehst du das so?«

»Nein, Madam!«

»In zehn Jahren haste auch noch die andere Hälfte von dir totgelacht! Vielleicht früher. Glaub's mir. Das passiert, ehe du es überhaupt merkst.«

»Ja, Madam.«

»Lungerst in irgendeiner gottlosen Penne rum, wie dein Alter. Starrst auf die Risse im Putz. Fragst dich, was aus dei'm Leben geworden ist. Dann siehste, was das für eine Komödie ist, du toller Hecht!« Danach wurde sie still, aber *The Lone Ranger* lief weiter und wurde von einem aufgeregten Cal-Worthington-Spot für Dodge unterbrochen. Auf Zehenspitzen schlichen wir zu der offenen Tür und spähten hinein. Sie lag auf ihrem zerschlissenen Sofa mit dem Rücken zu uns. Sie trug ein blaues Halstuch und einen fusseligen rosa Pullover, die Ärmel bis zu den Ellbogen hochgezogen. Von der Hüfte abwärts war sie mit einer ausgebleichten mexikanischen Decke zugedeckt. Ein Arm hing fast bis auf den Boden, mit einer L&M daran, die langsam zu Asche verbrannte. Tante Mellie regte sich nicht. Ihre Finger waren voller gelblicher Flecken, die Knöchel so groß wie bei einem Mann. Sie trug einen silbernen Ring mit einem Donnervogel aus Türkis. Der Zigarettenrauch kräuselte sich um den Ring, an ihrem Arm hoch zu dem rosa Pullover. Sie regte sich nicht. Sie sprach, ohne sich zu uns umzudrehen. Ihre Stimme klang jetzt anders. Tiefer. Fast männlich. »Ich weiß, ihr beobachtet mich«, sagte sie. »Macht nur weiter. Ihr werdet nichts sehen.«

5/3/89 (Los Angeles)

in kleiner Kreis von Freunden Mitte der fünfziger Jahre hatten meine Eltern einen kleinen Kreis von Freunden. Bis 1961 waren sie alle verschwunden. Später begriff ich, daß das zum Teil mit der Sauferei von meinem Vater und den Wutanfällen danach zusammenhing. Wutanfälle, bei denen man meinen konnte, ihm würde gleich der Kopf platzen. Irgendwann so um 1957 fand bei uns ein Barbecue statt, bei dem alle diese Freunde zusammenkamen. Ted Maysley war da, ein großer, schlanker Mann mit einem stahlgrauen Bürstenschnitt, der ihm hoch vom Kopf stand, wie eine richtige Schuhbürste. Er war erst Mitte Vierzig, aber schon ganz grau. Er spielte Klavier und sang Fats-Waller-Stücke und kam immer in Anzug und Krawatte. Die Anzüge waren, passend zum Bürstenschnitt, immer grau. Viel später hörte ich, Ted habe sich an einem Dachbalken seiner Tankstelle erhängt, weil er herausgefunden hatte, daß er schwul war. Lance Torrace und seine Frau Louise waren da. Louise fand ich sehr sexy, und sie hatten eine Tochter namens Liza, die genauso sexy war, ungefähr in meinem Alter; ungefähr dreizehn. Ich und Liza, wir verdrückten uns immer zu den Schafställen und machten herum. Es war sehr aufregend, mit ihr herumzumachen, weil sie dabei Laute von sich gab wie Jayne Mansfield in ihren Filmen mit Mickey Hargitay. Lizas Mutter, Louise, hatte tolle Hüften. Sie waren breit, und immer zwängte sie sie in hautenge, wadenlange Röcke, unter denen sich die Knöpfe von ihrem Hüfthalter abzeichneten. Viel später erfuhr ich, daß sich Louise von einer Veranda im zweiten Stock kopfüber in ihren gekachelten Patio gestürzt und den Hals gebrochen hatte. Lance, ihr Mann, der früher mal Footballtrainer gewesen war, wurde im Laufe der nächsten zehn Jahre langsam verrückt und verlor sein Schuhgeschäft. Auch Lou und

Doris Parnell, die so gern Karten spielten und auf Pferde wetteten, waren gekommen. Ob sie gerade eine Glücks- oder eine Pechsträhne hatten, konnte man immer an dem Wagen erkennen, den sie fuhren. Wenn sie gewannen, war es ein Thunderbird. Wenn sie verloren, wurde ein Plymouth daraus. Es war auch ein italienisch aussehender Mann namens Phil da, um den es bei uns schon viel Streit gegeben hatte. Mein Vater beschuldigte meine Mutter immer wieder, sie habe ein Verhältnis mit ihm, aber ich hatte nie gesehen, daß er Phil selbst Vorwürfe machte. Statt dessen verwüstete er in gewissen Abständen dieses oder jenes Zimmer im Haus: immer spät abends, wenn ich und meine Schwestern längst schlafen sollten. Er beschränkte seine Gewalttätigkeit immer auf ein Zimmer, und am nächsten Morgen gab es kein Vertun, welches Zimmer drangewesen war. Meistens die Küche.

Bei diesem speziellen Barbecue 1957 nun schien sich alles gut anzulassen. Es war ein strahlender Nachmittag. An den Bäumen wurden gerade die Aprikosen reif. Ein sanfter Wind aus dem San Joaquin Valley trieb den Duft von Hamburgern, Huhn und Orangenblüten durch den Garten und weiter in die Avocado-Plantage hinaus. Liza warf einen Gummiknochen für unseren Hund und jagte ihm mit hysterischem Geschrei nach. Sie strebte in die Richtung der Schafställe und warf mir immer wieder kurze Blicke über die Schulter zu. Ich tat, als würde ich nichts merken. Arturo, ein befreundeter Mexikaner, den mein Vater für verschiedene Arbeiten im Garten eingestellt hatte, schnitt Quecken mit einem Toro-Motormäher. Er war ein sehr ruhiger Mann, trug einen schlaffen Strohhut und *huaraches* mit Sohlen aus alten Profilreifen. Er hatte mir mal erzählt, eines Tages hätte er in Chihuahua City Ärger mit ein paar sehr schlechten Männern bekommen und hätte Mexiko deshalb verlassen müssen. Einzelheiten wollte er mir nie verraten, nur, daß es um eine Frau gegangen sei. Manchmal schnitzte er Schlangenmuster in kleine, zurechtgestutzte Obstbaumzweige und schenkte sie mir. Ich hob sie alle in einer Schublade auf, zusammen mit meinen Taschenmessern.

Der kleine Kreis von Freunden amüsierte sich prächtig. Das unverkennbare schrille Lachen meiner Mutter übertönte die anderen Stimmen und signalisierte mir, daß sie schon ein paar Gläser intus hatte. Alle tranken und prosteten sich zu und redeten durcheinander. Sogar mein Vater machte ausnahmsweise mal einen glücklichen Eindruck, wie er da mit einer langen Gabel in dem brutzelnden Fleisch herumstocherte und an seinem Bier trank. Ted sang: »*You're not the only wrinkle on the prune. You're not the only apple on the tree. Nevertheless, I confess – positively, positively – you're the only one for me.*« Er brachte seine beste Fats-Waller-Imitation und markierte das Ende jeder Strophe mit einem herzhaften »Yeah!«, während Phil kleine improvisierte Posaunenphrasen dazu summte. Dabei schloß er die Augen, und während er vor sich hin summte, klappten seine Lippen immer wieder auf und zu. Dazu machte er vor dem Mund Posaunenbewegungen, auch mit der Hand, in der er sein Glas hielt. Bei jedem Posaunenzug schwappte aus seinem Glas etwas auf Teds Schoß, aber Ted schien es nicht zu merken, und Phil machte nie die Augen auf und sah deshalb nicht, was er anrichtete. Er war ziemlich hinüber. Lance, Louise, Lou, Doris und meine Mutter bekamen einen Lachanfall wegen irgend etwas aus ihrer Collegezeit, das ihnen gerade eingefallen war. Irgendwas, das gut und gern zwanzig Jahre zurücklag, es ging um eine Schönheitskönigin, die auf einem Ehemaligentreffen gekürt worden war. Meine Mutter konnte sich anscheinend am besten erinnern, jedenfalls lachte sie am lautesten. Soweit ich mich erinnern kann, waren das die einzigen Gelegenheiten, bei denen meine Eltern zur gleichen Zeit und am gleichen Ort lachten: diese kleinen Festivitäten, die sie gelegentlich veranstalteten.

Als nächstes kam dann Liza zum Haus gerannt, ohne den

Gummiknochen, unser Hund hinter ihr her. Anscheinend glaubte er, sie würde noch immer mit ihm spielen, aber das tat sie nicht. Sie weinte. Sie lief zu ihrer Mutter, schlang ihr die Arme um die Taille und vergrub ihren Kopf in Louises engem weißen Rock. Alle hörten auf zu reden, zu lachen, zu trinken, außer Ted und Phil, die gerade bei der letzten Strophe von »Honeysuckle Rose« waren. Aber wenig später hörten auch sie auf und nahmen ihre Drinks mit nach draußen in den Patio, um zu sehen, warum die Stimmung plötzlich gekippt war. Die ganze Gesellschaft teilte sich in Paare, aber gesprochen wurde kaum. Diejenigen, die etwas sagten, tuschelten nur, blickten dabei zu Boden und schüttelten langsam den Kopf. Louise und Liza gingen ins Haus, zusammen mit meiner Mutter, die Liza immer wieder sanft auf die Schulter klopfte und über den Kopf strich. Lance ging auf meinen Vater zu und sagte ihm ins Gesicht: »Ich hab dir ja gesagt, was dabei rauskommt, wenn man Mexikaner einstellt, oder etwa nicht?« Dann ging auch er ins Haus und ließ meinen Vater einfach stehen. Mein Vater zog seine »Bar-B-Q«-Schürze aus und legte die lange Gabel neben den Grill. Er starrte in die glühenden Grillkohlen, und sein Gesicht leerte sich. Es stieg kein Zorn darin auf, nur etwas Gequältes schien zurückzukehren, als wüßte er, daß diese kurzen Ausflüge ins Glücklichsein sein wirkliches Schicksal nur zeitweilig maskierten. Ted klopfte meinem Vater auf den Rücken, aber mein Vater sah ihn nicht an und tat so, als hätte er die Geste nicht bemerkt. Er ging einfach langsam davon, hinüber zu den Schafställen. Er ging, als würde er nicht gehen wollen; als würde er den Befehlen eines fremden Gewissens folgen. Ich ging ihm nach, aber in großem Abstand, um ihn nicht zu ärgern. Mit seinen Gedanken war er ganz woanders, er bemerkte mich gar nicht. Unser Hund umtanzte mich in albernen Kreisen; mit wedelndem Schwanz und heraushängender Zunge grinste er zu mir hoch. So munter und dumm war er immer. Egal, was passierte.

Ich konnte Arturo in seinem alten grünen Chevy-Pickup sitzen sehen, und den Toro-Mäher und das Gartenwerkzeug hinten auf der Ladefläche. Er saß sehr still da, ohne Hut, die beiden ledrigen, braunen Hände auf dem Lenkrad, als hätte er erwartet, daß mein Vater zu ihm käme und ihm eine Standpauke halten würde. Der Motor des Wagens lief nicht. Mein Vater ging auf den Wagen zu, stieg ein und setzte sich neben Arturo. Es gab einen fürchterlichen Knall, als er die Tür zuschlug. Lange Zeit sahen sie einander nicht an. Sie sagten nichts. Sie starrten durch die Windschutzscheibe einfach auf nichts. Arturo hielt das Steuerrad, als würden sie fahren, aber der Motor lief nicht. Einen Moment lang sahen sie aus wie zwei Männer auf einer Überlandtour, aber der Wagen rührte sich nicht. Die Schafe fingen an zu blöken, anscheinend glaubten sie, ihr Heu sei unterwegs, sie drängten an den Zaun und steckten die Nasen durch die Maschen. Unser Hund lief mit hängendem Kopf vor dem Zaun hin und her, schnappte nach den Lämmern und bellte, was das Zeug hielt. Mein Vater und Arturo starrten durch die staubige Windschutzscheibe nach draußen. Dann sagte mein Vater etwas auf spanisch zu Arturo, ohne ihm den Kopf zuzuwenden, Arturo ließ den Wagen an, und sie fuhren zusammen weg, sehr langsam. Ich sah zu, wie das grüne Fahrzeug den Hang hinunterfuhr, vorbei an dem Eukalyptus, und wie es verschwand, mit dem hüpfenden Mäher und den hüpfenden Werkzeugen auf der Ladefläche.

Als ich wieder zum Haus kam, waren alle im Aufbruch, außer Lance, Louise und Liza. An dem roten Tisch in der Küche sprach meine Mutter leise mit Lance. Unüberhörbar klang in ihrer Stimme die Bitte um Entschuldigung mit. Lance rauchte und starrte auf das Linoleum. Louise und Liza waren in das Schlafzimmer meiner Eltern gegangen und hatten die Tür zugemacht. Aber ich konnte Louises Stimme auch durch die geschlossene Tür hören: »Ich habe dir hundertmal gesagt, du sollst diesen BH nicht anziehen!

Du bist zu jung für so einen BH!« Ich verabschiedete mich von Ted und gab ihm die Hand. Ich weiß noch, daß ich dachte, er ist ein Gentleman. Er hatte etwas sehr Freundliches um die Augen. Es war das letzte Mal, daß ich ihn lebendig sah, und wenn ich das damals gewußt hätte, hätte ich ihm etwas über seine Freundlichkeit gesagt. Wie ungewöhnlich sie war. Lou und Doris winkten mir aus ihrem Plymouth zu, während sie rückwärts aus der Einfahrt setzten. Sie schienen ziemlich angeheitert, aber von den jüngsten Verwicklungen nicht weiter berührt. Ich winkte zurück. Ich sah Phil, der im Garten vor dem Haus mit einem Glas in der Hand und einer Zigarette einen Orangenbaum umkreiste. Er trat immer wieder ins Gras und sah auf seine Stiefel herunter und rieb dann die Spitzen hinten an seinen Waden blank. Hin und wieder sah er zum Haus zurück, dann lief er weiter im Kreis und schwenkte sein Glas. Ich konnte die Eiswürfel klirren hören. Ted hupte zweimal kurz, als er abfuhr, und Phil hob sein Glas, aber er blickte nicht auf. Er umkreiste bloß immer wieder diesen Orangenbaum und trat nach dem Rasen. Weißer Rauch trieb durch den Garten, während der Grill langsam erlosch.

Nach einiger Zeit kam meine Mutter mit Lance, Louise und Liza nach draußen. Lizas Gesicht war rot und streifig, aber sie weinte jetzt nicht mehr. Sie warf mir einen kurzen Blick zu und ging dann hinter ihrer Mutter in Deckung. Das einzige, was ich von ihr noch sehen konnte, war ein Auge, ein schuldbewußt dreinblickendes Auge. Meine Mutter begleitete die drei zu ihrem Wagen, sie hatte die Arme vor der Brust gekreuzt und hielt den Kopf gesenkt. Sie küßte Liza auf die Wange und drückte die Tür sachte zu, nachdem Liza eingestiegen war. Sie winkte zum Abschied, als sie davonfuhren, und winkte noch immer, als sie schon nicht mehr zu sehen waren, so als würden sie weit wegfahren. Phil hörte auf, den Orangenbaum zu umkreisen, und prostete meiner Mutter zu, als sie zum Haus zurückgehen wollte. Sie blieb stehen und starrte ihn an. Sie lächelte nicht. Dann drehte sie sich zu mir um und machte ein Gesicht, als hätte sie plötzlich den Faden verloren. Ich ging ins Haus und beobachtete sie, hinter den Vorhängen verborgen, vom Küchenfenster aus. Ich sah, wie sie in ihren Stöckelschuhen über den Rasen auf Phil zuging. Phil lächelte und rauchte und kam sich anscheinend vor wie in einem Film. Seine Brust wölbte sich. Er fuhr eine Hüfte aus, schnippte die Zigarette weg und nahm einen langen Schluck. Gerade als meine Mutter bei ihm war, sah ich Arturos Wagen den Hang hochkriechen. Meine Mutter sah ihn auch und machte sofort kehrt, ging geradewegs auf das Haus zu und tat, als hätte sie sowieso dorthin gewollt. Phil rief ihr etwas nach, aber sie sah sich nicht mehr um. Sie ging weiter, schüttelte den Kopf und preßte die verschränkten Arme vor die Brust, als würde sie gegen einen Kälteschauer ankämpfen. Phil stampfte seine Zigarette im Gras aus und nahm einen Schluck aus seinem Glas. Arturos Wagen hielt auf der Straße vor dem Garten, und mein Vater stieg aus. Er stand auf der Straße und starrte durch die Oleanderbüsche zu Phil hinüber, während Arturo davonfuhr.

Meine Mutter kam in die Küche, klopfte sich auf die Brust, schnell atmend, und bei jedem Ausatmen laut keuchend. Sie sagte, ich sollte vom Fenster weggehen, und als ich sie fragte, warum, sagte sie: »Tu's einfach!« Sie ging ins Schlafzimmer und warf die Tür hinter sich zu. Ich konnte hören, wie sie ihre Stöckelschuhe gegen die Wand warf, dann wurde es still.

Ich blieb am Küchenfenster und beobachtete, wie mein Vater, statt außen herum über die Einfahrt, sich unter den hohen Büschen duckend auf Phil zuging. Phil drehte sich nach meinem Vater um und prostete ihm mit dem, was noch in seinem Glas war, zu. Lächelnd griff er nach seiner Zigarettenpackung. Mein Vater versetzte ihm einen solchen Schlag, daß das Glas in Phils Gesicht explodierte. Eis flog in hohem

Bogen in den Orangenbaum. Als Phil die Hände hob, um seine Augen zu schützen, packte ihn mein Vater bei seinem Schopf und schlug sein Gesicht auf das angewinkelte Knie. Er machte das viele Male. Selbst auf diese Entfernung konnte ich hören, wie Phils Nase brach, aber er gab keinen Ton von sich. Dann sackte er ins Gras, und mein Vater ließ ihn einfach liegen, ging davon, stellte den Sprinkler an und ließ ihn über Phil hin- und herschwenken. Ein türkisfarbener Kolibri schnellte immer wieder in den Wasserdunst hinein und heraus.

An diesem Abend nahm ich all die kleinen Schlangenstöcke, die Arturo mir geschnitzt hatte, und legte sie nebeneinander auf mein Bett. Ich ordnete sie zu immer neuen Mustern, während ich zuhörte, wie mein Vater wieder mal ein Zimmer verwüstete.

Am nächsten Morgen ging ich weg, für immer. Meine Taschenmesser und meine Schlangenstöcke nahm ich mit.

4/4/89 (Los Angeles)

ngst vor der Fiedel Im Herbst ’63 besorgte ich mir einen Job bei der Burns Detective Agency, Kohlenkähne auf dem East River bewachen. Es war mein allererster Job in New York City. Ich hatte keine Ahnung, durch wen oder was Kohlenkähnen auf dem East River eine Gefahr drohte, aber ich war froh über den Job, denn Tags zuvor hatte ich auf dem Times Square schon einen halben Liter Blut verkaufen müssen, um mir einen Cheeseburger leisten zu können. Ich meldete mich bei der Zweigstelle von Burns in Midtown Manhattan, immer noch ein bißchen groggy, aber begierig loszulegen. Die Ausrüstung, die sie mir verpaßten, bestand aus einer khakifarbenen Uniform, einem Schlagstock, einer Kontrolluhr in einem schwarzen Lederhalfter, das ich mir über die Schulter hängen konnte, und einem silberblanken Abzeichen. Meine Arbeitszeit war von zehn Uhr abends bis zum frühen Morgen. Ich saß auf einem braunen Klappstuhl aus Metall in einer Holzbude, ungefähr so groß wie ein Klohäuschen. Der Platz reichte noch gerade für ein kleines elektrisches Heizgerät, das mir laut rasselnd heiße Luft um die Füße blies, aber sonst nichts wärmte. Alle fünfzehn Minuten mußte ich meine Runde über die Docks drehen und an ganz bestimmten Stahlpfosten haltmachen, an denen Kästchen angebracht waren mit Schlüsseln drin. So hielten sie mich unter Kontrolle. Ich mußte jeden Schlüssel in einen Schlitz an meiner Kontrolluhr stecken und umdrehen, wodurch jedesmal ein Loch in eine Papierscheibe gestanzt wurde, die ich am Ende der Nacht in einen Kasten zu werfen hatte. Anschließend wanderte ich nach Hause, Avenue C, Ecke Zehnte Straße, in die aufgehende Sonne rein.

Früh morgens war die beste Zeit, um in den Straßen von New York herumzulaufen, vor allem in einer khakifarbenen Uniform und mit Schlagstock. Es kam mir vor, als wäre ich ganz allein da draußen unterwegs, abgesehen von dem Lärm der Müllautos und den Männern, die, dick vermummt gegen die Kälte, in ihren Zeitungshäuschen an den Straßenecken saßen. Ich fühlte mich diesen Männern innerlich verbunden; wir alle arbeiteten in Buden so groß wie Klohäuschen mit kleinen rasselnden elektrischen Heizgeräten. Die Schornsteine des Kraftwerks der Con Ed spuckten lange weiße Rauchsäulen in das Morgenlicht. Einsame Junkies mit leeren, gehetzten Gesichtern wankten aus Doughnut-Shops, die rund um die Uhr geöffnet hatten. Ich war weit weg von Duarte, aber es war ein gutes Gefühl, die Nacht durchgemacht zu haben und dafür bezahlt zu werden.

Es war diese Idee, ohne Schlaf auszukommen, die mich darauf brachte, ein bißchen herumzuexperimentieren. Ein Fiedelspieler aus den Appalachen namens Ansel Cartwright, den ich an der Lower East Side kennengelernt hatte, machte mich mit einem Stoff namens Kristallmethedrin bekannt. Er nahm ihn ein, indem er das bittere Pulver einfach mit Coca-Cola mixte und runterkippte. Unser persönlicher Schlaflosigkeitsrekord lag bei fünf Tagen hintereinander. Ansel war ein wandelndes Lexikon für frühe amerikanische *folk-* und *mountain-music*, aber er wollte kein Purist sein. »Für mich ist ›Blueberry Hill‹ *folk music*. Und Little Richard genauso.« Seine Fiedel war grün lackiert, so glänzend wie kandierte Äpfel, und auf der Rückseite war in feinen schwarzen Linien ein Spinnennetz gemalt. Dieses knallgrüne Biest war elektrifiziert, konnte aber auch unverstärkt und akustisch gespielt werden, je nachdem, wie es die Situation verlangte. Ansel begleitete mich gern zu meinem neuen Wächterjob in die Docks. Ihm gefiel die friedliche Umgebung. Das ölig dunkelrote Wasser, das sachte an den Bugwänden der Kähne schwappte. Das ferne Tuten der Schlepper und Tanker, die sich quer durch den Hafen Zeichen gaben. Die glitzernden Lichter von Manhattan, die eher nach einem Dorf als nach einer Weltstadt aussahen. In kalten Nächten quetschten wir uns in das winzige Wachhäuschen und stopften unsere Riesenflasche Cola-Mix in eine Ecke neben dem Heizgerät. Ansel mußte beim Fiedeln stehen, und die Tür mußte einen Spaltbreit offenbleiben, damit sein angewinkelter Ellbogen Platz hatte, in die Nachtluft rauszusägen. Ein paar Schlucke aus unserer Cokeflasche, dann konnten uns Kälte und Zeit nichts mehr anhaben. Das einzige Instrument, das außerdem noch bei uns reinpaßte, waren zwei vernickelte Suppenlöffel, die ich in einer Pfandleihe aufgetan hatte. Ich spielte die Löffel auf Knien und Händen, und oft improvisierten wir volle fünfzehn Minuten über »I'm Goin' Fishin'«, bis es Zeit für mich wurde, wieder diese blöde Uhr zu drücken. Manchmal spielte Ansel dann einfach weiter und folgte mir mit seiner Fiedel nach draußen, während ich das Dock abging. Er hüpfte und tanzte vor dem vollen Mond und geigte wie verrückt, bis sich der Roßhaarbogen in lange, dünne Strähnen aufzulösen begann. Er spielte trotzdem weiter und kam mit mir in das Wachhaus zurück, wo ich die Löffel nahm und wir noch eine Fünfzehn-Minuten-Session anhängten, bis uns die Arme lahm wurden. Dann saßen wir da, nahmen einen Schluck aus unserer Flasche und unterhielten uns über Sachen wie die uralte Angst vor der Fiedel. Ansel erzählte, die frühen amerikanischen Kolonisten hätten anscheinend allerlei okkulte, abergläubische Vorstellungen von den religiösen Fanatikern im mittelalterlichen Europa übernommen. Dazu gehörte auch die Überzeugung, die Fiedel sei ein Instrument des Teufels. Während der ganzen Kolonialzeit war sie in Amerika absolut verboten. Niemand durfte eine Fiedel besitzen, geschweige denn spielen. Trotzdem bildeten sich überall geheime Fiedelgesellschaften. Die Leute versammelten sich im Schutz der Dunkelheit tief in den Wäldern, hängten die Fiedeln an Eichen und ließen sie bei Vollmond über Nacht dort hängen, in dem Glauben, der Teufel werde das Instrument heimsuchen und sein Geist werde sich in dem Holz einnisten. Andere Gruppen fürchteten gerade diese Teufelsbesessenheit und schnitzten Fratzen in die Hälse ihrer Fiedeln, um jegliche Heimsuchung abzuwehren. Aus diesen heimlichen Zusammenkünften entwickelten sich dann Fiedelwettbewerbe, ähnlich wie die zwischen Gitarrenspielern im Mississippi-Delta zweihundert Jahre später. Die Grundlage dieser Veranstaltungen war der feste Glaube an den Einfluß des Teufels auf die Musik. Wenn ein Fiedler besonderes Improvisationstalent offenbarte und in eine eigene Welt abzudriften schien, war das ein sicheres Zeichen dafür, daß er mit den dunklen Mächten im Bunde stand. Ansel selbst gab zu, er sei ein bißchen abergläubisch. Er verbrannte Votivkerzen aus Puerto Rico in unserem Wachhäuschen. Bei dem süßlichen Duft konnte es einem fast hochkommen. Je nach ihrem Verwendungszweck hatten die Kerzen verschiedene Farben und verschiedene Gerüche. Grün sollte Geld anziehen und verströmte einen beißenden Pfefferminzgeruch. Rot war gut für das Glück in der Liebe und roch wie überreife Kirschen. Weiß war gut für die Gesundheit und roch nach Vanille. Aber am Ende der Nacht hatten wir beide keine Lust auf Frühstück. Ansel besaß auch noch etwas anderes, eine Johanniskrautwurzel. Ich hatte noch nie eine gesehen, aber in Liedern hatte ich davon gehört. Er trug sie in einem Ledertäschchen an seinem Gürtel. Sie sah aus wie eine vertrocknete Limone mit lauter braunen Warzen. Er sagte, er hätte sie gegen eine Gibson-Flattop von 1948 getauscht, die auch damals schon eine Menge wert war. Das wirklich Problematische an Ansels Besuchen in meinem Wachhäuschen war jedoch, daß er überall am Leib Knoblauch trug. Er sagte, er würde damit böse Geister abwehren. In jeder Tasche hatte er eine Knoblauchzehe und quetschte sich den Knoblauch sogar in die Schuhe, damit er durch die Fußsohlen in ihn eindringen konnte. In einer eins zwanzig mal eins zwanzig großen, von stark riechendem Kerzenrauch, Knoblauch und dem Rasseln eines ramponierten Elektroheizgeräts erfüllten Bude wurde es auf die Dauer allerdings ein bißchen eng.

Nachdem ich mich mit Ansel angefreundet hatte, blieb ich der Firma Burns nur noch ungefähr eine Woche erhalten. Eines Abends gerieten wir so tief in eine ausführliche Version von »Soldier's Joy«, daß ich meine Runden mit der Kontrolluhr völlig vergaß. Am nächsten Tag war ich die längste Zeit Nachtwächter gewesen. Sie wollten die Uniform zurück, die Mütze, den Schlagstock, die Uhr und natürlich das Abzeichen. Auf die Rückgabe des Abzeichens legten sie großen Wert. Ich gab alles zurück, bis auf die Uhr, die warf ich in den East River. Ansel spielte ein Trauerlied mit dem Titel »Lowlands«, während wir zusahen, wie sie zwischen den Kähnen langsam versank.

Als ich in die Avenue C zurückkehrte, erwartete mich dort ein Brief von der Regierung der Vereinigten Staaten. Vietnam kam in die Gänge.

16/5/89 (Scottsville, Virginia)

Würde Ich wollte Dir immer noch dafür danken, daß Du mich von dieser Matratze auf dem Fußboden in der Achten Straße weggeholt hast. Das war toll von Dir. Ich weiß gar nicht, wie alles so heruntergekommen und durcheinandergeraten ist; mein Leben inbegriffen. Ich habe es Dir nie erzählt, aber kurz bevor wir uns kennenlernten, hatte ich gerade eine peinliche Krankheit endgültig hinter mir, von der ich bis heute nicht weiß, wo ich sie mir geholt habe. Wochen vorher waren mal ein paar Stewardessen dagewesen, und eine von ihnen hatte eine Zeitlang in Brasilien gelebt. Ich vermute, bei ihr habe ich mir das gefangen. Jedenfalls arbeitete ich damals als Hilfskellner im Hickory House in Uptown Manhattan, wo sie diese berühmte hufeisenförmige Pianobar haben. (Ich glaube, ich habe Dir mal davon erzählt.) Ich war für den großen runden Tisch hinten zuständig, der immer für Duke Ellington und seine Familie freigehalten wurde. Ich werde nie vergessen, wie er da in seinen silbrigen Anzügen und Krawatten, umgeben von Frau und Töchtern, saß. Wenn mir je ein königlicher Mann begegnet ist, dann er. Er besaß eine solche natürliche Würde und eine Freundlichkeit, die sich direkt auf seine Kinder zu übertragen schien. Ich weiß noch, wie ich seine langen, beringten Finger Brot brechen sah, während ich Eiswasser einschenkte und die Butter hinstellte. »Das sind die Finger, die ›Satin Doll‹ spielen! Genau diese Finger!« sagte ich mir. Ich hatte damals so quälende Schmerzen im Schritt, daß ich wie mit O-Beinen gehen mußte, damit es nirgendwo rieb. Es war ein wirklich feines Steak-House, und ich versuchte, so elegant wie möglich zu schreiten, damit der Oberkellner nichts merkte, sonst hätte er mich sofort gefeuert. Aber ich kann Dir sagen, die Schmerzen waren unglaublich.
Irgendwie drängte die Gegenwart von »Sir Duke« das alles

eine Zeitlang in den Hintergrund, und ich träumte davon, ich würde eines Tages ein gutmütiger Patriarch werden, mit einer prachtvollen Frau und Kindern, die nie kreischen.

Jedenfalls danke für die tollen Marmelade-Croissants und die Aussicht auf Spanish Harlem.
Dein …

4/5/95 (Scottsville, Virginia)

ringendere Notfälle Sie schnitt gerade auf der Küchenanrichte eine große Scheibe von einer Melone ab, mit einem dieser Brotmesser aus rostfreiem Stahl mit gekerbter Klinge. Sie war eben hereingekommen, hatte im Garten gearbeitet, und draußen mußte es an die 38 Grad heiß sein. Seit Tagen war die Temperatur nicht unter 35 gesunken.
Ich kam von hinten, schlang ihr die Arme um die Taille und leckte ihr den Schweiß aus dem Nacken. Sie legte den Kopf nach hinten, neben meinen und sägte dabei weiter durch das rote Fleisch der Melone, und als das Messer die Schale erreicht hatte, drückte sie, eine Hand auf dem Griff, die andere auf der Spitze, noch einmal etwas fester zu. Zuerst spürte ich es nicht mal. Es war wie ein leichter Stromschlag, wenn man von einer mit Wolle bezogenen Couch herunterrutscht und einen Türgriff anfaßt. Aber dann war alles voller Blut, und wir wußten beide nicht, woher es kam. Es spritzte in der ganzen Küche herum. Sie drehte sich zu mir um. Überall war sie mit Blut besprenkelt, als hätte jemand mit einem Pinsel voller Farbe nach ihr geschlagen. »Was ist los?« sagte sie, und auch ich hatte keine Ahnung, bis ich nach unten blickte und das letzte Glied meines kleinen Fingers neben der Wassermelone liegen sah, ganz allein. Ich hielt meine linke Hand hoch, und das Blut floß ihr in pulsierenden Schüben auf den Gartenkittel.
Sie fuhr mich zur Notaufnahme, während ich meine zwischen Eiswürfel in ein Küchenhandtuch gepackte linke Hand senkrecht hielt. Die Spitze meines kleinen Fingers hatte ich in ein Papiertaschentuch gewickelt und in die rechte Hosentasche gesteckt. Heißer Wind blies durch die Fenster herein, und ein paar Krähen, die an den Innereien eines toten Karnickels zerrten, warteten bis zum letzten Augenblick, ehe sie vor unserem Wagen aufflogen.

Wir betraten das Krankenhaus durch eine von diesen automatischen Türen, die plötzlich vor einem zur Seite schnellen und soviel Platz machen, daß es für eine Trage und einen Schwarm Sanitäter reicht. An diesem Tag waren mehrere Notfälle vor uns: ein schlimmer Motorradunfall, ein Unfall mit einer Schrotflinte und ein Messerstich. In einer Ecke kauerten weinend ein paar junge Chicanos und hielten einander in stiller Trauer umarmt.

Wir füllten die notwendigen Formulare aus. Das heißt, sie erledigte den größten Teil der Schreiberei, weil ich über dem Papierkram noch immer blutete. Eine ungeheuer professionell wirkende Krankenschwester warf einen Blick auf meinen Finger und säuberte ihn mit Betadin und Peroxid, so daß die ganze Hand zuletzt aussah, als wäre sie aus orangem Leder. Mir fielen die Flecken ein, die ich früher immer bekam, wenn ich zum erstenmal in der Saison meinen Baseballhandschuh anzog, einen J. C. Higgins. Mit meiner gesunden Hand zog ich die abgetrennte Spitze meines kleinen Fingers hervor und wickelte sie mit den Zähnen aus dem Papiertaschentuch. Die ernsthafte Krankenschwester nahm das Fingerstück, ließ es in einen durchsichtigen Plastikbeutel mit Druckverschluß fallen und legte es auf Eis. Sie machte das wie ein Polizist, der an einem Tatort ein Beweisstück sichert.

Wir saßen im Wartezimmer und sahen zu, wie andere Leute in bunten Golf- und Immobilien- und Tierzeitschriften blätterten. Zwei Frauen über siebzig trösteten sich gegenseitig wegen eines Mannes, zu dem sie offenbar beide in irgendeiner Beziehung gestanden hatten: »Ich wußte, es würde so kommen, aber ich hätte nicht gedacht, daß es uns so bald treffen würde.«

»Ich weiß, Helen, aber du mußt dich jetzt zusammennehmen. Ihm zuliebe. Du mußt tapfer sein.«

»Ich kann aber nicht, Doreen. Ich dachte, ich könnte, aber ich bin einfach nicht so weit. Er sah so gesund aus.« Helen lehnte sich an Doreens Schulter und brach in Tränen aus, und Doreen tupfte ihr die Stirn mit einem kleinen blauen Taschentuch ab.

Eine Krankenschwester kam ins Wartezimmer und rief den Namen eines spanischen Paars auf. Das Paar sprang hoch und nahm Habachtstellung ein, der Mann riß sich die Baseballkappe vom Kopf, nahm den Schirm in beide Hände und hielt sie vor seine Türkis-Gürtelschnalle. Die Frau hielt ihre Handtasche genauso wie er seine Kappe, und dann marschierten beide los, der Schwester nach. An ihren starren Indianergesichtern konnte man sehen, daß es um ihr Kind ging.

Wir warteten weiter in dem Wartezimmer, und ich legte ihr meine gesunde Hand auf das linke Knie und ließ sie dort, während aus der anderen Hand das Blut triefte. Ihr Knie fühlte sich kühl und seidig an. Sie sagte, es tue ihr leid und gab mir einen Kuß aufs Ohr. Ich sagte, es sei ja bloß ein Unfall gewesen, und es sei großartig, einfach neben ihr zu sitzen und ihr makelloses Knie zu halten.

Der Arzt meinte, wahrscheinlich würde es nicht funktionieren – die Fingerspitze wieder an meinen kleinen Finger zu nähen. Das Infektionsrisiko sei sehr hoch. Ich fragte ihn, wieso wir so verdammt lange in diesem Scheißwartezimmer hätten warten müssen, so lange, daß die Spitze von meinem Finger reichlich Zeit zum Absterben gehabt hatte. Er sagte, daran könnte er auch nichts ändern. Es seien noch dringendere Notfälle als meiner dagewesen. Leben ständen auf dem Spiel. Leben hielte er für wichtiger als Finger. Da konnte ich ihm nicht widersprechen. Er sagte, er würde ihm eine Spritze geben und dann versuchen, den Finger wieder zu flicken.

Während er sich ans Nähen machte, erzählte er uns eine kleine Geschichte. Er sprach und nähte vollkommen sachlich, ohne daß ich das Gefühl hatte, er versuchte, mich von den Schmerzen abzulenken. Er sagte: »Was Finger angeht,

hatten die Prärieindianer ein sehr interessantes Ritual. Zum Zeichen der Trauer über den Verlust eines geliebten Menschen schnitten sie sich einen Finger ab. Der kleine Finger entsprach einem Kind. Der Ringfinger einer Frau. Der Zeigefinger dem Vater oder der Mutter und so weiter. Auf manchen von den alten Fotos aus der tragischen Zeit, als sie in Regierungslagern interniert wurden, können Sie, wenn Sie sich die Hände der allerältesten Stammesangehörigen ansehen, erkennen, daß manche von ihnen an beiden Händen überhaupt keine Finger mehr haben. Nur noch Stummel.«
Wir fuhren nach Hause zurück und wischten das viele Blut in der Küche weg. Auf allen Chromteilen, den Schränken, dem Fliesenboden. Dabei erzählten wir uns unsere Eindrücke von dem Unfall. Im Grunde waren es die gleichen. Wir konnten beide nicht verstehen, woher das Blut kam, während wir doch nichts weiter taten, als uns küssen.

6/4/89 (Los Angeles)

ı dir, da hab ich keinen Abstand Ich weiß gar nicht mehr, wie es war, bevor ich dich kennenlernte. War ich immer so? Ich weiß, ich war durcheinander. Das weiß ich sicher. Bin herumgeirrt. Von einer tollen Frau zur nächsten. Blieb manchmal nur, bis ich begriffen hatte, daß sie noch konfuser waren als ich. So brachten sie es zumindest rüber. Aber ich kann mich nicht erinnern, daß ich früher so nervös gewesen bin, so fix und fertig. Ich beobachtete sie immer aus einem gewissen Abstand: wie sie sich völlig bekifft vor der Spüle mit dem Schwamm abseiften; wie sie mit Rasierklingen an schwarzen Haschkugeln herumsäbelten; sich wie Königinnen in Zeitlupe bewegten. Und dann waren sie plötzlich wie früher die Mädchen aus der Nachbarschaft, kicherten, zogen die langen Beine unter sich: die Art, wie sie sich auf ihre weichen Fersen fallen ließen und dann ihr Haar schüttelten, wie Pferde mit dem Schwanz schlagen.
Aber zu dir, da hab ich keinen Abstand. Bei jeder Bewegung, die du machst, ist mir, als wär ich in deiner Haut unterwegs; jedesmal, wenn du aus dem Fenster siehst, als wärst du vollkommen allein und würdest in einer anderen Zeit träumen. Es bringt nichts, wenn ich mit den Armen fuchtele. Jetzt ist alles umgekehrt.

15/5/95 (Scottsville, Virginia)

ünne Haut Es war das dritte Mal, daß sie J. D. wegen Ladendiebstahl im Wal-Mart geschnappt hatten. Der stellvertretende Marktleiter war ein scharfer Hund, der im Laufe der Monate eine echte Wut auf J. D. entwickelt hatte und wegen der Festnahme ganz aus dem Häuschen geriet, weil er sicher war, daß er jetzt zum Obermarktleiter befördert würde. Erwischt hatten sie J. D. mit einem Kodakchrome-Film und einer elektrischen Zahnbürste. Mehr nicht.

Ich stellte die Kaution für ihn, und dann machten wir einen langen Spaziergang den Freeway entlang, bei dem J. D. die ganze Zeit redete; er war wütend auf sich und zählte auf, wo er überall versagt hatte. Er nannte sich einen »Versagerprofi«, schon damals in seiner Zeit als Tierarzthelfer, als man ihn rausgeschmissen hatte, weil er nach Feierabend einen Airdale beim Vögeln mit einem Dackel fotografiert hatte. Aber das Gebiet, auf dem er vor allem versagt hätte und auf dem er nun auch am meisten herumritt, waren die Frauen. Dutzende Frauen. J. D. behauptete, die Frauen im allgemeinen hätten ihn in die Kleinkriminalität getrieben, und besonders eine, ein Mädchen namens Lola, sei für seine derzeitige Krise verantwortlich. Er wolle jetzt gleich zu ihr und ihr wegen seiner letzten Verhaftung mal ordentlich Bescheid sagen; ihr erklären, daß er nicht so in der Scheiße säße, wenn sie begreifen würde, wie sehr er sie liebte, und sich überhaupt mal richtig mit ihr fetzen. Ich beruhigte ihn und überredete ihn, Lola nicht zu besuchen, sondern einfach weiterzugehen.

Wir liefen an diesem Abend bis San Rafael, immer den Wohnstraßen neben dem Freeway und den Rücklichtern der Pendlerautos nach. Es war Januar, eine Scheißkälte, und J. D. konnte Kälte absolut nicht ausstehen. Jeden Winter um diese Zeit begann sich seine Haut abzuschälen wie bei einer

Schlange, so daß er massenhaft Nivea-Creme brauchte, immer zwei lange Garnituren Armeeunterwäsche übereinander trug und entsprechend breitbeinig und steif herumlief. Warum sich Mädchen überhaupt in ihn verknallten, hatte ich noch nie verstanden, aber in einer Bar war er einfach phänomenal. Wie er es fertigbrachte, daß sie an seinem Tisch aufkreuzten, paarweise, kichernd, sich vorstellten, ihm Whiskey Sours spendierten, ihre Telefonnummern auf Papierservietten kritzelten, dann zur Toilette abrauschten und in vollem Makeup wieder auftauchten. Einmal fragte ich eines von diesen Mädchen, was sie so attraktiv an J. D. fände, und sie sagte, es sei sein ungeheurer Sinn für Humor: der war ihm an diesem Abend allerdings abhanden gekommen.

Wir hatten unsere treuen Silberfläschchen dabei, gefüllt mit einer Mischung aus Wild Turkey und Drambuie, und J. D. außerdem noch ein paar wirklich schlecht gedrehte Joints: von der Sorte, wo das Kraut aus dem Papier vorsteht, so daß sie bei jedem Zug knallen und zischen wie Feuerwerksfrösche. Das Gras war gotterbärmlich, man bekam davon grüne Streifen auf der Unterlippe, und es roch faulig und sumpfig. Wir wurden trotzdem so high, daß wir die Kälte vergaßen und anfingen »The Blue Ridge Mountains of Virginia« zu singen, zweistimmig, und dazu diesen Hüpftanz von Laurel und Hardy aufführten – in dem Film, wo sie bei der französischen Fremdenlegion sind. Der Freeway neben uns brüllte. Der Mond war eine Art hochgekipptes Hörnchen, wie auf der türkischen Fahne. Blaues Fernsehlicht flackerte aus den Eigentumswohnungen, und überall saßen ordentliche Leute beim Abendessen.

Mitten im zweiten Teil der Laurel-und-Hardy-Nummer rastete J. D. plötzlich aus. Es war so dramatisch, daß ich zuerst glaubte, er wollte mir was vormachen. Er stürzte auf beide Knie, packte sich an die Brust und keuchte, als hätte ihn jemand mit einem Baseballschläger in den Bauch getroffen. Er klapperte mit den Zähnen und blinzelte mit rollenden

Augen zu dem schmächtigen Mond hoch. Ein Maschendrahtzaun trennte uns von dem Freeway. J. D. klammerte sich an ihn und versuchte, wieder auf die Beine zu kommen. Autos sausten ungefähr anderthalb Meter entfernt an uns vorbei, und jedesmal fegte uns ein Luftloch ins Gesicht. Ich bekam ihn bei den Schultern zu fassen und versuchte herauszufinden, welcher Körperteil bei ihm ausgesetzt hatte: »Ist es das Herz, J. D.? Hast du einen Herzanfall, oder was?« Er keuchte nur und warf den Kopf hin und her, als wollte er etwas sagen, aber das einzige Wort, das er herausbrachte, war: »LOLA!« Ich sagte ihm, er solle sie vergessen. Ein für allemal. Solle sie sich aus dem Kopf schlagen. Die würde ihm jetzt bestimmt nicht helfen. Er starrte mich an, blind vor Schreck, als hätte ich ihm die letzte Perspektive auf dieser Erde geraubt. Er rief ihren Namen und griff sich an die Brust. Er langte weiter oben nach dem Zaun und fing an zu klettern, stieß die Spitzen seiner Hausmeisterschuhe in die rautenförmigen Maschen, suchte Halt, rutschte ab, und klaubte und strampelte sich langsam nach oben. Jedesmal wenn ich nach seinem Bein griff, versuchte er mir ins Gesicht zu treten und schrie Sachen wie: »SIE IST MEIN HERZ! SIE IST MEIN EINZIGES HERZ!« Jetzt bemerkten uns auch die Autos, hupten wie verrückt, blinkten mit der Lichthupe und wechselten die Spur, um uns auszuweichen. Schließlich saßen wir beide rittlings auf der oberen Stange des Maschendrahtzauns und sahen auf den acht Spuren breit dahintobenden Verkehrsstrom hinunter. Während ich versuchte, J. D. vor dem Abstürzen zu bewahren, schrie er dem Verkehr entgegen: »SIE IST MEINE LUFT! SIE IST DER ATEM, DEN ICH ATME!« Lastwagenfahrer zeigten uns den Finger, richteten Suchscheinwerfer auf uns und ließen die Signalhörner dröhnen. Es muß die Sogwirkung des Verkehrs unter uns gewesen sein, die schließlich dazu führte, daß J. D. das Gleichgewicht verlor. Er schwankte, kippte dann nach hinten und blieb mit einem Hosenbein oben im Draht hängen. Einen Moment lang hing er einfach kopfüber da, fuchtelte mit den Armen und sang lauthals ihren Namen, als wäre er in der Kirche. So etwas Bejammernswertes hatte ich noch nie gesehen. Zuletzt schnitt ich sein Hosenbein mit meinem Taschenmesser los, er fiel in das hohe nasse Gras und blieb einfach liegen, alle viere von sich gestreckt, wie ein Toter, endlos lange.

Als ich ihn wieder beisammen hatte, wollte er an diesem Abend partout nicht in sein Zimmer zurück. Er hatte eine umgebaute Garage in Corte Madera hinter der Olive Street gemietet und sagte, da seien ihm zu viele Gespenster. Ich nahm für ihn ein Zimmer in einem kleinen Bungalow-Motel namens El Sueño, gleich neben dem Freeway 101. Der Motel-Manager entschuldigte sich, die Telefone seien kaputt, aber als wir das Zimmer betraten, war überhaupt kein Telefon da, und sämtliche Glühbirnen fehlten ebenfalls, so daß wir das Licht des Fernsehers benutzen mußten, bei abgestelltem Ton. Ich trichterte J.D. noch ein paar Schluck von unserer Wild-Turkey-Mischung ein, und er beruhigte sich so weit, daß ich ihn immerhin auf das Bett legen konnte. Er wollte sich aber nicht ausziehen, und immer wieder überkamen ihn Weinkrämpfe und Zitteranfälle. Es war die Art von Weinen, die man in den Gassen von Mexico City hört. Jenseits von Qual und Schmerz. Er tat mir in der Seele leid, aber was sollte ich machen?

Ich fragte ihn, ob er vielleicht doch versuchen wollte, seine Lola zu erreichen, aber er sagte, es hätte keinen Zweck. Sie hätte mit ihm Schluß gemacht, für immer. Dann mußte er kotzen, und es dauerte lange, bis ich alles aufgewischt hatte, denn außer einem armseligen kleinen Handtuch und einer Duschmatte aus Papier gab es nichts, womit ich es wegputzen konnte. Ich öffnete das Schiebefenster, um das Zimmer zu lüften, und der Lärm des Freeway brandete herein. Ich trat auf den kleinen Balkon und sah auf den Verkehr hinunter. Die Autos fuhren fast direkt unter mir durch. Ich weiß nicht, warum, aber plötzlich fiel mir ein Geschichtsbuch aus der fünften Klasse ein, es trug den Titel *El Camino Real*, und auf dem Umschlag war eine Szene aus der frühen, spanischen Zeit im alten Kalifornien abgebildet: Ein pausbäckiger Priester in einem braunen Gewand mit Sandalen an den Füßen führte einen Packesel eine unbefestigte, von gefiederten Pfefferbäumen beschattete Straße entlang. Im Hintergrund lag eine goldene Missionsstation mit drei Glocken im Turm. Ein seliges Lächeln lag auf dem Mondgesicht des Padre. Anscheinend wußte er, wohin er, von Gott selbst und der spanischen Krone gesandt, unterwegs war.

Ich trat in das Zimmer zurück, und J. D. bekam wieder seine Zuckungen: wälzte sich auf dem Bett, hielt sich den Leib und schrie, ich sollte das Scheißfenster zumachen. Die kalte Luft würde ihn umbringen. Er sagte, er könnte die Kälte bis in seine Knochen hinein spüren.

Ich saß die ganze Nacht bei ihm, wie man es bei betagten Angehörigen im Krankenhaus tut, immer halb in der Hoffnung, einen Vorwand für einen Abgang zu finden. Ich hielt ihm nicht die Hand oder so was, aber ich hörte ihm zu, und was ich zu hören bekam, war ein langes Sich-Verlieren, das immer weiter zurückwich, bis seine Stimme wie die eines kleinen Jungen von acht oder neun Jahren klang, und mit dieser Stimme erzählte er mir Dinge, die ich kaum mitbekam. Lauter kurze Blicke auf etwas, das ihm gerade in den Sinn kam. Orte. Leute, an die er sich erinnerte. Tanten und Onkel, deren Namen er mir gegenüber noch nie erwähnt hatte. Ein Süßigkeitenladen in Hoboken. Er schwitzte und warf sich hin und her, aber plötzlich wurde er sehr still und klar und kam wieder mehr in die Gegenwart. Seine Stimme klang wieder wie die, die ich kannte, und nun erzählte er von Lola und wie sie sich am Trailways-Busbahnhof in Gilroy kennengelernt hatten. Wie sie oft den ganzen Tag bei Denny's gesessen, Kaffee getrunken und geredet hatten. Wie unzertrennlich sie immer gewesen waren. Er erzählte, sie sei in den sechziger Jahren geboren und nach irgendeinem Mädchen aus einem Lied von den Kinks benannt. Er sagte, ohne sie würde er sterben. Das würde er jetzt tun. Sterben, sagte er. Er wisse, daß er im Sterben liege.

So gegen 5 Uhr morgens schrieb ich ihm einen Zettel, wohin ich gehen und wann ich zurück sein würde, und legte ihn ihm, während er schlief, auf die Brust. Aber der Zettel rutschte wegen der Atembewegungen immer wieder herunter. Deshalb stach ich mit meinem Messer einen kleinen Schlitz hinein und knöpfte ihn an sein Hemd, so wie mir mein Onkel in der Zeit, bevor ich in die Schule kam, manchmal Zettel angeknöpft hatte.

Ich machte mich auf die Suche nach Lola, und ich fand sie dank der Absenderangabe auf einem ihrer Briefe in J. D.'s Tasche. Es waren fabelhafte Briefe, voller Leidenschaft und anschaulicher Sexszenen. Ich las sie alle ohne Gewissensbisse und ohne das geringste Schuldgefühl, und als ich sie gelesen hatte, verstand ich sehr gut, wie er ihrem Zauber erliegen konnte. Sie sprach in diesen Briefen mit einer Stimme, die sich direkt an das Blut eines Mannes in mittlerem Alter richtete.

Ich nahm den Bus nach Novato, wo ich meinen Buick stehengelassen hatte. Es war einer von diesen Morgen, an denen man die paradiesische Seite von Nordkalifornien wirklich sehen kann. Durch allen Menschenschlamassel hindurch. Schneeweiße Reiher glitten über die Sümpfe. Raubvögel hockten auf Zaunpfählen und beobachteten den Verkehr. Holsteiner grasten auf üppigen smaragdgrünen Weiden. Ich war nicht wild auf die Begegnung mit Lola. Ich wußte ja nicht, wie sie es aufnehmen würde. Sie kannte mich nicht, und nach dem, was J. D. gesagt hatte, hatte sie sich, was ihn anging, längst entschieden. Was sollte ich also dort?

Dann stand ich auf der Veranda vor ihrem Haus, in einer dieser lausigen kleinen Vorstädte von Vallejo, die noch aus den fünfziger Jahren stammten, und begann am ganzen Körper zu zittern. Ich wußte nicht, warum. Ob es bloß die Scheu vor dem Gespräch mit ihr war oder ob es mit ihren Briefen zusammenhing. Es waren wirklich unglaubliche Briefe. Ich meine, *mir* hat nie eine Frau solche Briefe geschrieben. Sie war dermaßen in die Einzelheiten gegangen und dabei vollkommen zärtlich.

Sie öffnete mir nicht, wie gewöhnliche Leute die Tür aufmachen. Kein mißtrauisches »Wer ist da? Was wollen Sie?«. Sie tauchte einfach auf, in der Hand einen Plastikbecher voll Rotwein, und starrte mich durch die Fliegentür an. Sie setzte sich mir gegenüber auf eine Couch, zog die Beine hoch und drückte immer wieder ihren pfirsichfarbenen Bademantel nach unten zwischen die Schenkel. Sie trank von ihrem Wein, aber mir bot sie keinen an. Wein kann ich sowieso nicht ausstehen. Ganz ruhig und direkt erklärte sie mir, warum sie mit J.D. Schluß gemacht hatte. »Er war ein großer Verführer«, sagte sie. »Und dafür sind Frauen immer zu haben – wirkliche Verführung. Wir lieben das. Dieses Nicht-anders-Können. Beim Verlieben. Das Dumme ist bloß, die meisten Männer sind darin nicht gut. Sie haben zu wenig Phantasie. J.D. hatte das. Phantasie. Er machte aus sich ein großes Rätsel. Ich hatte wirklich das Gefühl: jetzt geht etwas los. Es dauerte Monate, bis ich ihn durchschaute. Er hatte mir immer erzählt, er sei von Beruf Privatdetektiv. Als ich ihm zum erstenmal begegnete, zeigte er mir seinen Ausweis und sein Abzeichen, und ich hatte keinen Grund anzunehmen, daß er log. Er zeigte mir seine Pistole, die Akten der Fälle, an denen er gerade arbeitete, sein Tonbandgerät und die Kamera. Er nahm mich mit auf seine Spähtouren: Häuser aus dem Auto beobachten; Ehemänner verfolgen, die ihre Frauen betrügen; solche Sachen. Es war sehr aufregend. Stundenlang saßen wir in seinem Auto und beobachteten ein Haus, tranken Bier dazu, redeten und rauchten. Dann fuhren wir irgendeinem armseligen Kerl nach, manchmal bis in die Stadt. Wir nahmen uns ein Zimmer im selben Hotel, direkt neben seinem. Wir brachten ein Abhörgerät an der Wand an und fotografierten den Burschen mit seiner Geliebten am Aufzug, wie er sie hinein- oder herausbugsierte. Es war richtig spannend. Besser als im Kino. Ich hatte noch nie mit einem Privatdetektiv zu tun gehabt. Für mich war das eine ganz neue Welt. Wir liebten uns in dem Zimmer gleich neben dem des untreuen Ehemannes. Wir konnten ihn schnaufen und stöhnen hören, während wir uns lautlos liebten. Wir blieben vollkommen still – auch etwas, das mich anmachte. Wir hörten, wie die Freundin von dem Kerl seinen Namen schrie. Aber wir selbst machten keinen Mucks. Wir lachten auch nie über die Schreie der anderen. Wir machten uns nie hinter ihrem Rücken über sie lustig. In dem Punkt hatte J. D. viel Ehrgefühl. Er sagte: ›Männer haben ein bejammernswertes Leben‹, und dann küßte er mich, als wollte er beweisen, daß er keiner von denen sei – keiner von den Bejammernswerten.« Einen Moment lang wendete sie den Kopf ab und sah aus dem Fenster. Ich konnte nicht erkennen, ob die Erinnerung an J. D. irgendein Gefühl ausgelöst hatte oder ob sie bloß den Faden ihrer gescheiterten Liebesgeschichte wiederzufinden versuchte. Sie hatte ein großartiges Gesicht. Eines von diesen aufrichtigen Gesichtern, vor denen man in sich zusammensinkt. Ich folgte der Linie ihres Halses bis zum Schlüsselbein und hoffte, daß sie sich mir noch eine Zeitlang nicht zuwenden würde. Bestimmt war sie in diesem Leben allein. Irgendwie spürte man es: als hätte sie es akzeptiert. Das Gegenteil von J. D. Vorsichtig versuchte ich, ihr seinen Zustand zu erklären – was er ohne sie durchmachte. Sie sah mich an und lächelte. Es war ein Lächeln ohne das geringste Anzeichen von Gehässigkeit gegenüber J. D. Sie sagte: »Was ich ihm bedeute, hätte er begreifen sollen, als wir zusammen waren. Jetzt ist es zu spät. Es waren weniger die Lügen wegen seines Jobs, die mich fertiggemacht haben.

Es waren die Lügen, die ihn selbst betrafen. Daß er mir etwas vorspielte. Das hat mich fertiggemacht. Verstehen Sie, er trieb die Sache mit dem Ausspähen zu weit. Diese Detektivnummer. Statt offen und ehrlich mit mir zu reden, beschloß er, sie auf die Spitze zu treiben. Bis zum Clou. Er fuhr mit mir raus zu dem Haus der betrogenen Frau. Den Tagesablauf dieser Leute kannte er längst in allen Einzelheiten und wußte deshalb auch, daß der Mann nicht da sein würde. Das Komische war, er hätte tatsächlich einen großartigen Privatdetektiv abgegeben. Er hatte den Bogen wirklich raus. Na, jedenfalls – ich blieb im Wagen sitzen und sah zu, wie er an der Haustür klingelte. Ich sah dem ganzen Gespräch zwischen ihm und der Frau zu, wie bei einem Stummfilm. Ich sah zu, wie er ihr die Bilder zeigte, die wir von ihrem Mann und dessen Geliebter gemacht hatten. Immer wieder sah er sich nach mir um, wollte sehen, ob ich auch aufpaßte. Wollte sich vergewissern, daß ich mir nichts entgehen ließ. Ich sah zu, wie die Frau in Tränen ausbrach und zu schwanken anfing, wie sie an den Ärmeln ihres Pullovers zerrte und schluchzte. Sie starrte die Bilder an und schüttelte den Kopf, und dann hob sie ihr Gesicht mit einer Hand vor dem Mund zum Himmel. Währenddessen sah sich J. D. immer wieder nach mir um, als wollte er ein Zeichen der Anerkennung von mir. Da merkte ich, daß er das alles bloß meinetwegen tat. Es war alles bloß Schau. Nur meinetwegen stürzte er die Frau in diesen grauenhaften Kummer. Ich ließ seinen Wagen an und fuhr davon. Er jagte hinter mir her, viele Blocks weit, fuchtelte mit den Armen und schrie wie ein Verrückter. Irgendwo unten an der Sycamore Street verlor ich ihn dann. Ich ließ den Wagen am Straßenrand stehen und ging einfach weg. Es war das letzte Mal, daß ich ihn sah. Aber ich erinnere mich an sein Bild im Rückspiegel. An sein Gesicht. Wie er da lief. Außer sich. Wie er mir nachschrie. Das ganze Getue war plötzlich weg, wie eine dünne Haut. Er war schlimmer als bejammernswert.«

Während ich zum El Sueño zurückfuhr, ging mir ständig ein Monolog durch den Kopf. Ich malte mir aus, wie ich mir J.D. vorknöpfen, wie ich ihn aus dem Bett zerren und vom Balkon werfen würde, wegen dem, was er Lola und der nichtsahnenden Frau angetan hatte. Ich geriet in eine lange Tirade über das Thema Täuschung. Ich probte sie laut und suchte verzweifelt nach der richtigen Stimme. Gewünscht hätte ich mir die von Richard Burton. Er hatte genau die richtige Stimme für bittere, selbstgerechte Empörung. Aber ohne den Beiklang von walisischer Arbeiterklasse funktionierte es nicht, und schon während ich es in meinem Buick ausprobierte, kam ich mir albern vor, und J.D. hätte mir das nie abgekauft. Aber das Mienenspiel konnte ich gebrauchen. Die bebenden Nüstern. Die geschürzte Lippe. Ich übte im Rückspiegel. Ich schlug auf das Armaturenbrett und schimpfte aus dem offenen Fenster in den Wind.
Als ich an die Tür von J.D.'s Motelzimmer klopfte, erschien eine grauhaarige Frau. Sie hatte die Kette vorgelegt und spähte mit einem Boston Terrier auf dem Arm zu mir nach draußen. Der Hund kläffte mich in einem fort an, so daß ich kaum verstehen konnte, was sie sagte. Mit einem starken deutschen Akzent erklärte sie, sie sei gerade angekommen und wolle ihre Ruhe haben, sonst würde sie die Polizei rufen. Ich ging hinunter zur Rezeption und erkundigte mich nach J.D. Der Manager reichte mir den Zettel, den ich J.D. an sein Hemd geknöpft hatte. Ich drehte ihn um und las die Botschaft, die er mir auf die Rückseite gekritzelt hatte: ALLEINGELASSENWERDEN IST KEIN ZUCKERSCHLECKEN, KUMPEL! BIN AUF DEM WEG NACH VANCOUVER. J.D.

10/4/89 (Los Angeles)

nmal Sie war groß, ein skandinavischer Typ aus dem Gebiet der Iron Range in Minnesota, und machte sich an der Bar immer krumm, um kleiner auszusehen. Immer scharten sich mickrige, dunkelhaarige Frauen mit Nasenringen und Capes um sie, die sich als Lyrikerinnen bezeichneten. Frauen, die in jeder Hinsicht so sehr das Gegenteil von ihr waren, daß sie wie eine Hundemeute um ein junges Reh wirkten. Sie stopften jede Menge Vierteldollarstücke in den Wurlitzer-Automaten, spielten nur alte Stücke von Hank Williams und suchten sich dann die abgelegenste rote Nische in der Ecke. Dahin schleppten sie dieses große Mädchen aus dem Norden und belaberten sie mit ihren neuesten »Oden« auf den täglichen Wahnsinn. »Die Zornigen Frauen für den Frieden« nannten wir sie immer. Ich hatte schon ein paarmal zugesehen, wie das große Mädchen über den grünen Linoleumfußboden schlurfte, einen Irish Coffee vor sich her balancierend, und mir mit einer Offenheit zulächelte, die von einem schmalen Rand Melancholie gesäumt schien. Es waren diese Melancholie und diese absolute Direktheit ihres Blicks, die mich zu ihr hinzogen. Außerdem ihre langen, athletischen Beine. Sie sagte, sie sei Tänzerin, aber das kam so rüber, als hätte sie anderen Männern schon das gleiche gesagt und wartete nun darauf, wie ich reagieren würde, also reagierte ich überhaupt nicht. Ich hielt sie an der Bar fest, während ich durch ihr gelbes Haar die Gruppe dieser verkniffenen Weiber sehen konnte, die da ungeduldig herumrutschten, wie wild rauchten und mir böse Blicke zuwarfen. Sie wollten sie, wie ein Hund einen Knochen will.

Die Große saß neben mir, stippte mit der Zunge nach der Schlagsahne und tauchte den Zeigefinger in den grünen Streifen Crème de Menthe ihres Drinks, während sie leise von ihren lieben Eltern und dem Leben im eisigen Norden erzählte: Schlittschuhlaufen, im Eis einbrechen, Elche, Fischen auf den Großen Seen. Sie sei noch nicht lange in San Francisco, aber lange genug, um zu begreifen, daß sie nicht hierher passe. Ihr Alleinsein zog mich an, und ich wußte, es mußte auch der Grund sein, warum die Lyrikmädchen sie umkreisten. Sie gehörte sich in einer Weise selbst, wie es diese anderen nie erleben würden. Sie wandte sich mir zu und sah mir direkt ins Gesicht. Sie habe eine Wohnung oben in der Mason Street, sagte sie, im Erdgeschoß. Eigentlich eine Kellerwohnung mit einem Fenster direkt auf den Gehweg. Wenn ich wollte, könnte ich sie dort besuchen. Ich sollte an das Fenster klopfen. Nicht an die Tür gehen, da sei kein Summer, und wenn ich dort klopfte, würde sie es niemals hören.

Als ich kam, stand das Fenster weit offen, und die Brise aus der Bucht raschelte in den Seiten einer Nummer des *Chronicle* vor ihrem Bett. Ich konnte sie drinnen nicht sehen, aber ich hörte ihre ausdruckslose Stimme, die mich einlud, einfach hereinzuklettern. Eine klare, direkte Stimme, in der nichts nach falscher Verführung und Betrug klang. Mittlerer Westen. Ich war noch nie vom Gehweg durch ein Fenster in eine Wohnung geklettert. Ich kam mir leicht kriminell vor.

Unmittelbar bevor wir uns liebten, sagte sie, es wären gerade ihre fruchtbaren Tage und sie würde sehr wahrscheinlich schwanger werden, da sie keine Verhütung benutzte. Auch ich benutzte keine. Das mache ihr nichts aus, sagte sie. Sie wolle ein Baby. Sie werde mir damit nicht zur Last fallen. Sie werde mich nicht verantwortlich machen oder sonst was. Sie wolle einfach nur Liebe machen und schwanger werden. Das sei alles. Ihre Stimme blieb sich immer gleich.

Als ich sie in die Arme nahm, wußte ich, daß sie die Wahrheit gesagt hatte, als sie behauptete, sie sei Tänzerin. Sie bestand nur aus Muskeln, bis in die Oberschenkel. Muskeln, wie bei einem Rennpferd, ohne irgendwas sonst. Sie war noch größer, als ich gedacht hatte. Genauso groß wie ich. Als wir zusammenlagen, waren unsere kalten Füße unten

gleichauf, und der Wind blätterte immer noch in den Zeitungsseiten vor ihrem Bett. Es war das einzige Mal für uns, obwohl das damals keiner von uns wissen konnte.
Es vergingen mehr als zwei Jahre, bevor ich sie wiedersah.
Ich hatte gelegentlich an sie gedacht und diese Bar noch mal aufgesucht, in der vagen Hoffnung, sie würde sich dort über ihrem Irish Coffee krumm machen, aber sie war nie dort. Ihre lyrischen Freundinnen funkelten mich aus ihrer gewohnten roten Ecke an, und eine von ihnen spuckte sogar mal in meine Richtung, war aber zu weit entfernt, als daß sie irgendwas hätte ausrichten können.
Eines Morgens betrat ich einen Buchladen in der Stockton Street. Ich suchte nach einer Ausgabe von *Hunger*, und plötzlich war da dieser kleine blonde Junge, der zwischen den Tischen herumrannte, verfolgt von einer dunkelhaarigen Frau, die ihn »Nate« oder so ähnlich nannte. Sie holte ihn ein, riß ihn hoch und drückte ihn mit einem wilden Lachen an sich. Dann drehte sie sich um und sah mich stehen. Ihr Gesicht wurde dunkelrot vor Wut. »Hier verstecken Sie sich also!« knurrte sie leise und stürmte nach draußen, den kleinen Jungen fest an sich gepreßt.
Ich trat hinaus in den Nieselregen auf der Straße und sah die Frau mit dem Jungen auf dem Arm davonlaufen. An der Straßenecke übergab sie ihn einer anderen Frau: einer großen blonden, die sich immer wieder nach mir umsah, während die erste Frau sie zur Eile antrieb. Ich folgte ihnen eine Zeitlang, aber sie fielen in einen leichten Trab, zwängten sich zwischen Autos durch und überquerten die Straße in einem aufgeregten Zickzack. Ich blieb stehen und sah ihnen nach. Die Große sah sich danach keinmal mehr nach mir um, aber selbst auf diese Entfernung konnte ich erkennen, wie mich die Augen der Dunklen mit aller Gewalt zu erdolchen versuchten.

3/5/95 (Scottsville, Virginia)

er reißende Löwe Anscheinend komme ich ganz gut klar nach dem Fiasko vor einem Monat, das sagen sie jedenfalls. Sie haben mich auf der Farm wieder genommen, und gestern hat mir Percer sogar den großen John Deere anvertraut. Es war richtig aufregend, den Bagger wieder zu bedienen, trotz der zusätzlichen Belastung, daß ich versuchte, mit den Gedanken klarzukommen, die mir ständig durch den Kopf schossen. Ich hielt mich an die Regeln des heiligen Peter von Damaskus hinsichtlich der Wachsamkeit und des Bestrebens, den Geist vor dem »reißenden Löwen« zu bewahren, aber dabei verirrte ich mich immer wieder in die Vergangenheit. Ich stellte fest, daß ich mich auf meine Aufgabe zu besinnen vermochte, wenn ich mir von Zeit zu Zeit auf den Oberschenkel boxte. Sofort kehrten dann meine Gedanken zu den großen Zähnen der Baggerschaufel zurück, und mir wurde klar, wie sehr meine Geschicklichkeit beim Umgang mit den hydraulischen Hebeln verkümmert war. Ich konnte mich an eine Zeit erinnern, da waren mir diese Hebel wie eine Verlängerung meiner Arme und meiner Finger vorgekommen, und über diesen Gedanken geriet ich natürlich sofort wieder in die Vergangenheit. Eine Vergangenheit voller Kraft und Jugend. Ich erkannte, daß mir die früheren Fertigkeiten durch mein eigenes Ungestüm abhanden gekommen waren. Da setzte die Schaufel zu tief an, und schon begann sich der Graben wieder mit Wasser zu füllen. Ich versuchte das zu korrigieren, indem ich Schlamm in die Lücke zurückschob, aber der Fehler war gemacht. Eine kleine Unachtsamkeit wie diese wächst sich zu einer Katastrophe aus und bewirkt genau das Gegenteil von dem, was man eigentlich erreichen will. Nach und nach wurde das ganze untere Feld überflutet, und in der Panik, die das bei mir auslöste, machte ich alles nur noch schlimmer. Das

Wasser stieg langsam bis zur Fahrerplattform und verschluckte meine Schuhe, bis zu den Knöcheln. Das Getriebe hakte, so daß ich nicht mehr in einen niedrigeren Gang schalten konnte. Ich saß fest, schleuderte schwarzen Schlamm über den Zaun und sank mit jeder Umdrehung des riesigen Rades tiefer ein. Zuletzt stellte ich die Maschine ab und starrte nur noch auf das schlammige Wasser, das mir um die Stiefel strudelte und langsam zu den Knien hochstieg. Angst hatte ich in diesem Augenblick keine, weißt du. Mir war klar, bis zum Hals würde mir das Wasser nie steigen, die Gefahr zu ertrinken bestand also nicht. Am Ende würde mich jemand finden. Wahrscheinlich Percer. Natürlich hieß das, er würde mich nie wieder an die Maschine lassen, aber immerhin war ich dann gerettet. Sie würden eines von den Kanus oder irgendwas nehmen und mich rausholen.

Die Dunkelheit brach herein, und das Wasser war knapp unter meiner Gürtellinie zum Stillstand gekommen, also kletterte ich auf den Ausleger und hockte mich dort hin. Bei den Scheunen konnte ich niemanden sehen, und es läutete auch noch niemand die Glocke zum Abendessen, aber irgendwo in der Ferne hörte ich Kinder, sie kreischten, als würden sie Nachlaufen spielen. Ich weiß nicht, warum, aber ich fand die Stimme zum Zurückschreien nicht, ich fand überhaupt keine Stimme.

Es war der Gedanke an Schlangen, weshalb ich mich so lange nicht ins Wasser traute. An vielen Nachmittagen hatte ich gesehen, wie sie unter der Brücke lauerten, wenn ich und Tyner dort Brassen angelten. Große, lederbraune Schlangen, so lang wie Viehpeitschen. Ich weiß nicht, was für eine Art es war, aber ich wußte, daß sie auf alles Jagd machten, was im Wasser auftauchte. Ich hatte gesehen, wie sie Hunde jagten, und die Hunde schwammen immer panisch ans Ufer zurück. Nie stellten sie sich den Schlangen zum Kampf.

Inzwischen zitterte ich am ganzen Körper vor Kälte und konnte nichts dagegen tun. Es erinnerte mich an die Krämpfe, die ich immer bekam, als wir zum ersten Mal getrennt waren, damals in Seguin. Erinnerst du dich an die Zeit? Ich war fest davon überzeugt, ich würde dich nie wiedersehen, und es schmerzte mehr als der Kummer über den Tod des eigenen Vaters oder der eigenen Mutter. Lieber wollte ich es mit den Schlangen aufnehmen, als noch einmal diese Quälerei durchmachen, also wagte ich mich in das dunkle Wasser. Während ich mich halb schwimmend, halb stolpernd durch den Matsch arbeitete, dachte ich an dich; nur an dich.

Ich nehme an, du bist nach dem, was passiert ist, nicht mehr lange dort geblieben. Wie denn auch? Das wäre so gewesen, als ob man in den Zimmern von Toten wohnt. Ich nehme an, du bist nicht mal zurückgekehrt, um deine Sachen zu holen. Ich hoffe nur, daß sich irgendwer um die Tiere gekümmert hat, jemand, der vielleicht mitbekommen hat, daß wir das Schiff verlassen hatten. Eigentlich vermisse ich nichts von dort, wenn mit Vermissen das Gefühl gemeint ist, daß man ohne etwas nicht leben kann. Ich habe gelernt, wie gefährlich das ist. Denn daß ich dich vermißt habe, war ja schließlich die Ursache für diese ganze Überschwemmung.

6/11/92 (Scottsville, Virginia)

erne Lillie Im Jahr 1890 verliebte sich Richter Roy Bean im abgelegensten Teil von Texas in eine Photographie der englischen Schauspielerin Lillie Langtry, die man auf der ganzen Welt unter dem Namen »Jersey Lily« kannte. Es gab nur wenige Frauen in dieser unwirtlichen Gegend, abgesehen von den geschminkten Damen, die in den Zeltlagern der Bauarbeiter der Southern Pacific Railroad herumpirschten. Gesetzlosigkeit aller Art grassierte zwischen dem Pecos und der Grenze am Rio Grande, und die nächste Gerichtsbarkeit war hundert Meilen weit weg in Fort Stockton. Die Eisenbahngesellschaft und die Ranger suchten dringend nach einem Schiedsmann, und so ernannten sie einen Ladenbesitzer in der Zeltstadt Vinegaroon zu ihrem Friedensrichter. Roy Bean war ein untersetzter, mürrischer kleiner Mann mit leicht wehmütigen Augen und weißem Vollbart. Mit seiner selbstherrlichen Art war er für den Posten wie geschaffen, und westlich des Pecos galt sein Wort schon bald als unumstrittenes Gesetz. Um ihm Nachdruck zu verschaffen, ersann Roy Bean die härteste aller Strafen – nicht Hängen, sondern Vertreibung in die riesige Einöde, ohne Gewehr, ohne Geld, ohne Stiefel und, was am schlimmsten war, ohne Pferd.

Roy Bean hielt sich einen Schwarzbär namens Bruno, den er an die Stufen vor seinem provisorischen Gerichtsgebäude gekettet hatte, das gleichzeitig als Billardsaal, Saloon und General Store diente. Manchmal vertraute sich Richter Bean nach einer raschen Sitzung im »Gericht« seinem Bären an und fragte ihn, ob er das Gefühl habe, der Gerechtigkeit sei Genüge getan. Bruno klopfte dann mit der Tatze an die staubigen Stufen und schnaubte dazu, worauf sich der Richter zufrieden abwandte, seinen Einspänner bestieg und zu einem stillen Plätzchen am Fluß fuhr. Hier, im Schatten eines uralten Mesquitebaums, setzte er seine Briefe an die ferne Lillie auf. In ihnen berichtete er ihr von der wilden Grenze. Tägliche Geschichten über Männer, die er wegen leichter Vergehen, wie einer Prostituierten einen Skorpion in die Bluse stecken, oder wegen schwerer Vergehen, wie Pferdediebstahl, verurteilt hatte. Er brüstete sich damit, wie er auf dem Sandplatz am Rio Grande einen Weltmeisterschaftsboxkampf aufziehen wolle, auch wenn die Regierungen der USA und Mexikos und die Rangers dagegen seien. Und wie er, Roy Bean, in seinem kleinen Land zum lieben Gott geworden sei und wie sehr er ihr Bild verehre und sich danach sehne, ihr eines schönen Frühlingstages zu begegnen. Hin und wieder hielt er im Schreiben inne, zog das abgegriffene Photo aus der Westentasche und betrachtete genüßlich ihr Profil. Die niedergeschlagenen Augen; die kräftige Adlernase, nicht unähnlich seiner eigenen; die leicht geöffneten Lippen, als wollte sie ihm gerade seinen Namen zuflüstern. Und einmal glaubte er tatsächlich, ihre Stimme zu hören. Hörte, wie sie direkt zu ihm sprach. Er fuhr so heftig zusammen, daß das Pferd vor seinem Wagen durchging und er das kostbare Photo um ein Haar an den texanischen Wind verloren hätte. Er schrieb ihr zahllose Briefe, als hielte er Zwiesprache mit ihr, als säße sie neben ihm in seinem Wagen. Eine Antwort bekam er nie. Er schrieb ihr, er habe ihr zu Ehren seinen Gerichtssaloon »The Jersey Lily« genannt, aber eine Antwort bekam er nie. Er schrieb ihr, er habe eine Reproduktion ihres Porträts von John Millais über die Bar gehängt und die Ecken des Rahmens mit Kaktusblüten dekoriert. Eigenhändig. Er schrieb ihr, unter ihrem Porträt dürfe niemand mit einem Hut auf dem Kopf oder einem Revolver in der Tasche an der Bar sitzen. Er erhielt keine Antwort. Nach vierzehn Jahren unerfüllter Obsession schrieb er ihr schließlich, er habe nun die ganze Stadt umbenannt, sie heiße jetzt Langtry, Texas. *Das* erregte ihre Aufmerksamkeit. Auf einer Eisenbahnreise durch den amerikanischen Kontinent in ihrem privaten Salonwagen mit Kronleuchtern, Perserteppichen und einer mit Wildwestszenen bemalten Holztäfelung legte Lillie Langtry einen kurzen Zwischenhalt ein. Die »Sunset Route« der Southern Pacific war inzwischen fertig, und die Gleise führten von New Orleans direkt zu den goldenen Gestaden von San Francisco. Lillie entstieg ihrem Wagen, und während sie in ihren Seidenschuhen durch die staubigen Straßen von Langtry stakste, teilte man ihr mit, daß der brave Richter vor einem Monat gestorben sei. Sein Nachfolger jedoch wollte ihr den Richterhammer und das Gewehr von Roy Bean zu dessen freundlichem Andenken verehren. Sie nahm beides an und fuhr weiter.

4/7/94 (Langtry, Texas)

Willst du umkehren und wieder nach Hause? Wir könnten, wenn du willst.

Warum sollte ich nach Hause wollen.

Ich weiß nicht.

Wir sind schon so weit. Wieviel Meilen haben wir jetzt eigentlich?

Nicht sehr viele. Dreihundert vielleicht. Mehr nicht.

Dreihundert? Wir sind doch mehr als dreihundert Meilen gefahren.

Vierhundert vielleicht.

Das ist doch viel. Soviel, daß man nicht einfach umdreht und zurückfährt.

Ich weiß, aber wenn es dir keinen Spaß macht, hat es keinen Zweck weiterzufahren.

Mir geht's gut.

Hunger?

Jetzt wird nichts mehr offen sein.

Bei der Tankstelle war, glaube ich, ein kleiner Quick Stop.

Bei welcher Tankstelle?

Gleich neben dem Interstate. Direkt an der Ausfahrt, wo wir abgefahren sind.

Du willst doch jetzt nicht noch mal zum Highway zurück, oder?

Wenn du Hunger hast, doch.

Was soll das heißen, wenn *ich* Hunger habe? Du bist es, der Hunger hat.

Stimmt. Ich sterbe vor Hunger.

Was werden sie bei der Tankstelle haben?

Ich weiß nicht. Tortilla-Chips. Chili-Dogs. Irgendwas.

Nein, danke.

Also, ich glaube, ich fahre zurück und hole mir was.

Ißt du denn bloß, um was zu essen?

Na, ja – ein paar Kartoffelchips, vielleicht.

Großartig. Du läßt mich also einfach hier sitzen.

Bloß eine Sekunde. Ich bin sofort zurück.

Hast du *solchen* Hunger?

Verdammt großen Hunger habe ich.

Wir haben doch erst vor einer Stunde gegessen.

Tatsächlich?

Weißt du nicht mehr? Wir haben bei dem Dairy Queen haltgemacht. Auch so eins von deinen Lieblingslokalen.

Aber doch bloß zu einem Bier.

Was brauchst du denn noch alles? Ich habe bloß einen Karottensaft getrunken, seit wir von zu Hause abgefahren sind. Mehr nicht.

Dein Organismus ist eben sauberer als meiner.

Mit Sauberkeit hat das nichts zu tun.

Ich bin auf Proteine angewiesen. Ich bin den ganzen Tag gefahren.

Man braucht zum Fahren keine Proteine.

Es dauert keine zwei Sekunden, bis da runter und wieder zurück.

Ich wette, du bleibst erst mal da und trinkst was. Das ist es, nicht wahr? Es geht gar nicht um Hunger.

Also, hör zu. Ich sause jetzt rüber zu der Tankstelle, hole mir ein Roastbeefsandwich oder sonst was – irgendwas Solides, Nahrhaftes –, und dann komme ich sofort zurück. Willst du jetzt was zu essen oder nicht?

Mir geht's gut.

Auf der Seitenstraße neben dem Highway war es dunkel, als er eine indianische Familie in einem alten Ford-Pickup mit ungefähr sieben Kindern auf der Ladefläche überholte. Zwei ältere Jungen standen aufrecht, sie hielten sich am Dach der Fahrerkabine fest, und ihr langes schwarzes Haar flatterte hinter ihnen wie Krähenflügel. Der Fahrer sah aus, als könnte er ihr Großvater sein. Es war das einzige Fahrzeug, das er überholte. Wetterleuchten brachte sauber geordnete Reihen runder Strohballen und eine Herde weißbrauner Langhörner zum Vorschein, die plötzlich wie in helles Tageslicht getaucht waren und gleich darauf wieder in der Schwärze versanken. Der flache Horizont flammte auf und schimmerte silbern und golden, aber es war kein Donner zu hören. Kein Regen. Er warf einen Blick in den Rückspiegel, wollte sehen, ob die beiden Indianerjungen sich umgedreht hatten und seinem Wagen nachsahen, aber der Ford war verschwunden. Als seine Augen auf die Straße zurückschwenkten, sah er den Mittelstreifen nicht mehr. Ihm war, als würde er fallen. Bloß eine Sekunde.

2/7/91 (Kadoka, South Dakota)

agel aus dem Nichts Als er zurückkam, stand in der Fliegentür von Zimmer 33 der Wäschewagen des Zimmermädchens. Drinnen konnte er einen Staubsauger hören, und als er eintrat, machte sich das Zimmermädchen nicht die Mühe, ihn abzustellen. »Haben Sie meine Frau gesehen?« fragte er.

»Was ist?«

»Meine Frau! Haben Sie sie gesehen, als Sie hereinkamen? Blondes Haar.«

»Bestimmt nicht! Zimmer war leer. Deshalb bin ich doch hier. Ich geh nicht in besetzte Zimmer.«

»Haben Sie denn gesehen, wie sie wegging?«

»Keine Menschenseele hab ich gesehen. Sagen Sie mal, wer hat eigentlich diesen Spiegel kaputtgemacht?«

»Weiß ich nicht«, sagte er, während er sich an ihr vorbeischob und einen Seitenblick auf den langen, gezackten Sprung in dem hohen Spiegel warf.

»Jemand muß für den Schaden aufkommen, wissen Sie. Gestern war das noch nicht. Ich bin jeden Tag hier drin, da können Sie die Uhr nach stellen, und gestern war das noch nicht, das steht fest. Wir führen Buch, wissen Sie. Die meisten Leute wissen das nicht.« Er trat in das Badezimmer und zog den Duschvorhang zurück. Ihre Zahnbürste, ihr Kamm, die Nagelfeile lagen da, wo sie sie liegengelassen hatte. Er drückte sich noch einmal an dem Zimmermädchen vorbei, wieder nach draußen, um im Buick nachzusehen. Vielleicht saß sie dort und wartete auf ihn. »Zimmer war leer, als ich reinkam«, plapperte das Zimmermädchen weiter. »Ich geh nicht in Zimmer, wenn sie nicht leer sind.« Sein Herz klopfte jetzt. Nirgendwo eine Spur von ihr. Neben seinem Wagen machte er wieder kehrt und klopfte sich an die Stirn, als wollte er sie dazu bringen, klar zu denken. Vielleicht machte sie bloß einen Spaziergang oder so was. Ein bißchen frische Luft schnappen. Das mußte kein Zeichen von Wut sein. Sie hatten irgendeinen Streit gehabt, aber an die Wörter, die gefallen waren, konnte er sich nicht erinnern, konnte sich nicht erinnern, worum es gegangen war. Wie in Trance schlenderte er zu dem Spielplatz, blieb dann stehen und starrte eine Zeitlang in den Swimmingpool. Das Wasser irritierte ihn. Es hatte eine grünliche Färbung, als gehörte es zur Wildnis. In seinem Schädel pochte es, und ihm war, als hörte er ein junges Mädchen lachen, dann ein Platschen, einen Körper, der aufs Wasser klatscht, aber im Becken war niemand. Er machte kehrt, schlenderte zurück in die Richtung des Zimmers und blieb neben seinem Wagen stehen. Er starrte hinüber zu dem dunklen Motelzimmer, wo das Zimmermädchen immer noch arbeitete und sich dabei vor dem hohen Spiegel hin und her bewegte. Ein Sonnenstrahl wurde von dem Sprung reflektiert, und jedesmal, wenn sie daran vorüberging, war es wie ein Blitzlicht. Ihm wurde fast übel davon, als wollte ihn das Tageslicht, gleichgültig gegen die Krise, in der er steckte, zum Narren halten. Der Wind nahm sich eine Styroportasse und trieb sie über den schmutzigen Parkplatz. Wieder hörte er das Klatschen und drehte sich nach dem Becken um. Ein schlankes Mädchen mit schwarzem Haar tauchte auf und schüttelte sich das Wasser aus den Ohren. Sie hatte einen indianischen Körperbau, aber leuchtend grüne Augen, die ihm zulächelten. Er täuschte sich nicht. Sie sah ihn direkt an. Sie ahnte offenbar nicht, daß er sich in einem Ausnahmezustand befand. Er wandte sich ab und betrat wieder das Zimmer. »Würden Sie jetzt bitte gehen?« sagte er zu dem Zimmermädchen, das verbissen vor sich hinarbeitete. »Ich muß telefonieren.«

»Bin gleich fertig. Muß nur noch die Handtücher wechseln.«

»Bitte«, sagte er, »gehen Sie jetzt!«

»Wollen Sie schmutzige Handtücher?«
»Die Handtücher sind mir egal. Meine Frau ist verschwunden, und ich muß telefonieren.«
»Bin gleich fertig.«
»Schluß jetzt, gehen Sie!«
»Schon gut. Schon gut. Schmutzige Handtücher. Na, mir soll's recht sein.« Er griff nach dem Telefon, während das Zimmermädchen mit einem Armvoll Bettücher, den Staubsauger hinter sich herziehend, hinausstampfte. »Den Spiegel muß jemand bezahlen, verstehen Sie. Das war gestern noch nicht.« Sie zog die Tür hinter sich ins Schloß. Er stellte das Telefon auf seine Knie und versuchte sich an den Streit zu erinnern. An die Wörter zum Streit. Es mußte doch um irgend etwas gegangen sein. Er überlegte, ob er bei der Polizei oder beim nächsten Krankenhaus anrufen sollte. Dazu war es vielleicht noch zu früh. Er hatte sie doch erst vor einer Stunde verlassen. Worum war es bei dem Streit gegangen? Warum diese anschwellende Panik? Es war doch bloß eine ihrer gelegentlichen kleinen Meinungsverschiedenheiten gewesen. Nichts Großartiges.
Er ließ den Hörer sinken und ging hinaus zu seinem Buick. Das Zimmermädchen hantierte an dem Eisautomaten herum, und kaum hatte sie ihn erblickt, da fing sie wieder an: »Sie wollen doch nicht etwa abreisen, wie? Wir haben ihre Autonummer, wissen Sie. Wir finden Sie überall.« Als er den Motor anließ und aus dem mit einer verblichenen weißen Dreiunddreißig markierten Feld zurücksetzte, sah er im Rückspiegel wieder das Mädchen mit den schwarzen Haaren. Diesmal winkte sie, reckte ihren langen, dünnen Arm hoch über den Kopf, als wäre die Entfernung zwischen ihnen riesengroß.
Langsam kurvte er auf dem Gelände des Motels herum und sah im Wäsche- und Spieleraum nach. Einer der Trockner klickte regelmäßig und gab heißen Baumwollgeruch von sich. An den Kung-Fu- und Donkey-Kong-Automaten

klebten handgeschriebene Zettel: *Spielen Sie nicht, wenn Sie naß sind! Ein Stromschlag kann tödlich sein!* Irgendein wilder Teil seiner Phantasie hatte gehofft, die Zettel wären von seiner Frau.

Er fragte bei den Leuten in der Anmeldung und warf einen kurzen Blick in die Cafeteria. Eine Rancherfamilie, die ihr Frühstück bezahlen wollte, bildete an der Kasse eine kleine Schlange. Die Männer reichten die Rechnung herum und fragten einander, wer die Extraportion Schinken und wer die Biscuits genommen hatte, saugten dazu an Zahnstochern und gruben in ihren Hosentaschen nach Kleingeld.

Er fuhr auf den Highway 23 hinaus, vorbei an der Bar Dee Bar, und fing an, all die kleinen Nebenstraßen abzusuchen, wo in staubigen Vorgärten Jungen an Ochsenattrappen Lassowerfen übten. Kläffende australische Schäferhunde gingen auf seinen Buick los, während er langsam vorüberfuhr und mit verrenktem Hals nach ihr Ausschau hielt. Sie hatte diese Masche schon einige Male abgezogen, abhauen, ohne was zu sagen. Einmal hatte er sie vor einem Doughnutladen gefunden, wie sie auf der Bordsteinkante saß und den Asphalt anstarrte. Sie suche nach Glasmurmeln, hatte sie gesagt. Damals hatten sie sich nicht gestritten. Jedenfalls konnte er sich nicht daran erinnern, daß irgendwas gewesen war. Ihr war einfach diese Idee gekommen loszugehen.

Er überquerte die Eisenbahngleise und umkreiste die Getreidesilos, vor denen sich die Weizenlaster stauten, um ihre Ladung abzuliefern. Manche Fahrer winkten ihm zu, aber er reagierte nicht. Er konnte nicht verstehen, warum ihm in dieser Stadt alle Leute zuwinkten. Er kannte hier keine Menschenseele.

Er suchte auch die langen Schotterstraßen ab, die sich in die Weizen- und Gerstenfelder hinausschlängelten, und hoffte, er würde sie sehen. Immer wieder stellte er sich vor, daß sie von ihm wegging wie ein Farmermädchen in einem rosa Kleid auf einem Bild von Wyeth. Aber er sah nur grüne und gelbe Mähdrescher, die vor einer bedrohlichen schwarzen Wolkenbank am Horizont entlangkrochen; sie war so schwarz, daß er glaubte, es sei Rauch, der sich ihm da entgegenwälzte. Er hielt an und starrte hinaus, während die Wolkenbank sich langsam hob und in lange, verdrehte, nach Norden strudelnde Säulen teilte. Genau in der Mitte der dunkelsten Säule befand sich ein wirbelnder, grauer Ball, aus dem lange Fäden hervorhingen. Er schien an Größe immer mehr zuzunehmen, während er immer schneller aus dem schwarzen Hintergrund hervorkullerte und die weißen Fäden sich mehr und mehr in die Länge zogen, bis das Ganze die Gestalt eines riesigen, über die Prärie tanzenden Oktopus annahm. Wie aus dem Nichts kam Wind auf und schüttelte den Buick mit gewaltigen Böen. Abgebrochene, in Stacheldraht gewickelte Zaunpfähle trudelten vor ihm über die Straße. Die Temperatur sank so rasch, daß er glaubte, mit seiner Klimaanlage sei etwas nicht in Ordnung. Dann kam der Hagel. Zuerst in kleinen, klappernden Böen, die den Wagen von links angriffen, im Tiefflug über die Motorhaube gegen die Windschutzscheibe prasselten. Zuerst erkannte er das Geräusch nicht. Es erinnerte ihn an Taubenschrot, der durch Kiefern rieselt. Dann wurde alles mehr und mächtiger und brach über ihn herein. Aus dem Nichts schossen von überallher baseballgroße Eisbrocken auf ihn zu. Er stellte den Motor ab und hielt sich am Lenkrad fest. Er konnte die Straße nicht mehr sehen. Er konnte kaum noch die Verzierung auf der Kühlerhaube erkennen. Es machte sich über ihn her, während er hastig die Fenster hochkurbelte und dann wie betäubt über dem Lenkrad hing, als könnte ihn das irgendwie retten. Der Buick schwankte wie ein winziges, hilfloses Schiff am Rand eines Hurrikans. Er konnte die schwachen Scheinwerfer der Mähdrescher erkennen, die einander Warnsignale zublinkten, um zu zeigen, wo sie sich befanden. Er schaltete sein Warnlicht ein, aber es produzierte nur ein verschwommenes

Glimmen in dem immer dunkler werdenden Wirbel. Plötzlich explodierte das Heckfenster zu einem Spinnennetz, und er duckte sich, suchte Schutz unter dem Armaturen-

brett. Dunkel drang das Heulen des Windes durch die Bodenbleche zu ihm, und ihn überkam die panische Angst, das sei es gewesen. So also ging es mit ihm und ihr zu Ende. Nicht im Sonnenlicht vor den Granitgesichtern des Mount Rushmore, während sie Postkarten kauften und Eistee tranken. Nicht versöhnt und wiedervereint, sondern jeder für sich und völlig verirrt und tot, durch höhere Gewalt.

So plötzlich, wie er begonnen hatte, hörte der Hagel wieder auf und verschwand. Heiß und breit kam die Sonne zum Vorschein. Am Himmel keine Spur mehr von dem, was eben geschehen war. Die Mähdrescher waren verschwunden, hatten in ihren Reifenspuren ein Kielwasser aus zerquetschtem weißen Matsch zurückgelassen. Irgendwo rief ein Wiesenstärling, und es klang, als bäte er um die Erlaubnis, sein Leben fortzusetzen. Vor jedem Baum und jedem Zaunpfahl türmten sich Pyramiden von Hagelbrocken. Worum war es bei dem Streit zwischen ihm und ihr bloß gegangen?

Er kehrte in der Gewißheit zurück, daß sie nicht in Zimmer 33 sein würde. Sie würde nicht auf der Bettkante sitzen, die Handtasche auf dem Schoß, und sich auf die Lippen beißen. Sie würde nicht aufspringen und sich ihm in die Arme werfen, wenn er zur Tür hereinkäme. Er behielt recht. Er ging sofort zum Telefon und rief beim nächsten Krankenhaus an. In dessen Unterlagen kam sie nicht vor. Die neuesten Leichen dort waren allesamt Indianer. Er rief das örtliche Polizeirevier an, und sie sagten ihm, der Sheriff sei nicht da, aber er solle vorbeikommen und eine Vermißtenanzeige aufgeben. Er hatte das Gefühl, dafür sei es noch zu früh. Er brachte es nicht fertig, sie als im weitesten Sinne »vermißt« anzusehen. »Vermißt«, als würde man sie nie mehr finden. Er lieferte ihnen einen Beschreibung von ihr, aber während er die Farbe ihrer Augen, ihres Haars, ihr Gewicht, ihre Größe, ihr Alter aufzählte, kam es ihm vor, als würden ihn alle diese trivialen Einzelheiten nur immer weiter von ihr entfernen, bis er sich schließlich kaum noch auf ihr Gesicht besinnen konnte. »Also gut, wir geben eine Suchmeldung heraus, Sir, aber Sie müssen wirklich rüberkommen und die Formulare ausfüllen.«

Er rief ihre Mutter in Wisconsin an, und deren Stimme klang so gebrechlich und fern, daß er das Gefühl hatte, er müßte eine Geschichte erfinden, um zu erklären, warum ihre Tochter plötzlich nicht mehr da war: sie hätten sich wohl bei der Vereinbarung eines Treffpunkts mißverstanden.

»Ich dachte, sie hat vielleicht bei dir angerufen, oder so.«

»Nein, ich habe nichts gehört«, sagte sie.

»Na, früher oder später wird sie schon wieder auftauchen. Wie ist das Wetter bei euch da oben?«

»Wir haben einen Kälteeinbruch.«

»Es ist doch Hochsommer.«

»Hier nicht.« Sie lachte mit einer sanften Resignation, die ihm das Herz sinken ließ.

»Habe gerade einen Hagelsturm hinter mir. Völlig verrückt.«

»Hagel?«

»Ja, aus heiterem Himmel. So was habe ich noch nie erlebt.«

»Bei uns ist das selten. Hagel.«

»Also, ich rufe dich natürlich an, sobald sie auftaucht.«

»Ich verstehe das nicht. Außer, sie macht mal wieder einen ihrer langen Spaziergänge. Du weißt ja, wie sie ist.«

»Ich würde mir keine Sorgen machen. Sie wird schon wiederkommen.«

Er war verlegen, als er auflegte, nicht sicher, ob ihre Mutter sich schon vom Telefon abgewendet hatte oder noch dabei war, aufzulegen. Er saß auf der Bettkante und starrte das Telefon an. Er stand auf und wollte zum Bad gehen, blieb aber vor dem langen Spiegel stehen und betrachtete sein durch den Sprung gespaltenes Bild darin. Sie mußte diesen Sprung in einem Anfall von Wut verursacht haben. Ein Aschenbecher vielleicht? Ihre kleine Faust?

Er betrat das Bad, zog Schuhe und Strümpfe aus, rollte sich die Hosenbeine hoch, drehte das kalte Wasser an und stieg in die Wanne. Er ließ sich das Wasser über die Zehen laufen und starrte auf seine Füße. Hals und Schultern nahmen nun eine Haltung an, die ihn an seine Frau erinnerte. Die gleiche melancholische Körperhaltung; leicht in sich zusammengesunken, die Arme schlaff daneben hängend. Das war ihr Körper; ihr Ausdruck von Verzweiflung. Worüber? Was war der Kern dieser Verzweiflung? Er spürte den Sog nach unten, sein Blick sank tiefer zu den Adern seiner Füße. Das Gewicht der Erschöpfung, verursacht durch Jahre der Trauer. Worüber? Er war jetzt ins Rutschen geraten; wurde tiefer in sie hineingezogen, bis er tatsächlich das Gefühl hatte, er verwandle sich in sie. Er war ihr jetzt, da sie abwesend war, näher, als er ihr, während sie zusammenlebten, je gewesen war. Zum erstenmal verstand er etwas an ihr. Sein Atem nahm sogar den gleichen Rhythmus wie ihrer an. Er spürte, wie sich sein Gesichtsfeld verengte, bis er seine Füße auf dem Porzellan gar nicht mehr sah. Das Geräusch des Wassers aus dem Hahn wurde hohl und entfernte sich, und das Gewicht seines Kopfes zog sein Kinn langsam nach unten auf die Brust. Er fühlte sich in dieser Gestalt begraben, erdrückt. Er keuchte wie ein Kind, das man in eiskaltes Wasser geworfen hat, und griff haltsuchend nach dem Plastikvorhang der Dusche, riß ihn herunter, als er aus dem Badezimmer floh, hinüber zu dem französischen Bett. Er warf sich auf die Tagesdecke, vergrub sein Gesicht in dem verblichenen Muster aus Planwagen, die von Indianern umzingelt wurden, und das Schluchzgeräusch, das aus ihm hervordrang, erschreckte einen Teil von ihm, aber aufhören konnte er nicht. Er verlor jegliche Kontrolle darüber. Sein ganzer Körper war beteiligt.

Es dauerte eine Zeit, bis er sich langsam wieder fing. Er lag einfach da, mit dem Gesicht zum Fenster. Er konnte hören, daß immer noch Wasser in die Badewanne einlief, und draußen das Geräusch des Rasensprengers. Er schaffte es, die kalten Füße zur Tür hinüberzuschwingen. Er stand auf und machte sich nicht die Mühe, seine Hosenbeine herunterzurollen. Er ging zur Tür und spürte ein paar rauhe Stellen auf dem roten Teppich, wo früher mal jemand gekotzt haben mußte. Er trat hinaus in die sengende Sonne.
Barfuß überquerte er den Parkplatz und ging auf einen Rasensprenger zu, der in armseligen Bögen Wasser auf ein kleines Rasenstück neben dem Schwimmbecken spuckte. Vor der Sonne bildete sich in dem Wassernebel immer wieder ein kurzer blauer Regenbogen und verschwand dann wieder. Er trat unter den Wasserbogen und ließ sich von ihm den Hals lecken. Dann stand er da, wartete auf das nächste Mal und wußte, daß sein Körper zusammenzucken würde, wenn es soweit war. Er konnte nichts dagegen tun. Direkt hinter ihm sprach eine Stimme, und zuerst glaubte er, sie käme aus dem Inneren seines Kopfes: »Das habe ich auch immer gemacht, als ich klein war.« Er drehte sich um und blickte in die grünen Augen, die aus ihrem kräftigen Gesicht hervorspähten.
»Ich kenne Sie nicht, oder?« Seine Stimme klang wie die eines kleinen Jungen.
»Ich weiß nicht.« Sie kicherte. »Kennen Sie mich?«
»Aber wieso haben Sie mir vorhin zugewunken?«
»Ich habe Sie gesehen und einfach gewunken. Das ist alles. Man kann doch mal winken, oder?« Der Rasensprenger leckte nun über sie beide hinweg, und sie lachte, als er sich duckte. »Was machen Sie hier draußen?« fragte sie.
»Urlaub. Nur ein bißchen Urlaub.«
»Nein, ich meine, warum stehen Sie mit hochgekrempelter Hose allein hier draußen unter dem Rasensprenger?«
»Ach. Ich habe gerade meine Frau verloren«, sagte er und

schüttelte sich mit einer ruckartigen Bewegung das Wasser aus dem Haar. Sie lachte so heftig, daß sie sich schließlich nach vorn beugte und sich auf die Knie schlug, eine Pirou-

ette drehte und ihn wieder ansah. Als sie seinen Gesichtsausdruck bemerkte, hörte sie auf und wischte sich das Lächeln mit dem Handrücken aus dem Gesicht.

»Tut mir leid«, sagte sie.

»Was?«

»Daß ich gelacht habe. Es kam mir so komisch vor, als Sie das mit Ihrer Frau sagten und dann das mit Ihrem Kopf machten.«

»Was habe ich denn gemacht?«

»Diesen Ruck, wissen Sie.« Dann machte sie ihm die Bewegung noch einmal vor, indem sie mit ihrem Kopf nach einer Seite fuhr.

»Oh«, sagte er.

»Es sah so aus, als ob – ich weiß nicht. Jedenfalls tut es mir leid.«

»Wie sah es aus?«

»Ich weiß nicht. Als ob sie entbehrlich wäre oder so.«

»Oh.«

»Ist sie das?«

»Was?«

»Entbehrlich?«

»Sie ist weg.«

»Ist sie gestorben oder was?«

»Nein, verschwunden.«

»Niemand verschwindet einfach.«

»Sie schon.«

»Wie hat sie denn das fertiggebracht?«

»Einfach weggegangen.«

»Vielleicht ist sie Einkaufen.«

»Sie geht nie einkaufen.«

»Vielleicht besichtigt sie die Versteinerten Gärten.«

»Was ist denn das?«

»Sie wissen doch, die Versteinerten Gärten! Der einzige Grund, warum Leute hier überhaupt haltmachen.«
»Ach.«
»Warum haben denn Sie hier haltgemacht?«
»Ich weiß nicht. Urlaub. Also eigentlich hatten wir im Wagen eine kleine Meinungsverschiedenheit.«
»Ach. Streit?«
»Nein, bloß ein kleines Mißverständnis.«
»Worum ging es?«
»Ich weiß nicht mehr.« Er sah auf seine nackten Füße, die jetzt bis zu den Knöcheln mit Matsch gemustert waren.
»Haben Sie denn nach ihr gesucht?«
»Natürlich. Die ganze Stadt habe ich abgesucht. Bin in diesen Hagel geraten, während ich nach ihr suchte.«
»Das war ein Ding, wie? Passiert hier in dieser Jahreszeit andauernd. Die kommen einfach aus dem Nichts.«
»So was habe ich noch nicht erlebt.«
»Soll ich Ihnen suchen helfen? Ich bin hier geboren und aufgewachsen. Ich kenne mich hier aus.«
»Nein, schon gut.«
»Warum denn nicht?«
»Weil – ich meine, ich kenne Sie doch nicht mal. Ich weiß gar nicht, wer Sie sind. Sie kommen da einfach an – Sie haben mir zugewunken, als würden Sie mich kennen oder als würde ich Sie kennen oder was, aber ich kenne Sie *nicht.* Ich habe nicht die geringste Ahnung, wer Sie sind. Ich verstehe nicht, wie Sie hier einfach – ich weiß nicht. Das ergibt keinen Sinn. Ich meine, etwas verlieren – jemanden verlieren – und dann sind da Sie. Also ich – ich weiß nicht –«
»Was wissen Sie nicht?«
»Wo ich anfangen soll.«

2/7/91 (Kadoka, South Dakota)

Nein, Mama, ich bin noch in South Dakota.

Ach, stimmt ja. Dein Verehrer hat mich von dort angerufen.

Tatsächlich? Was wollte er?

Er sagte, du seist ihm vorübergehend verlorengegangen.

Er ist nicht mein »Verehrer«, Mama; er ist mein Mann.

Ach, stimmt ja.

Und es ist auch nicht vorübergehend. Es ist für immer.

Was?

Das mit dem Verlorengehen.

Ach. Und wann kommst du wieder nach Hause?

Ich habe hier jetzt einen Job. Ich arbeite wieder.

Warum denn das?

Wir haben uns getrennt. Ich muß Geld verdienen.

Du und dein Verehrer?

Mein Mann, Ma!

Ihr seid nicht mehr zusammen?

Genau. Wir haben uns getrennt. Für immer. Das habe ich dir doch gerade gesagt.

Wann ist denn das passiert?

Vor ein paar Tagen. Eigentlich zieht es sich schon eine ganze Weile hin.

Was zieht sich hin?

Das Zerwürfnis.

 Oh, das wußte ich nicht. Das habe ich nicht mitbekommen.

Tja. Jedenfalls arbeite ich jetzt wieder.

Und in welcher Branche?

Ich arbeite bei Happy Chef.

Was ist das?

Ein Restaurant, Mama. Ich bin wieder Kellnerin.

Happy Chef. Nie gehört.

Hier in der Gegend gibt es die. Bei euch nicht.

Nie gehört. Wie ist es da – wie bei Dairy Queen oder so?

So ungefähr. Ja.

Aber das bist du doch noch nie gewesen, oder? Kellnerin?

Doch. Weißt du nicht mehr, bei den Seen oben, den einen Sommer?

Oh. Das ist lange her.

Kommt mir auch so vor.

Ich kann mich gar nicht erinnern, daß du da oben Kellnerin warst.

Aber ja doch. Ich hatte eine blaue Kluft, weißt du nicht mehr? Die hier ist braun.

Welche?

Die ich jetzt anhabe. Ich trage sie die ganze Zeit. Sie gefällt mir wirklich gut. Ich habe auch ein nagelneues Namensschildchen, mit einem nagelneuen Namen.

Was soll das heißen, ein neuer Name?

Rita. Ich habe meinen Namen geändert, in Rita Olsen.

Was ist denn das für ein Name?

Halb spanisch, halb schwedisch. Ist mir so eingefallen.

Du bist keine Spanierin, und Schwedin bist du auch nicht.

Ich weiß. Ich habe ihn einfach erfunden.

Aber man kann doch nicht einfach seinen Namen ändern, oder? Einfach so, aus heiterem Himmel.

Warum nicht?

Warum willst du in deinem Alter denn noch deinen Namen ändern?

Bloß zur Tarnung.

Zur Tarnung?

Damit er mich nicht findet.

Sucht er denn nach dir?

Er hat versucht, mich zu erschießen.

Du lieber Himmel! Nein!

Wirklich. Er hat mir ein Loch in die Windschutzscheibe geschossen.

Bist du in Ordnung?

Klar doch. Er hat mich nicht getroffen, eine Meile daneben. Weißt du, immer schleppt er diese Revolver mit sich herum, dabei kann er gar nicht schießen.

Hast du ihn bei der Polizei angezeigt?

Nein. Der probiert das nicht noch einmal.

Woher willst du das wissen?

Ich hab's im Gefühl.

126 Also, ich finde, du solltest ihn festnehmen lassen. Der kann doch nicht einfach herumlaufen und auf Leute schießen. Das ist nicht richtig.

Hier draußen läuft das anders.

Wann kommst du nach Hause?

Ich weiß nicht, Mama.

Warum gehst du überhaupt mit einem Mann, der Revolver mit sich rumschleppt? Ich hätte dich für klüger gehalten.

Ich gehe nicht mit ihm! Ich bin mit ihm verheiratet! Erinnerst du dich denn nicht?

Nein.

Es ist lange her, daß wir geheiratet haben. Wir haben sogar hier in der Gegend geheiratet. Es war im Frühling.

Ich weiß noch, daß du mit dem Zug hingefahren bist, aber an einen Mann kann ich mich nicht erinnern.

Wir sind zurückgekommen und haben drei Monate bei dir gewohnt. Ich und er.

Ach, stimmt ja. Aber der war sehr nett. Der Mann damals. Das ist doch nicht derselbe, der jetzt Revolver mit sich rumschleppt?

Doch. Genau der.

Warum sollte er Revolver mit sich rumschleppen wollen? Er kam mir so nett vor.

Er ist verrückt.

Nein. Dann ist es nicht derselbe Mann, denn der Mann, an den ich mich erinnere, den du mit nach Hause gebracht hast, hat mir immer beim Spülen und mit dem Brennholz geholfen. Der hat mir immer Sachen aus dem Laden geholt. Der hat den Schnee aus der Einfahrt geschaufelt, in dem einen Winter, als wir den schlimmen Schneesturm hatten. Erinnerst du dich?

Nein.

Das kann nicht derselbe Mann sein, ich weiß noch, wie ich zu dir gesagt habe, das wäre der Mann, den du heiraten solltest. Aber du wolltest nicht auf mich hören.

Aber ich *habe* diesen Mann geheiratet.

Ich weiß noch, wie ich zu dir gesagt habe, so einen findest du in einer Million Jahren nicht mehr. Jemand, der sich um dich kümmert und aufs Haus achtet.

Ich muß los, Mama.

Wohin gehst du jetzt?

Ich muß mich fertigmachen für die Arbeit.

Wie spät ist es bei euch?

Wir sind euch eine Stunde voraus.

Arbeitest du nachts?

Ja, ich bin Kellnerin. Es gefällt mir. Den Tag über schlafe ich dann.

Du solltest nach Hause kommen.

Vielleicht.

Du gehörst da nicht hin. Was ist denn da draußen überhaupt?

Einfach – Platz. Nehme ich an.

Das haben wir auch. Platz gibt es hier auch.

128 Es ist nicht das gleiche.

Ändere nicht deinen Namen, egal, was du tust. Das ist Sünde.

Ich muß jetzt los, Mama.

Bitte, ändere nicht deinen Namen.

Es ist bloß vorübergehend, Mama.

7/91 (Kadoka, South Dakota)

einer Zufall Er lag ausgestreckt auf dem roten Teppich und starrte zu der runzeligen Decke hinauf. Er überlegte sich, daß sie da irgendwas schwer Entflammbares hingesprüht haben mußten; etwas, das aussah wie schimmliger Hüttenkäse und ihm jeden Augenblick auf den Kopf fallen konnte. Er verlor sich in Einzelheiten. Einzelheiten seiner unmittelbaren Umgebung. Es kam ihm vor, als sei es das beste, was er tun konnte. Von Wänden eingeschlossen; wo ihn Hagel nicht treffen konnte. Vielleicht würde er dieses Zimmer nie mehr verlassen. Er studierte die Schattenmuster, die das Sonnenlicht durch die Falten des Plastikvorhangs auf der Wand erzeugte. Er beobachtete, wie sie sich bewegten und veränderten, und dachte daran, wie schwer es wäre, sie genau zu zeichnen. Selbst in Schwarzweiß. Er lauschte Stimmen in anderen Zimmern; nur dem Klang der Stimmen, ohne Wörter zu verstehen. Zwei lachende Männer vor einem Fernseher in voller Lautstärke. Fernsehen tagsüber. Baseball. Zwei lachende Männer, die lieber mit einer Frau zusammengewesen wären. Irgendeiner Frau. Ein Rasenmäher in der Ferne – jemand arbeitete an der Verschönerung seines Stückchens Grundbesitz. Die Eismaschine. Die Straße in der Ferne. Dann verschob sich plötzlich die Sonne und wischte in einem kühlen, grauen Licht alle Schatten beiseite. Der Rücken tat ihm weh, und er dachte, das müßte von der vielen Fahrerei kommen. Von all den Fahrten, die er je gemacht hatte. Meilen, die er nie mehr zusammenbekäme; kreuz und quer durch das Land, aus Gründen, die er längst vergessen hatte. Fahren, nur um zu fahren. Er stellte sich auf der runzligen Decke eine Karte des Landes vor, Kanada und Mexiko abgeschnitten; ein Inselkontinent. Und dann hin und her, von Küste zu Küste, von Norden nach Süden, ganze Büschel von langen, gewundenen Linien in Gelb, die all seine früheren Touren darstellten. Touren ohne Folgen, soweit er sich erinnern konnte. Ausgenommen die eine, auf der er sie kennengelernt hatte. Diese Linie war rot, und sie begann auf dem Jahrmarkt in Salt Lake City. Sie standen direkt nebeneinander und sahen einer Maultierschau zu. Sie kannten sich nicht. Es war reiner Zufall. Der Anblick fliegender Maultiere, die von einer dreißig Meter hohen Plattform in die Tiefe sprangen, hatte sie beide so gebannt, daß sie einander gar nicht bemerkten. Die Maultiere landeten mit einem gewaltigen Bauchplatscher in einem Wassertank: alle viere von sich gestreckt, mit angsterfülltem Blick, und während sie fielen, stießen sie ein abscheuliches Geschrei aus. Schließlich verfehlte eines von ihnen den Tank, und sie hatte sich an seine Brust geworfen, sich den Mund zugehalten und gestöhnt, als wäre sie selbst auf dem Boden aufgeschlagen. Er hielt sie und klopfte ihr leicht auf den Rücken. Sie ließ zu, daß er die Arme um sie legte. Er hielt sie, wie er ein erschrockenes Kind gehalten hätte. Die Menschenmenge um sie her lief auseinander. Das Gedärm des Maultiers war auf den Parkplatz gequollen, dampfend und blau. Helfer liefen mit Eimern und Seilen herum und schrien einander Befehle zu. Er führte sie von dem Ort des Unfalls zu einem abseits gelegenen gelben Zelt, wo man Hot Dogs und Bier bekam. Sie kam mit, als würden sie zusammengehören. Sie kreuzte ihre Handgelenke vor der Brust und drückte ihr Kinn fest auf die geballten Fäuste. Leute rannten vorüber, zurück zur Unglücksstelle. Schrille, aufgeregte Stimmen. Eine schrie, es sei ein Mord passiert, und alle wurden noch lauter und noch schriller, und noch mehr Leute kamen gelaufen. Plötzlich blieb sie stehen und sah ihm ins Gesicht. »Oh, tut mir leid«, sagte sie und rannte davon. Er hatte den ganzen Tag gebraucht, um sie wiederzufinden. Dann lebten sie volle fünf Jahre zusammen.

7/91 (Kadoka, South Dakota)

Jetzt wiederholen Sie. Wir müssen das in unseren Schädel bekommen: »Ich bin ein Mann, auf den kein Verlaß ist.« Das wollen wir jetzt wiederholen.

Ich bin ein Mann, auf den kein Verlaß ist.

Gut. »Ich bin ein Mann, welchem die Wahrheit ein stets schwankendes Phänomen ist.«

Ich bin ein Mann, welchem – »welchem«?

»Welchem.« Ja. Ganz richtig. »Welchem.«

Eine komische Art, das zu formulieren.

Wiederholen Sie es einfach.

»Welchem«?

»Ich bin ein Mann, *welchem* die Wahrheit –«

Also gut. Ich bin ein Mann, welchem die Wahrheit ein stets schaukelndes –

»Stets schwankendes.«

Stets schwankendes Phänomen ist.

Sehr gut. »Ich bin ein verwirrter Mann und unfähig –«

Ich bin ein verwirrter Mann und unfähig –

»Mich an meine vielen persönlichen Desaster zu erinnern.«

Ich bin ein unfähiger Mann –

Nein, nein, nein! »Ich bin ein Mann, *unfähig* –«

Ich bin ein Mann, unfähig –

»Ein verwirrter Mann und unfähig.« Richtig.

Ein verwirrter Mann und unfähig.

»Mich an meine vielen persönlichen Desaster zu erinnern.«

Mich an meine vielen persönlichen Deformationen –

NEIN! *»Desaster!«* »Mich an meine vielen persönlichen Desaster zu erinnern!« Warum können Sie sich das nicht merken?

Was spricht denn gegen »Deformationen«?

»Deformationen« ist zu leicht. Wenn es nur um Deformationen ginge, würden wir das hier nicht durchexerzieren, oder?

Also gut. Mich an meine vielen persönlichen Desaster zu erinnern. Herrgott.

So ist es richtig. »Ich bin ein verwirrter Mann und unfähig, mich an meine vielen persönlichen Desaster zu erinnern.«

Habe ich doch gesagt.

Gut. »Und deshalb bin ich dazu verdammt, sie immer und immer wieder zu wiederholen, in alle Ewigkeit.«

Und deshalb bin ich dazu verdammt –

»Sie immer und immer wieder zu wiederholen –«

Sie immer und immer wieder zu wiederholen –

»In alle Ewigkeit.«

Was zu wiederholen?

Meine *Desaster*! Was ist eigentlich los mit Ihnen? Warum können Sie sich das nicht merken?

Können wir mal eine Pause machen?

Nein. Auf keinen Fall.

Nur eine kurze.

Nein.

Ich muß mal schiffen.

Jetzt nicht. Jetzt wiederholen Sie: »Ich bin ein Mann –«

Ich bin ein Mann –

»Ich bin ein Mann, der jegliche Kontrolle über seine Sinne verloren hat.«

Ich bin ein Mann, der jegliche Kontrolle über seine Sinne verloren hat.

»Jegliche Kontrolle über seinen Verstand.«

Jegliche Kontrolle über seinen Verstand.

»Jegliche Kontrolle über sein Herz.«

Jegliche Kontrolle über sein Herz.

»Jegliche Kontrolle über seine Seele.«

Jegliche Kontrolle über seine Seele.

»Bereitwillig und ernsthaft –«

Bereitwillig und ernsthaft –

»Überlasse ich mich deshalb vollständig –«

Überlasse ich mich deshalb vollständig –

»Der Sorge und vertrauensvollen Unterweisung –«

Der Sorge und vertrauensvollen Unterweisung –

»Meines langjährigen Mentors und persönlichen Leibwächters –«

Meines langjährigen Mentors und persönlichen Leibwächters – Das sind Sie, stimmt's?

134 Das bin ich.

Habe ich mir gedacht. Kann ich jetzt schiffen gehen?

Ja, bitte.

15/9/94 (Lexington, Kentucky)

 Price kroch langsam in die Stadt, vorbei an einer kleinen Hinweistafel, auf der zu lesen stand: *Belvidere – eine Stadt, zu zäh zum Sterben.* Etwas, das nach Stadt aussah, sah er allerdings nicht. Eine Reifenreparaturwerkstatt, die zugemacht hatte. Eine Grillbude namens »Tibbs' Ribs«, die zugemacht hatte. Das einzige, was nicht zugemacht hatte, war eine Conoco-Tankstelle mit einem kleinen Café und einem Lebensmittelladen dahinter. Da bog er ein und parkte. Es war noch zu früh, Lowell und seine fabelhafte Tochter konnten noch nicht da sein. Was den Treffpunkt anging, hatte ihm Lowell, soweit er sich erinnerte, nur gesagt, Abfahrt Belvidere. Das genügte auch. Von dort, wo er saß, konnte er die Highway-Abfahrt sehen. Er beobachtete, wie ein paar bejahrte Biker auf den Parkplatz rollten, zu zweit auf riesigen japanischen Maschinen, dazu Helme mit eingebauten Mikrophonen, wie dicke Marsbewohner. Ihre Lippen bewegten sich, aber Stimmen konnte er nicht hören. Was bloß aus *The Fugitive Kind* geworden war, fragte er sich. Sie gehörten zumindest irgendwohin – in eine japanische Biker-Welt für Dicke. Er schob sich in seinem Sitz hoch, und dann kamen ihm Bedenken wegen dieses Treffens. Denn eigentlich war er nur aus einem einzigen Grund gekommen – er wollte noch mal einen Blick auf Lowells Tochter werfen. Er fühlte sich ein bißchen schuldig deswegen. Aber als er gerade den Zündschlüssel ins Schloß steckte, sah er, wie Lowell Hewitt mit seinem Anhänger eine Steigung heraufkam und dann über die Eisenbahngleise direkt auf die Conoco-Tankstelle zu. Obwohl Price das Gespann von Lowell noch nie gesehen hatte, wußte er sofort, daß er es sein mußte. Der Pickup war eine Verlängerung von Lowell selbst, ein alter grüner Ford Ranger mit einer Kruste aus Präriestaub und feinem Schlamm, die inzwischen zur

Bemalung gehörte. An dem ganzen Wagen gab es keine zwei Reifen, die zusammengehörten, auch nicht an dem zerbeulten, fleischfarbenen Viehanhänger mit den großen leberförmigen Rostflecken auf der Vorderseite und an den Schutzblechen. Drei gesattelte Ranchpferde mühten sich verzweifelt, das Gleichgewicht zu bewahren, während Lowell in die Tankstelle geschleudert kam und so heftig auf die Bremse stieg, daß die Pferde nach vorn geworfen wurden und fast in die Knie gingen. »Hast hoffentlich schon gefrühstückt!« rief Lowell ihm aus dem Fenster durch den niedersinkenden Staub zu.

»Na sicher!« rief Price zurück und zog den Schlüssel wieder aus dem Zündschloß. Madilias ungeschminktes Gesicht wurde von der Hutkrempe ihres Vaters verdeckt, aber einen Moment lang sah Price, wie sie sich mit der Schulter gegen die klemmende Tür auf ihrer Seite warf und auszusteigen versuchte. Das Herz klopfte ihm bis in die Kehle.

»Gut so, denn bis Sonnenuntergang essen wir nichts mehr! Gibt Schnösel, die mieten eine Piper Cub, damit sie ihnen was zum Lunch abwirft, aber von der Sorte sind wir nicht. Nie gewesen!« Lowell lachte und spuckte einen Klumpen Tabaksaft in die Richtung, aus der Price über den Kies auf sie zukam. Madilia bekam ihre Tür schließlich auf, ging um das Heck des Pickups herum und sprang über die Anhängerkupplung. Er hoffte, sie würde ihm wenigstens einen Blick zuwerfen, doch sie ging einfach zu dem Café hinüber, die Hände in die Gesäßtaschen gestopft. Er kam sich vor wie ein Teenager, so heiß wurde ihm der Kopf. »Warum quetschst du dich nicht zu uns rein, Price? Hat doch keinen Zweck, mit zwei Wagen rauszufahren.«

»Nein, das geht schon. Ich fahre hinter euch her.«

»Wie du willst. Wirst aber 'ne Menge Staub schlucken. Von diesen alten Waschbrettstraßen wirbelt es ganz schön hoch.«

»Ist schon okay. Sieht nicht so aus, als hättet ihr da drinnen viel Platz.«

»Wieviel Platz brauchst du denn?« höhnte Lowell und spuckte wieder braunen Copenhagen-Schleim. Es entstand eine verlegene Pause, in der sich Price in Erwartung von Madilias Rückkehr unwillkürlich nach dem kleinen Café umsah. Er fühlte sich ertappt und hätte sich am liebsten zwischen die dicken Biker gemischt, die gerade, an riesigen Pepsiflaschen nuckelnd, zu ihren glitzernden Maschinen zurückwatschelten. Er drehte sich wieder Lowell zu und machte einen unbeholfenen Versuch zu lächeln.
»Du hast ein zusätzliches Pferd mitgebracht, wie?« sagte er zu Lowell.
»Du wolltest doch nicht etwa zu zweit auf einem reiten? Oder vielleicht doch!« Lowell reckte den Arm aus dem Wagenfenster und boxte Price gegen die Schulter, dann lachte er schallend und schlug mit der anderen Hand auf das Lenkrad. »Der Hinterzwiesel von ihrem Sattel würde dir den Schwanz so was von kaputtmachen!« Ihn überkam ein Husten- und Spuckanfall, während Price sich die Schulter rieb und hoffte, Lowell würde nicht merken, daß ihm sein Schlag tatsächlich ein bißchen weh getan hatte. »Laß dich lieber nicht mit irgendwelchen Halbblutfrauen ein, Price. Glaub mir. Die machen dich alle!«
»Wieso?«
»Das gibt einfach mächtig Ärger, wenn du wieder in Iowa bist. Außerdem bist du doch verheiratet, oder nicht?«
»Ich bin nicht aus Iowa«, sagte Price und sah Lowell in das breite Gesicht. Lowell hörte auf, an seinem Priem zu kauen, und starrte ihn erstaunt an.
»Dachte, du hättest gesagt, du bist aus Iowa, oder spinne ich?«
»Ja, ich hab's gesagt, aber ich bin nicht von da. Ich kann Iowa nicht ausstehen – vor allem Des Moines. Des Moines erinnert mich immer an Rußland.«
»Und woher zum Kuckuck kommst du dann?«
»Kentucky«, sagte Price, ohne lange nachzudenken.

»Hör sich das einer an. Kentucky. Dann bist du also vermutlich auch nicht in der Düngemittelbranche.«

»Nein, bin ich nicht.«

»Nicht zu fassen. Und was ist mit dem Verheiratetsein? Das hast du dir doch nicht auch noch ausgedacht, oder bin ich völlig blöd?«

»Nein, das stimmt.«

»Na, wenigstens etwas, auf das man sich verlassen kann.« Lowell sah Price lange scharf an, dann lächelte er und spuckte den ausgelutschten Pfropfen Copenhagen aus dem Fenster und sah zu, wie er landete – wie ein dampfendes Stück Scheiße. »Bist'n ziemlich konfuser Typ, was, Price?«

Madilia kam aus dem Café, schwenkte in jeder Hand ein Sechserpack Budweiser und ging genauso, wie Price es sich vorgestellt hatte. Sie lächelte ihm nicht zu, bis sie dem Wagen auf ein paar Meter nahe gekommen war. »Fahren Sie bei uns mit?« fragte sie ihn, während sie um den Wagen zu ihrer Tür ging.

»Nein, ich fahre hinterher.«

»Da werden Sie 'ne Menge Staub schlucken.«

»Das hat mir Ihr Vater schon gesagt.«

»Recht hat er«, sagte sie noch, bevor sie die quietschende Tür zuschlug.

Price versuchte, sich auf den geschotterten Ranchstraßen so gut er konnte hinter Lowells Gespann zu halten, aber je dichter er bei dem Viehanhänger blieb, desto schlechter war seine Sicht durch den wirbelnden Staub, bis er fürchtete, es würde einen Auffahrunfall geben, falls Lowell aus irgendeinem Grund auf die Bremse gehen mußte. Also ließ er sich wieder gut acht oder zehn Wagenlängen zurückfallen, aber Lowell fuhr konstant sechzig Meilen, der Anhänger schlingerte durch jede Kurve hinter ihm her, und die Pferde konnten sich nur mit Mühe auf den Beinen halten. Price wußte, was Staub sein konnte, aber dieser hier war unbeschreiblich. Er drang durch alle Ritzen, durch die geschlossene Lüftung und den Boden. Price konnte ihn schmecken, und er knirschte ihm zwischen den Zähnen. Nase und Ohren füllten sich damit. Seine Augen verklebten mit einer grauen Kruste. Der Staub hing ihm in der Kehle. Seine Hände wurden bleich und kreidig. Die schmale Straße schlängelte sich immer weiter, und er konnte nichts anderes tun, als Lowells Staubwolke folgen und hoffen, daß nicht plötzlich ein Heutransporter mit fünf Meilen in der Stunde vor ihm einbog und in seine Richtung fuhr. Die Vorstellung, er könnte das Gespann aus Vater und Tochter hier draußen in der Einöde verlieren, erfüllte ihn mit leichter Panik. Er hatte keine Ahnung, in welcher Richtung der Interstate Highway jetzt lag, und sie waren schon zwei- oder dreimal an verschiedenen Kreuzungen abgebogen. Kreuzungen ohne Schilder oder irgendwelche Kennzeichen. Er versuchte, sich zu erinnern, welchen Abzweig sie eben genommen hatten: nach links oder rechts? Und wie oft waren sie abgebogen? Zweimal, glaubte er. Vielleicht dreimal, aber sehr wahrscheinlich nur zweimal. Beide Male nach links. Er war sich fast sicher, daß sie beide Male nach links abgebogen waren. Er versuchte, durch die Fenster irgend etwas Markantes zu entdecken, aber bei diesem Staubdunst sahen die Bergkuppen in der Ferne alle gleich aus. Kaum hatte er sich auf eine unverwechselbare pyramidenförmige Kuppe konzentriert – schiefergrau, mit lachsfarbenen, waagerechten Streifen –, da tauchte schon eine andere auf, die genauso aussah. Er konzentrierte sich auf eine, die er aus dem rechten Fenster sah, mit einem langen, schmalen, vom Wind abgeschliffenen Kamm und einem Buckel auf der Spitze, die aussah wie ein Raubvogelkopf. Er glaubte, die sei nun wirklich einzigartig, und versuchte sich einzuprägen, daß er sie auf der rechten Seite gesehen hatte, aber schon tauchte links das Gegenstück auf. Einen Moment lang kam es ihm vor, als wäre er in Ägypten. Er sah Büffel, die sich in Kamele verwandelten; gleißende Hitzestreifen am Horizont und dunkle Dattelpalmen, die plötzlich hervortraten und in einer Reihe tanzten. Er konnte nur versuchen dranzubleiben. Er beschleunigte so, daß er auf drei oder vier Wagenlängen

herankam, und nahm dafür den stickigen Staub in Kauf. Auf dem Armaturenbrett lag er inzwischen so dick, daß er die Zahlen des Tachometers nicht mehr erkennen konnte. Aber auf das Tempo kam es auch nicht an. Er stellte sich vor, wie Lowell und seine hinreißende Tochter sich da vorn kaputtlachten, während sie ihre Budweiserdosen aufknackten. Er sah sie fast vor sich, wie sie sich gegenseitig mit den Ellbogen anstießen und in die Deckenverkleidung boxten. Er fragte sich, wie es kam, daß er mitten in der Prärie plötzlich zum Gegenstand des Gespötts geworden war. Bei diesem Gedanken stieg ihm das Blut in den Kopf. Wieder mal waren es die Frauen. Die alberne Lockung der Frauen. Mit einem wilden Ruck schaltete er in den zweiten Gang herunter, so daß sich der Wagen aufbäumte, mit dem Heck heftig über den Boden schürfte und dabei fast außer Kontrolle geriet, aber er brachte ihn wieder auf die Straße und hielt sich jetzt ganz links. Auf dieser Straßenseite staubte es weniger, aber die Gefahr eines Frontalzusammenstoßes zwang ihn nach rechts zurück, direkt hinter Lowell. Er starrte in die schlampig verschnürte hintere Luke des Pferdeanhängers, ein Gewirr aus alten, zerschlissenen Stricken und Draht, die einen Lattenrost aufrecht hielten. Vor sich sah er die mit weit aufgerissenen Augen und gespreizten Beinen dastehenden Pferde, die sich alle umgedreht hatten und nach hinten sahen, um dem gnadenlosen Staub zu entgehen. Ein graubrauner Wallach, der der Luke am nächsten war, starrte mit angsterfüllten Augen und pulsierenden Nüstern zu ihm hinaus. Es war der Blick eines Opfers.

Nachdem sie sich zehn Meilen durch Staub und Schotter gequält hatten, bogen sie in ein Kieferngehölz ab, das ein paar alte, ausgebleichte Pferche und Laderutschen verbarg. Price hielt neben einem Baumstumpf und wartete, bis die beiden aus ihrem Ford stiegen. Nachdem er den Motor abgestellt hatte, vibrierte sein Körper weiter, als wäre ihm die holprige Straße bis ins Mark gedrungen und würde ihn nie mehr loslassen. Er kaute auf Dreck und spuckte ganze Klumpen davon aus dem Fenster. Seine Lungen brannten. Er konnte sehen, daß sich Madilia wieder wie verrückt mit der Schulter gegen die Wagentür warf. Diese Gewalt, die Art, wie sie ihren ganzen Körper einsetzte, brachte ihn auf die Frage, woher diese Kraft eigentlich kam, mit der sie ihn so weit hinaus in dieses völlig unbekannte Gelände zog. Ihr Vater schwang seine dicken Beine nach draußen. Er hatte das gleiche breite Lächeln wie vorhin aufgesetzt und hielt ein Bier in der Hand. »Wie nennt sich denn dieser Schlitten, Price? So was habe ich ja noch nie gesehen!«

»Grand National!« schrie Price zurück, während er sich mit beiden Händen den Staub von Hemd und Hose wischte.

»Grand National. Na, so was. Nie gehört. Dachte, das wäre ein Pferderennen drüben in England!«

»Ein Buick«, spuckte Price hervor.

»Hält sich ganz gut für ein Stadtauto.«

»Klar. Derzeit schnellster Serienwagen in Amerika. Turbo.«

»Schnellster Serienwagen in Amerika! Was sagt man dazu!« Lowell lachte glucksend, schlurfte zur Heckluke seines Anhängers und fing an, das Gewirr aus fransigen Stricken und Draht aufzudröseln. Einen Knoten zog er mit den Zähnen auf, und sein Budweiser hielt er weit weg, damit nicht noch mehr Staub hineingeriet.

»Kutschierst die Pferde ja ziemlich schnell in der Gegend herum, Lowell, oder wie sehe ich das?« sagte Price – ein Versuch, sich auf die Situation einzustellen.

»Gibt nichts Besseres für einen halbwilden Mustang, als eine ordentliche Holpertour im Anhänger. Wenn sie ein paarmal an die Wände gedonnert sind, bleibt ihnen erstmal die Spucke weg. Danach überlegen sie es sich zweimal, ob sie sich mit dir anlegen.«

»Halbwild?«

»Ach, deiner ist zugeritten. Mach dir nur keine Sorgen. Wir würden dich doch nicht auf einen kalten Rücken setzen. Äußerlich sind wir vielleicht ein bißchen ruppig, aber wir wollen doch, daß alle zufrieden sind. Deins ist ein Kätzchen. Garantiert.« Lowell riß die Heckluke gerade in dem Augenblick auf, als sich Madilia aus ihrer verklemmten Tür schwang und zu ihnen nach hinten kam.

»Hab's Ihnen gesagt, wegen dem Staub«, sagte sie zu Price. »Aber Sie wollten mir ja nicht glauben.«

»Ich glaube Ihnen.«

»Wird ein Weilchen dauern, bis Sie den Dreck wieder aus der Lunge haben.«

»Ja, vermutlich«, sagte er, während er sich noch mehr Staub aus dem Haar harkte und die Augen von ihr loszureißen versuchte.

Kaum hatte Lowell die Klappe geöffnet, da schoß der graubraune Wallach, der Price auf der Straße angestarrt hatte, rückwärts heraus, rammte beide Hinterläufe in den Boden und warf sich herum, so daß sich ihm der Sattelknauf in den Widerrist bohrte. Sofort ging Madilia auf ihn los, wie ein Viehhund, griff nach den lose hängenden Zügeln und riß ihm den Kopf herum. Sie schlug ihm mit dem Ende der Zügel auf den Arsch, so daß der Graubraune auf allen vieren hochsprang und sich mit einem erschrockenen Ausdruck in den Augen schüttelte. Im Stakkato furzend, tänzelte er auf der Stelle und wirbelte noch mehr Staub auf. Madilia ließ die Zügel knallen und drehte sich mit ihm, wobei sich die klappernden Steigbügel hinter dem Sattelgurt verfingen. Noch einmal sprang das Pferd senkrecht in die Luft, alle vier Beine über dem Boden, und wieherte, als sei es vom Blitz getroffen. Kaum war es gelandet, da riß ihm Madilia mit dem Zügel den Kopf über die Schulter nach hinten, schob ihren roten Stiefel in den Steigbügel und schwang ein Bein über das Tier. Das alles geschah in einem einzigen Augenblick, und Price dachte, er könnte sich wieder verlieben. »Kaum zu glauben, daß er schon ein halbes Dutzend Ritte hinter sich hat, trotzdem macht ihn der Sattelgurt noch immer nervös.« Lowell lachte glucksend, während sie beide zusahen, wie seine Tochter mit ihren Sporen ausholte, sie dem Pferd tief in die Flanken trieb und dann seinen Kopf freigab. Der Graubraune setzte zu einem gestreckten Galopp an, stoppte plötzlich wieder ab und begann mit aller Kraft zu bocken. »Verstehst du jetzt, was ich über diese Halbblutfrauen gesagt hab, Price? Mit denen läßt du dich besser nicht ein.« Lowell lachte, stieß Price mit dem Ellbogen an und trank an seinem Bier, während sie zusahen, wie Madilia sich im Sattel zurücklehnte und dem halbwilden Pferd mit beiden Fersen kräftig über die Schultern harkte. Price stand einfach da, verblüfft. Seit den Tagen des großen Casey Tibbs hatte er so etwas nicht mehr gesehen. »Die reitet auf allem, was Haare hat«, sagte Lowell und ging zum Anhänger zurück, um die beiden anderen Pferde herauszuziehen. Er übergab Price die Zügel von einem und nickte dem blauen Horizont zu. »Das hier ist ein Veteran. Laß ihn einfach laufen, zeig ihm nur die Richtung. Alles andere macht der schon. Ab jetzt, ins Leder! Wir haben noch ein paar Meilen vor uns.«

In einem mörderischen Trott machten sie sich auf den Weg, auch Madilia zwang den Graubraunen schließlich in einen ungleichmäßigen, buckligen Trab. Jedesmal wenn der Wallach versuchte, sie abzuschütteln, gab sie ihm die Sporen und schlug ihn mit ihrem Riemen. Nach ungefähr anderthalb Meilen in diesem Stil ließ er den Kopf hängen und fügte sich den Zügeln. Schweiß sickerte in schaumigen weißen Streifen unter seinem Sattelgurt hervor. Price versuchte das Tempo mitzuhalten, warf Madilia verstohlene Blicke zu und fand nach und nach seinen Sitz in dem alten, abgewetzten Cowboysattel. Ihr Vater machte sich gleich über das Budweiser her, kramte in seinen Satteltaschen und ließ die Zügel lose hängen. Er hielt auch Price eine Dose hin, aber der lehnte höflich ab. »Wie du willst. Ich finde, es hilft. Irgendwie sitzt es sich besser auf einem Pferderücken. Kommt mir vor, als würde so ein Pferd merken, wenn man stocknüchtern ist.«

Mehr als eine Stunde ritten sie zu dritt in diesem holprigen, knochenbrecherischen Trab. Gleichgültig, durch welches Gelände sie sich bewegten – sandige Bachbetten, Schieferhänge, das offene mit Präriehundlöchern übersäte Flachland –, die Gangart wechselte nie. Der Wallach von Price lief wie ein Preßlufthammer und rüttelte an jedem Zahn in seinem Schädel. Sie preschten durch Kaktus, vier Meter hohe Böschungen hinunter, in dichtes Gebüsch und platschten durch trübe Bäche voll unsichtbarer Steinbrocken, aus denen ihnen Kiefernstämme wie rostige Bajonette entgegenragten. Sie kraxelten am gegenüberliegenden Ufer wieder hoch, wobei der Boden unter ihnen in großen krümelnden Lehmbrocken nachgab; schließlich gelangten sie auf das höhergelegene flache Tafelland, trabten wieder im Zickzack zwischen Kakteen und unerwarteten Löchern hindurch, wo ganze Dörfer von Präriehunden ihnen wie verrückt entgegenpfiffen, sobald sie in ihr Gebiet eindrangen. Sie ritten schweigend weiter, und das Tempo änderte sich nie. Price hatte das Gefühl, als würde er nur mitgeschleift, weniger von seinem Pferd als von Lowells Zielstrebigkeit. Er beobachtete, wie sich Lowell in den Steigbügeln aufrichtete, sich leicht über den Sattelknauf nach vorn beugte, die Hände völlig reglos, während er über die Ohren seines Wallachs hinweg nach der Herde Ausschau hielt. Es war ein Blick, der zweihundert Jahre zurückzureichen schien.

Sie ritten weiter in höheres Gelände und erreichten schließlich ein langgestrecktes Grasplateau, das klare Sicht in alle Richtungen bot. Bis jetzt hatten sie keine einzige Kuh, kein Kalb und kein Einjähriges gesehen, und dabei hatten sie schon mindestens acht Meilen hinter sich. Hier draußen war nur die erhabene, weite Prärie, die mehr und mehr das Aussehen eines fremden Planeten annahm. Er beobachtete Madilia, die jetzt ruhig im Sattel saß, ein Bein um den Sattelknauf gewinkelt. Ihre Augen wanderten auf der gleichen Bahn über die weite Ebene wie die ihres Vaters. Lowell blinzelte durch einen kleinen tarngrünen Feldstecher, wie man ihn in Army-Läden kaufen konnte, und suchte langsam von links nach rechts den Horizont ab. Zwischen den dreien war kein Wort gefallen, seit sie den Wagen und den Anhänger zurückgelassen hatten. Es war, als hätte die Landschaft selbst sie in ihre Schranken verwiesen und ihnen das Bedürfnis nach müßigem Reden ausgetrieben. Price beobachtete Madilias Augen. Er drang in diese Augen ein und fühlte sich plötzlich auf eine alberne Weise fasziniert von ihrer Herkunft. Er brachte sie jetzt in eine direkte Verbindung mit Crazy Horse und dem kriegerischen Volk der Oglala. Er verlor sich im Sattel und mußte sich festhalten, um nicht plötzlich zu kippen. Vielleicht war es der Staub oder die Erschöpfung. Ein Schrei entfuhr ihm. Er war sicher, daß er und kein anderer geschrien hatte, aber wegen der Höhe des Schreies und weil er so plötzlich aus ihm hervorgebrochen war, kam es ihm vor, als sei er in diesem Augenblick besessen. Der Schrei erinnerte ihn daran, wie ein Packesel ohne erkennbaren Grund mitten in der Nacht plötzlich loslegen konnte. Sein geliehenes Pferd scheute, blieb dann starr stehen und wartete mit angelegten Ohren darauf, daß etwas noch Unheimlicheres folgen würde. Madilia drehte sich langsam zu ihm um und lächelte sanft, aber Lowell setzte den Feldstecher nicht ab. Vielleicht ist er taub, dachte Price. Es ließ sich nicht bestreiten, daß ein Schrei aus seiner Kehle gedrungen war. »Ich wollte nur ausprobieren, wie weit meine Stimme hier draußen trägt«, entschuldigte er sich bei Madilia, aber die wandte sich wieder dem Vater zu und wartete ab.

»Sehe keine Kuh«, sagte Lowell leise, die Augen immer noch an den Feldstecher geklebt.

»Ich wette, sie sind drüben, auf der anderen Seite des Pipestone«, entgegnete seine Tochter.

»Möchte wetten, hier draußen könnte man sich die Seele aus dem Leib schreien, und keiner würde einen hören«, fuhr Price fort. »Wie verrückt könnte man hier schreien und würde trotzdem umkommen.«

»Ist schon vorgekommen«, sagte Lowell, während er sich, den Feldstecher in den breiten Händen wiegend, auf seinem Sattel langsam weiterdrehte. Die Ellbogen hatte er fest in die Rippen gestützt. »Schätze, sie sind drüben auf dem Red Table. Siehst du das Land hier, Price? Das fiel alles unter den sogenannten Homestead Act. Wahrscheinlich das letzte Sioux-Land, das den Weißen in die Hände kam. Damals, als Ulysses S. Grant Präsident wurde. Schon mal von ihm gehört? Hat dem Süden den Dampf abgelassen. Er war es, der das alles für weiße Siedler freigegeben hat. Hatte kein Recht dazu, wenn du es genau wissen willst. Hat sämtliche Verträge gebrochen. Jedes Versprechen, das wir jemals gegeben haben. Aber jetzt ist nichts mehr zu machen, es kam, wie es kam. Ich bin selbst ein Halbblut, habe keinen Grund, über die eine oder die andere Seite zu urteilen.« Lowell hielt in seiner Drehung inne und fixierte einen entfernten Punkt in der unermeßlichen Landschaft. Er winkte Price zu sich, während er an seinem Feldstecher die Schärfe nachstellte. »Price, ich will, daß du dir das ansiehst. Komm mal rüber.« Price lenkte sein Pferd neben das von Lowell und übernahm den Feldstecher, während ihm Lowell eine kräftige Hand in den Nacken legte, um seinen Blick zu lenken. Price kam sich vor wie ein Neunjähriger. Er fürchtete schon, er würde ohne Grund noch einmal losschreien oder an einer schrecklich verwundeten Stelle seines Inneren einbrechen, die immer einen Vater vermißt hatte. »Siehst du den grauen Höcker, unterhalb der Kante von dem Plateau da drüben? Neben der Steinader. Weißt du, was das ist?« Price versuchte die winzigen Okulare scharf zu stellen, aber er sah nur eine ferne Felswand mit einem Saum aus Kieferngestrüpp. »Jede Wette, daß in diesem Höcker ein Büffelschädel vergraben liegt. Man erkennt es an der Farbe. Siehst du die gelbliche Kante? Das ist der Hornknochen, der da vorsteht.« Price wollte diese Erscheinung unbedingt sehen, aber er bekam sie nicht zu fassen. »Wir reiten rüber und graben ihn aus. Es liegt sowieso auf unserem Weg. Du kannst ihn dir als Souvenir mit nach Hause nehmen. An die Wand hängen und ein bißchen damit angeben, in Iowa oder woher du kommst.«

»Kentucky.«

»Dann eben Kentucky. Gab es in Kentucky viele Büffel?«

»Ich glaube, ja, früher.«

»Da hättest du doch was zu erzählen.«

Sie fielen wieder in ihren Trab, während Lowell den Feldstecher in die Satteltasche zurückschob und nach einem neuen Bier angelte. Er bot Price noch einmal eins an und bekam die gleiche Ablehnung.

»Was ist denn? Ist Budweiser nicht deine Marke?«

»Nein, von Bier bläht sich bei mir alles.«

»Stehst eher auf Kentucky Bourbon, wie?«

Sie stiegen an einem Steilhang vom Hochplateau in die Grasebene hinab. Lowell drehte sich unterwegs immer wieder im Sattel zu Price um und tätschelte, während er sich mit ihm unterhielt, mit seiner großen Hand das Hinterteil des Pferdes. »Ich und meine Tochter haben schon seltsame Entdeckungen hier draußen gemacht. Einmal haben wir eine alte Büffeldecke in einer Höhle gefunden, in die drei Karabiner gewickelt waren. Alle verrostet und die Schäfte vom Wind weggefressen, aber sie stammten aus der Zeit um 1890.«

»Im Ernst?«

»Habe auch ein Medaillon gefunden mit einem alten verblaßten Foto von einem jungen Mädchen. Konnte ihr Gesicht kaum erkennen, aber es war ein kleines Bündel gelbes

Haar dabei. Haar wie Seide. Muß ein altes Versteck gewesen sein. Die *badlands* waren immer berühmt dafür, daß hier Banditen und dergleichen untertauchten.«

»Kann ich mir vorstellen.«

»Du willst hier doch nicht untertauchen, Price, oder?« Während Lowell das fragte, wendete er sich wieder dem Kopf seines Pferdes zu und lenkte es, einen Schluck Bier nehmend, geradewegs den Hang hinunter. Price spürte bei dieser Frage einen leichten Stromschlag.

»Nein. Warum?«

»Mir ist das sowieso völlig egal. Ein Mann ist ein Mann, bis sich was anderes rausstellt.«

»Warum sollte ich untertauchen wollen?«

»Was weiß ich. Geht mich ja auch nichts an. Aber ist doch alles ziemlich unklar. Das mußt du zugeben.«

»Wie meinst du das?«

»Na, wie schon gesagt, mich geht das nichts an, aber wie es scheint, weißt du weder, wo zum Teufel du herkommst, noch wo du hinwillst, stimmt's, Price?« Lowell gab seinem Pferd die Sporen, so daß es einen Satz machte, und ließ es dann den Rest des Weges den Steilhang hinunter in leichtem Galopp laufen, wobei die Satteltaschen mit ihrer Ladung Bier bei jedem Schritt auf- und abhüpften. Price tastete sich weiter behutsam voran und sah, wie Lowell schließlich in vollem Galopp den Grund des Beckens erreichte und, seine Bierdose mit ausgestrecktem Arm balancierend, dem Pferd weiter die Sporen gab.

»Alles ziemlich unklar? Was soll denn das heißen?« sagte Price laut vor sich hin, während er die steile Böschung vor sich musterte. Madilia kam neben ihn und zeigte lachend auf ihren Vater, der tief unten über den Grund des weiten Beckens fegte, als stammte er aus einem Gemälde von Remington.

»Der ist noch ganz dicht an der Wildnis! Sehen Sie sich das an! Hundert Jahre zu spät geboren, das ist sein Problem.«

»Vermutlich.«
»Mit dem Pferd alles in Ordnung?«
»Ja. Es läuft gut. Ein bißchen unruhig, aber das ist okay.«
»Wird es Ihnen nicht zuviel mit ihm?« Sie lachte.
»Nein. Er ist genau richtig.«
»Wir können auch tauschen, wenn Sie wollen. Der hier ist jetzt ganz zugeritten.« Sie grinste ihn an, und die Lakotazähne blitzten.
»Nein, danke. Das hier ist gut.« Eine Zeitlang schoben sie sich nebeneinander langsam nach unten, dann wendete sich Madilia ihm zu und verlagerte ihr Gewicht im Sattel nach hinten. »Was war das für ein Schrei vorhin? Dieses Jaulen?«
»Wie bitte? Ach so. Das war eigentlich kein Schrei.«
»Was war es dann?«
»Wie gesagt – ich wollte nur meine Stimme ausprobieren.«
»Ihr Stimme ausprobieren? Sind Sie Sänger, oder was?«
»Nein. Ich meine, ich wollte nur wissen, wie weit sie in dieser Weite reichen würde. Es ist ziemlich erstaunlich, wieviel Platz hier ist.«
»Für mich klang es ziemlich verzweifelt.«
»Verzweifelt? Wie meinen Sie das?«
»Erschrocken.«
»Erschrocken? Nein. Wovor sollte ich denn erschrecken? Hier ist doch nichts.«
»Ungefähr so«, sagte Madilia und stieß einen unwirklichen, tierhaften Klageschrei aus, der direkt von ihren Vorfahren herübergekommen sein mußte. Sie stieß ihr Pferd in die Flanken und jagte ihrem Vater nach. Price konnte gerade noch verhindern, daß sich sein alter Wallach an der Jagd beteiligte und ihn irgendwo am Hang abwarf und zurückließ. Als er schließlich unten ankam, waren Madilia und ihr Vater nirgendwo zu sehen. Price' Pferd war nervös, fühlte sich offenbar einsam ohne die anderen und tänzelte mit gespitzten Ohren auf der Stelle. Die Sohle des Beckens war trügerisch. Von dem Aussichtspunkt oben schien das Land ziemlich

übersichtlich zu sein, so als könnte man sich an Felsvorsprüngen und vereinzelten Pappeln in der Ferne orientieren und dann einfach von einem Punkt zum anderen wandern, um die Richtung zu halten. Hier unten jedoch hatte sich die Perspektive völlig verändert. Trockene Flußläufe mit Kieferngestrüpp, die aus der Höhe wie schmale, gewundene Rinnen ausgesehen hatten, erwiesen sich, wenn man direkt vor ihnen stand, als kleine Grand Canyons. Die Wände dieser Schluchten fielen steil ab, an den meisten Stellen fünf oder sechs Meter, und auf der anderen Seite ging es genauso steil wieder hinauf. Ein Reiter hatte die Wahl, sich auf seinen Instinkt zu verlassen, blindlings über die Kante zu springen und das beste zu hoffen, oder sich an den Rändern entlangzutasten, bis er einen weniger steilen Abhang gefunden hatte. Die dritte Möglichkeit bestand darin, um das Dickicht herumzureiten, in einer Zickzacklinie über das flache Grasland und dabei in der Ferne irgend etwas im Auge zu behalten, das die ungefähre Richtung angab. Price' Problem bestand darin, daß er keine Ahnung hatte, in welche Richtung er sich wenden sollte. Lowell und seine Tochter waren verschwunden. Nirgendwo eine Staubwolke, und deutliche Spuren waren in dem hohen Gras nicht zu erkennen. Price beschloß, sich auf sein Glück zu verlassen und zu springen. Sein alter Wallach hatte keine Angst. An solche Herausforderungen war er gewöhnt, spannte in kurzen, festen Schritten die Hinterläufe, spitzte die Ohren zu einem Landepunkt hinüber und katapultierte sich direkt dem felsigen Grund der Schlucht entgegen. Mit dem Schwung der Landung arbeitete er sich knirschend zum gegenüberliegenden Ufer, fand mit den Vorderläufen Halt und schlingerte wie ein Dickhornschaf die Böschung hinauf. Oben angekommen, schüttelte er sich und fiel wieder in seinen holprigen Trab, als hätte er sich soeben nur einer lästigen Fliege entledigt.

Price hatte sich nun völlig verirrt, und er wußte es. Er versuchte, den Höcker in der Ferne zu orten, den Lowell ihm gezeigt hatte, aber wenn er schon nicht sicher gewesen war, wonach er durch den Feldstecher eigentlich gesucht hatte, dann war er jetzt wie vor den Kopf geschlagen. Nicht einmal die Felskante mit dem Saum aus Kieferngestrüpp konnte er finden. Er drehte sich in seinem Sattel und betrachtete die überwältigende Landschaft. Krähen glitten krächzend in trägen Bögen durch die Luft und fielen dann plötzlich im Sturzflug übereinander her. Hoch oben schwebte ein Raubvogel, die Schwingen starr ausgebreitet wie Riesenarme. Price glaubte seinen winzigen Kopf trotz der Entfernung erkennen zu können, wie er hin- und herfuhr und nach irgendeiner winzigen Bewegung auf dem Erdboden suchte. Er winkte dem Vogel mit beiden Armen zu, aber sein Pferd erschrak bei der plötzlichen Bewegung und scheute. Price nahm die Zügel straffer und brachte es in einen nervösen Trott zurück. Er griff dem Pferd in die Mähne und ließ sich eine Strähne durch die Finger gleiten, dachte, dies würde ihn in die Gegenwart zurückbringen und ihm ein Gefühl für seine Notlage geben, aber seine Aufmerksamkeit blieb unstet und franste immer wieder aus. Der Anblick der eigenen Hände schockierte ihn. Die Knöchel schienen stärker als üblich hervorzustehen. Der breite Nagel an seinem Zeigefinger wirkte noch breiter und die dicke Schwiele darunter ebenso. Aus seinen Händen wurden die Hände seines Vaters, und er mußte den Blick von ihnen losreißen, hinauf in den Himmel, nach dem hängenden Raubvogel suchen, aber der war jetzt verschwunden. Price hörte noch seine schrillen Schreie, aber er konnte ihn nicht entdecken. Die Krähen waren links neben ihm gelandet und stritten sich um den Kadaver eines jungen Kaninchens, indem sie mit dessen Gedärm ein Tauziehen veranstalteten. Er wollte sich vergewissern, daß sich das wirklich abspielte, lenkte sein Pferd zu dem flügelschlagenden Gedränge hinüber und war zufrieden, als die Vögel krächzend davonflogen. Er sah auf den toten Kopf des Kaninchens hinunter. Ein blaues Häutchen überzog seine Augen, aber die dunklen Pupillen starrten noch immer vor sich hin. Kaum war er weitergeritten, da kehrten die Krähen zurück und begannen von neuem, sich zu zanken.

Der gleichmäßige Trott seines Pferdes schien die Trance weiter zu vertiefen, die Price in sich aufkommen spürte. Er lauschte auf den dumpfen Hufschlag und darauf, wie sich der Klang veränderte, wenn sie in hohes Gras wechselten. Er hörte den langen Schwanz nach Fliegen schlagen und gelegentlich ein Schnauben, wenn das Pferd sich den Staub aus der Nase blies; das Quietschen von altem Leder. Die Gegenwart des Pferdes als solche bestürzte ihn. Das Wiegen der Schultern und er obenauf, der menschliche Passagier. Dann war ihm, als würde er sich auflösen. Er konnte nicht sagen, wo die Innenseite seiner Schenkel aufhörte und wo die Seitenblätter des Sattels anfingen. Das Auf und Ab seines Rückgrats gehörte nicht zu ihm. Es gehörte zu dem Pferd. Er war bloß taube Fracht.

Sie schleppten sich an der Kante einer zweiten Schlucht entlang, und diesmal bremste Price das Pferd nicht einmal. Er krallte sich einfach in die Mähne und ließ zu, daß es sich direkt ins Ungewisse stürzte. Er hielt die Zügel locker und ließ den Braunen das Bachbett hinaufwandern, ließ ihn, zwischen Felsbrocken platschend, selbst den Weg durch Klüfte suchen, in die der Regen tiefe schwarze Furchen gewaschen hatte. Er dachte, wenn er nur lang genug so dahinzöge, würde er sich ganz und gar verirren. Er würde sich so hoffnungslos verirren, daß er an einen Teil seiner selbst geriete, dem er nie zuvor begegnet war. An einen Teil, dem er sich nun würde stellen müssen. Der Vorsatz erregte und erschreckte ihn. Es war der Kopf, der nicht mitmachen wollte. Er konnte die Flut der Bilder nicht unter Kontrolle bringen. Sie erschienen ohne Ordnung und ohne Grund. Er sah sie in seinem Kopf aufflackern, als säße er wie vor ewigen Zeiten allein in einer Mittwochnachmittagsvorstellung im Kino. Er sah John Wayne in einem Büffelfellmantel. Präsident Bush mit Baseballkappe und Schlips. Bomben, die auf Bagdad fielen. Bomben, von oben, als sähe er durch die Luke direkt nach unten. Das dicke, selbstzufriedene Gesicht von General Schwarzkopf. Ein Junge, der einen Vorschlaghammer gegen die Berliner Mauer schwingt und keine Delle hinterläßt. Nachrichtenbilder. Bilder von Gesichtern, die Schlagzeilen machen. Bilder von Krähen und Raubvögeln. Der Kopf eines toten Kaninchens. Dann Madilia. Ihre Augen. Ihre wilden, herrlichen Augen.

7/91 (Belvidere, South Dakota)

Der Aufkäufer Der Mann im Anzug rauchte wie ein Irrer. Zwischen zwei Zigaretten hielt er es keine dreißig Sekunden aus. Während er noch rauchte, betätschelte er schon wieder das knittrige Päckchen Blue Trues auf der Bar, als wollte er den anderen versichern, daß auch sie an die Reihe kämen. Kein einziges Mal wandte er sich Ray zu. Nicht mal ein Seitenblick. Ray starrte zwischen seinen Knien durch auf die Kalbsblutspritzer an seinen Stiefeln. Er rieb die Stiefelspitzen an den Hacken, aber das Blut blieb dran. Es machte ihm nicht viel aus. Verlegen werden, wenn Männer in Anzügen auftauchen – das hatte er hinter sich. Er kannte den Kerl sowieso nicht.

»Zigarette?« fing der Mann plötzlich an. Ray sah zu ihm hinüber, aber die Augen des Mannes im Anzug blieben an der blauweißen Zigarettenpackung kleben, die er vor sich in die Höhe hielt. Ray war sich nicht mal sicher, ob das Angebot ihm gegolten hatte oder ob sich der Kerl in seinem Dusel nur selbst etwas vorgeschwallt hatte. Durch dieses Städtchen kamen alle möglichen Verrückten. Es lag neunzig Meilen von allem anderen weg, und die kleinen gelben Lichter aus dem »Hole in the Wall« wirkten wie ein Magnet auf Leute, die die Straße satt hatten.

»Danke, nein«, sagte Ray. »Hab selbst 'ne Packung.«

»Die rauch ich jetzt seit fünfundzwanzig Jahren. Blue Trues. Könnte man inzwischen True Blues nennen. Ist doch eine ziemliche Zeit für die Treue zu einer bestimmten Marke, finden Sie nicht? Eine ziemliche Zeit.«

»Stimmt«, nickte Ray und sah den Mann an, aber der erwiderte seinen Blick noch immer nicht. Er schüttelte das Päckchen mit den Trues und sah zu, wie die Plastikfilter darin herumraschelten.

»Manche Leute wechseln gern, aber ich bin eher wie die Kanadagans.«

»Was? Wieso?«

»Bindet sich fürs Leben. Der Wolf genauso, soviel ich weiß. Jedenfalls heißt es so. Seetaucher ebenfalls. Ich finde das einfach toll.«

»Tja«, sagte Ray und hoffte, das Thema wäre damit erledigt. Der Bartender schob ihm seinen Drink zu und fragte, ob er die Speisekarte sehen wollte. »Leg ein Steak für mich auf und eine Folienkartoffel dazu.«

»Meine Branche.« Der Mann im Anzug ließ nicht locker.

»Wieso?«

»Rind. Fleischwaren.«

»Verstehe.«

»Aufkäufer. Das ist meine Branche. Ich bin Aufkäufer. Das ganze Tier. Wir nehmen alles.« Ray blieb still. Der Mann ließ jetzt seine Knie rasch auf- und abwippen und zündete sich die nächste Zigarette an, während die vorige im Aschenbecher noch kokelte. »Rindermehl. Spannrippe. T-Bones. Koteletts. Filet. Innereien. Abfall. Wir verkaufen den ganzen verdammten Krempel en bloc.«

»Das ist was«, murmelte Ray.

»Die Miete kommt rein. In welcher Branche sind Sie?«

»Ich? Rancharbeiter. Bloß Rancharbeiter.«

»Ach, machen sich den Arsch im Sattel kaputt! Ich kenn das Gefühl. Bin von hier.«

»Tatsächlich?« Ray warf ihm einen Blick zu und überlegte, ob er vielleicht ein Gesicht vergessen hätte.

»Geboren und aufgewachsen. Hat hier aber nicht viel Zukunft. Außer man meint, sich den Hintern auf Wildpferden abwetzen, wäre ein romantisches Leben. Ich rede jetzt nicht davon, in einem Learjet rumzufliegen und im Rodeozirkus mitzuhüpfen. Ich rede von Rancharbeit. Das ist Scheiße. Mit Rancharbeit kenn ich mich aus.«

»Die Miete kommt rein«, sagte Ray vor sich hin. Der Mann griff nach seinem Aktenkoffer auf dem Boden und knallte ihn auf die Bar. Er ließ die Messingverschlüsse aufschnappen, zog einen kleinen schwarzen Computer hervor und beugte sich dann gespannt über ihn, drückte Tasten und stieß den Rauch in kleinen blauen Wolken aus. Ray glaubte, er würde ihn jetzt vielleicht in Ruhe lassen, aber der Kerl machte einfach weiter, ohne von seiner Rechnerei auf dem Computer abzulassen.

»Ha'm Sie die Schlägerei mitbekommen, gestern abend?«

»Nein. Ich war draußen bei der Viehstation. Komme nur einmal die Woche in die Stadt.«

»Da haben Sie ein dolles Ding verpaßt«, fuhr der Mann fort. »Eine mordsmäßige Keilerei, das hier gestern abend. Nichts davon gehört?«

»Nein. Ich kümmere mich lieber um meinen Kram.«

»Kneipenschlägereien in einer Stadt von dieser Größe gehen jeden was an. Inspirationsquelle. Ist Ihnen klar, wie weit es von hier bis zum nächsten Kino ist?«

»Ja. Ungefähr neunzig Meilen.«

»Da liegen Sie richtig. Außer Sie gehen zu Pierre und sehen sich diese jugendfreie Scheiße an. Für Kinder in Begleitung ihrer Eltern. Kann den Mist nicht ausstehen. Kinder in Begleitung ihrer Eltern! Wen zum Teufel wollen die eigentlich verarschen? Die verdammten Eltern sind doch selbst Kinder! Sehen Sie sich die doch mal an. Wie sie da vor der Kasse Schlange stehen. Ein Haufen verdammte Teenager. Können sich die Nase nicht putzen, und die von ihren Kindern schon gar nicht. Babys bekommen Babys! Ist schon eine tolle Zukunft. Da kommt Charakter auf und sozialer Zusammenhalt.«

Ray nahm einen Schluck von seinem Whisky und spülte ihn durch die Lücken zwischen seinen Zähnen, bis es ein bißchen zu schmerzen begann. Er überlegte schon, ob er lieber weggehen und nicht auf sein Steak warten sollte.

»Sie werden ja sehen, was in zehn, fünfzehn Jahren mit diesem Land los ist. Vielleicht schon eher. Ein Volk von Trotteln. Werden nicht mal den eigenen verdammten Namen richtig schreiben können. Können ja schon jetzt die Hose nicht mehr hochhalten. In Begleitung ihrer Eltern. Du liebe Scheiße!« Der Mann verstummte, als hätte ein neuer Gedanke einen anderen Teil von ihm zum Leben erweckt. Einen Teil, in dem die Habgier regierte. Er zückte einen Stift und fing an, Zahlen auf einer Papierserviette zu notieren, die er hastig von dem kleinen grünen Bildschirm seines Computers abschrieb. Ray betrachtete das hektische Gekritzel und konnte riechen, wie sein Steak durch die Küchentür auf ihn zukam. »Jedenfalls haben Sie hier einen Mordstrubel verpaßt. Die sind die Wände hochgegangen. Richtige Keilerei im alten Stil. Gibt viel Streit in diesem Städtchen. War schon immer so. Von außen sieht das nicht so aus. Die Fremden fahren hier durch, Touristen. Glauben, das sei ein niedliches, verschlafenes kleines Ranchernest. Was wissen die schon. Ich kann Ihnen sagen, der Streit hier geht bis zum Letzten. Sie wissen das. Sie sind Cowboy.«

»Allerdings«, nickt Ray, nur um etwas zu sagen.

»Gestern abend zum Beispiel, eigentlich ging es um den Verkauf von Rindfleisch ans Militär: die Air Force und was weiß ich. Das ist mein Gebiet. Davon verstehe ich was. Da habe ich Erfahrungen aus erster Hand. Aber dieser eine Kerl behauptet, die Regierung würde ihm keine faire Chance geben, weil er ein halber Lakota ist. Teufel, er ist nicht mal ein Vollblut und beschwert sich. Die bekommen einen verdammten Scheck von der Regierung, und dann gehen sie hin und versenken ihn in Schnaps oder schnüffeln Sprühfarbe. Und wer ist schuld? Die bekommen Kleider umsonst, Wohnung umsonst, Medikamente umsonst, und zuletzt meckern sie über den Rindfleischpreis! Können Sie das glauben? Egal, ich habe mich jedenfalls hinten durch den Notausgang verdrückt. Absolute Hühnerkacke, wenn hier die Gewalt losgeht. Ich weiß nicht, was Sie davon halten, aber ich bin nicht scharf auf Schmerzen. Leiden ist was anderes. Zum Leiden bin ich geboren. Das sind wir alle.

Das ergibt sich sowieso. Aber direkt auf Schmerz bin ich nicht scharf. Und Sie? Sind Sie ein Schmerzensmann?«
»Wie?« fragte Ray.
»Sind Sie einer von denen, die den Schmerz suchen? Vielleicht ja. Als Rancharbeiter und so. Vielleicht mögen Sie diese Scheiße ja, aber verstehen Sie, ich bin da anders. Ich habe gern eine brühheiße Wanne mit Seifenschaum. Nackte Damen. Gute Flasche Wein. Ein bißchen Fernsehen, und ab in die Heia. Das ist es. Auf Sex bin ich nicht mal besonders wild. Ich meine, er ist okay. Sex ist okay, verstehen Sie mich nicht falsch, aber ich bin nicht ausgehungert, wie andere Leute. Ich jage nichts hinterher. Ich weiß schon, wie ich klarkomme. Wissen Sie, was ich meine? Ich kann zusehen. Ich kann das phantastische Potential im Körper einer Frau erkennen, ohne daß ich ihn direkt besitzen muß. In gewisser Weise ist das viel aufregender. Der Anblick, die Vorstellung. Die saftigen Titten und alles. Davon bin ich ein großer Fan. Verstehen Sie mich nicht falsch. Ich brauche das einfach nicht so wahnsinnig dringend wie andere Leute.«
Ray kippte, was von seinem Wild Turkey noch übrig war, glitt vom Hocker herunter und machte sich auf den Weg zur Herrentoilette. Der Mann im Anzug sah nicht hoch. Das grüne Glimmen des Computers spiegelte sich in seinen Augen.
Die Toilette war blaßgrün wie Erbsenpüree, mit Taschenmessergraffiti in der Holzverkleidung und im Putz: indianische Beleidigungen. Ein Witz über die Nebraska Cornhuskers. Telefonnummern für Blowjobs in der Gegend. Der Sohn von jemandem wäre schwul und sein Alter ebenfalls. Ray mußte eigentlich gar nicht pinkeln; er hatte bloß das Gefühl, ihm würde der Kopf platzen, wenn er das Gequatsche dieses Aufkäufers weiter reinlassen würde. Ihm war, als würde ihm tatsächlich gleich der Kopf von den Schultern fliegen. Seit Tagen hatte er nichts anderes gehört als das Brüllen von Kälbern; das Schnauben und Furzen von Pferden; Raubvögel hoch über ihm. Er sah auf das schwerfällige,

gelbe Geplätscher seiner eigenen Pisse, die von der Maschendrahtkappe über dem Abfluß wegspritzte. Ein aufgeweichter Zigarettenfilter blieb zwischen den Löchern hängen. Dazu der Geruch von Comet-Reiniger. Die Tür klappte auf, und herein schob sich, mit dem Aktenkoffer als Ramme, der Aufkäufer. »Platz für zwei hier?« Er lachte, zog die Tür zur Toilettenkabine auf und warf sie hinter sich zu. Ray sagte nichts. Er drehte sich nicht um. Er blickte nach unten und sah unter der Klotür, wie die Schuhe des Mannes eine Kehrtwendung machten. Ray hoffte, er würde keine Kacksitzung abhalten, aber schon sah er, wie dem Mann seine Hose um die Knöchel sackte, und dann drang ein leises Stöhnen aus der Kabine, als würde das Hinhocken ein bißchen wehtun. »Habe schon drei Wochen keine regelmäßige Verdauung«, sagte der Mann, während er sich auf dem Sitz niederließ. »Kommt vom Alkohol, nehme ich an. Trinke nur, wenn ich unterwegs bin. Also meistens. Zu Hause ist Sperrbezirk. Eines Tages hat die Frau einfach das Gesetz erlassen, und so ist es geblieben. Kann nicht behaupten, daß es mir was ausmacht. Gibt einem die Möglichkeit, hin und wieder auszutrocknen. Körper braucht das, schätze ich. Sonst fängt er an zu verfaulen. Am Ende stinkt man wie sein eigener alter Herr. Das ist das Unheimliche daran. Ich hasse das. Kommst dir vor, als würdest du in irgendeiner zum Untergang verdammten Vergangenheit leben. Ein Schicksal, gegen das du nichts machen kannst. Dafür sind die Frauen gut, finden Sie nicht? Halten uns bei der Stange. Hab ja auch noch die Kinder. Die helfen. Die sind auch gut dafür. Verantwortung hat noch kei'm Mann was geschadet. Türlich muß man dahin, wo das Rindfleisch ist. Darum dreht sich nun mal alles. Kann mich nicht irgendwo hintern Schreibtisch hocken und zum Fenster rausträumen. Muß dahin, wo das herkommt.« Ray antwortete nicht. Er ließ das Händewaschen aus. Er zog nur den Reißverschluß zu und ließ den Mann da sitzen.

Sein Steak wartete an der Bar auf ihn. Als er sich wieder auf den Hocker schob und nach dem Messer griff, hörte er, wie der Schuß in die erbsengrüne Wand der Toilette schlug. Es war kein lauter Schuß, nur ein dumpfer Schlag wie von einem kleinen Böller. Er war nicht mal so laut, daß der Barkeeper aufhorchte.

7/91 (Kadoka, South Dakota)

Künstliches Rosa Manchmal sehe ich ihn. Wie er da sitzt. Zufrieden. Sein Brot bricht. Durch die Scheibe des Cafés nach draußen starrt. Träumerisch in seinem Kaffee rührt. Ich könnte nicht sagen, woran er denkt, aber Sorgen hat er keine. Das Gesicht ist ruhig. Kein Kummer. Seine Zeitung ordentlich gefaltet neben ihm; mit exaktem Kniff. Seine Brille liegt ruhig auf dem Tischtuch. Alles um ihn ist friedlich. Umgeben von Ordnung. Er schlürft seine Suppe auf europäische Art, kippt den Teller und löffelt von sich weg. Sorgfältig wischt er sich die Oberlippe mit der Leinenserviette und streift sich dann sehr sanft die Krümel vom Kinn. Er legt die Serviette auf dasselbe Knie zurück und breitet sie aus, streicht alle Knitter glatt. Ich sehe, wie der Ring an seinem kleinen Finger blinkt. Ein wäßrig blauer Ring, der im Sonnenlicht, das durch das Fenster hereinfällt, funkelt. Draußen flattert ein Vogel vorbei, und seine Augen blicken auf, folgen ihm, kehren zu dem leeren Suppenteller zurück. Er schiebt den Teller mit beiden Händen zur Seite, streckt dann langsam die Hand nach dem Glas Wasser aus. Er trinkt und hört nicht auf zu trinken, bis das Glas leer ist. Ich sehe seine Kehle pulsieren, während das eiskalte Wasser hindurchrinnt. Seine Augen schließen sich, als wäre er in einer Ekstase und träumte von etwas, das weit weg ist.

Ich war da, als sie seinen Mund öffneten und das Gebiß herausnahmen. Sie legten seine Zähne auf einen Tisch aus rostfreiem Stahl und banden mit Draht ein gelbes Schildchen daran. Auf dem Schildchen standen Zahlen, in Schwarz geschrieben. Die Zahlen waren das Datum und die Uhrzeit seines Todes. Ein zweites Schildchen mit den gleichen Zahlen banden sie an den dicken Zeh seines rechten Fußes. Dann rollten sie die Leiche weg. Das gelbe Schildchen am Zeh flatterte ein bißchen, wie eine kleine Flagge, und verschwand dann zwischen zwei Schwingtüren. Die Türen klappten noch eine Zeitlang hin und her, blieben schließlich stehen. Seine Zähne lagen noch da, ganz allein,

auf dem Tisch aus rostfreiem Stahl. Das Zahnfleisch war von einem künstlichen Rosa, und zwischen den Backenzähnen hing noch ein Stückchen Salat. Ich drehte das gelbe Schild um, auf der anderen Seite standen weitere schwarze Zahlen: sein Geburtsdatum.

4/12/93 (New York City)

ehe dich in meinen Träumen Sie sagte mir, eben hätte ein Mann namens Esteban angerufen und mein Vater wäre in der kleinen Stadt Bernalillo tot aufgefunden worden. Eigentlich nicht tot aufgefunden, weil er nämlich erst im Krankenwagen auf dem Weg nach Albuquerque gestorben war und lange genug gelebt hatte, um seine Identität anzugeben; aber jedenfalls tot. Von einem Auto überfahren.

Der Wind polterte noch immer gegen die Fenster, und kleine Regenböen klatschten gegen das Glas, ließen dann nach. In der Feuchtigkeit aus dem Kamin konnte man die vielen Feuer riechen, die dort schon gebrannt hatten. Lange bevor wir eingezogen waren.

Ich rief Esteban an, den kleinen Mexikaner, der sich die letzten zehn Jahre um meinen Vater gekümmert hatte. Er wohnte in der gleichen trostlosen Siedlung außerhalb von Conejo zur Miete und hatte meinen Vater ins Herz geschlossen, weil sie beide spanisch sprachen und beide seit langem mit der Flasche zu kämpfen hatten. Seine Stimme klang tatsächlich tief bekümmert. Er erzählte mir, vor einer Woche hätte mein Dad mit der Post einen großen GI-Scheck von der Regierung bekommen. Einen Scheck, den er nicht erwartet hatte. Er war losgezogen und hatte ihn eingelöst; dann hatte er sich im Einkaufscenter einen Bürstenschnitt im militärischen Stil machen lassen; hatte sich im Waffenladen einen Angelschein besorgt und war die ganze Strecke bis raus nach Pecos im Taxi gefahren. Esteban spürte ihn dort auf, er machte sich Sorgen, was in den Händen eines Berufstrinkers aus dem vielen Geld werden würde. In Pecos getraute er sich aber nicht, meinen Dad anzusprechen, weil der inzwischen eine wüste Sauftour angefangen hatte. Nach dem, was Esteban erzählte, bändelte mein Dad mit einer großen, schweren indianischen Frau namens

Matla an, und beide seien sie zum Forellenangeln mit einer Flasche Gin den Fluß hinaufgezogen. Dort hatte Esteban sie aus den Augen verloren. Er sagte mir, er hätte zuviel Angst gehabt, meinem Vater in die Berge nachzuschleichen, wo sonst niemand war. Er dachte, er würde ihn vielleicht umbringen.

Anscheinend brachten die Frau namens Matla und mein Vater drei Tage mit Angeln und Trinken in der Sangre-de-Cristo-Wildnis zu, dann kehrten sie nach Pecos zurück und mieteten sich wieder ein Taxi, das sie raus nach Bernalillo bringen sollte. Als sie dort ankamen, stand es zwischen Matla und dem alten Mann nicht zum besten. Angeblich hatten sie sich in den örtlichen Bars regelrechte Schlägereien geliefert. Man konnte sich die beiden leicht merken: eine dicke Apachen-Frau, barfuß, und ein großer, sehniger weißer Mann mit rotem Bart und Bürstenschnitt, beide sturzbetrunken. Sie torkelten von einem Ende der Stadt zum anderen und flogen aus jeder Bar, bis ihnen das Geld ausging. An diesem Punkt stolperte mein Vater mitten auf die Straße und holte sich den Tod.

Am nächsten Morgen mußte ich in die Stadt und eine Art Formular unterschreiben, in dem stand, ich wollte, daß er verbrannt würde. Da der Körper so schwer verstümmelt war, schien es das Richtige zu sein. Sie hatten alles, was er bei sich gehabt hatte, nebeneinander auf einen Glastisch gelegt, und ich sollte die Sachen nun identifizieren: sein Portemonnaie; sein Taschenmesser; sein Kleingeld; seinen Angelschein; und einen merkwürdigen eisengrauen Stein mit einem Loch in der Mitte. Sie zeigten mir die Fotokopie eines Berichts der Notaufnahme in Albuquerque, auf der sein Blutalkoholpegel rot unterstrichen war, und gleich daneben stand das zulässige Maximum. Er lag weit darüber. Andere Listen zählten die verschiedenen Brüche, Prellungen und Wunden am Körper auf. Zahlenkolonnen bezifferten den Verlust an Blut und die Transfusionen, die es ersetzen sollten. Sauerstoff. Verbandszeug. Schienen. Halsstützen. Tupfer. Watte. Spritzen. Der Alptraum eines einzigen einsamen Notfalls in allen Einzelheiten, und darunter in fetten Zahlen der Endbetrag. Sie baten mich, das Papier zu unterschreiben und zu bestätigen, daß ich der verantwortliche Nachkomme sei. Während ich den Stift nahm, begann schon der Mann vom Bestattungsunternehmen sämtliche Varianten von Aschebehältnissen, Friedhofsplätzen und Grabsteinen aufzuzählen. Da mein Dad Pilot bei der Air Force gewesen war, entschied ich mich für den National Cemetery in Santa Fe und einen einfachen Fichtenholzkasten von zwanzig mal zwanzig Zentimeter für seine Asche.

An diesem Nachmittag fuhr ich hinaus zu Esteban, der noch immer sehr erschüttert war. Er machte mir einen Nescafé mit Milchpulver in einer Tasse, deren Henkel abgebrochen war. Wir saßen in seinem kleinen Wohnzimmer vor einer aus roten Chilis geflochtenen Kette und einem Holzkruzifix über dem Fernseher. Bilder von seinem Sohn, wie er mit dem Lasso Kälber fängt, hingen an den Wänden, außerdem ein Kalender des Futtermittelladens im Ort mit einer Reklame für Hühnerfutter. Esteban erzählte mir mit ruhiger Stimme, wie er den Tod meines Vaters vorausgeahnt hatte. Er hatte ihn kommen sehen: »Ich war auch Trinker, mein Freund. Oh, ja. Ich war sehr schlimm. Sehr, sehr schlimm. Viele Male habe ich es deinem Vater gesagt, aber er wollte nie hören. Du weißt ja, wie er war. Er hörte auf niemanden. Manchmal brachte ich ihm Schwarzbohnensuppe an die Tür, wenn ich wußte, daß er seit einer Woche oder noch länger nichts gegessen hatte. Ich merkte immer, wenn er sich vollaufen ließ. Er kam dann nie nach draußen, und man konnte ihn die ganze Nacht singen hören, auf spanisch. Laut singen. Ich brachte ihm die Suppe, und er sah mich durch das Fenster kommen, und schon schrie er mich an wie einen Hund. Er brauchte kein Essen. Essen wäre für die Lebenden da! schrie er. Er warf mir alle möglichen

Schimpfwörter an den Kopf; mexikanische Schimpfwörter. Und dann warf er mit Sachen nach mir, mit seinen Schuhen oder Bierdosen. Also ließ ich die Suppe einfach vor seiner

Tür stehen, aber er kam heraus und trat sie in den Hof. Manchmal versuchte er mir nachzulaufen, er fiel aber immer hin. Wenn ich dann versuchte, ihm aufzuhelfen, verfluchte er mich im schlimmsten Spanisch, nannte mich *cabrón* und so was. Ich wußte, es war der Schnaps, der den Teufel in ihm losmachte, deshalb konnte ich es nie persönlich nehmen, obwohl es mich manchmal gekränkt hat. Dann versuchte ich an die friedlichen Zeiten zu denken, die wir gehabt haben. Nüchtern. Wie wir vor seiner Haustür saßen und den Coyoten oder den Stimmen in der Ferne lauschten. Er hatte einen guten Verstand, dein Vater. *Muy listo.*« Estebans Augen hatten einen Stich ins Blaugraue, wie Augen, die langsam am grauen Star erblinden. Er weinte um meinen Vater, lautlos, bog sich auf seinem Stuhl langsam nach vorn und hielt sich mit beiden Händen den Bauch. Ich streckte den Arm nach ihm aus und berührte sein Knie. Er nickte, und der Kummer brach aus ihm hervor. Es klang, wie wenn ein Kind im Schlaf stöhnt. »Er wird mir fehlen«, sagte er. »Es ist schwer, einen Freund zu finden. *Hacerse amigos. Muy dificil.* Aber wir hatten gute Zeiten. Wir lachen. Wir singen manchmal die Lieder im Radio mit. Dein Vater liebte die Musik. Manchmal haben wir über alberne Sachen gestritten. Über Willie Nelson. Er war sauer darüber, daß Willie Nelson soviel Geld mit Liedern verdiente, die aus seiner, aus der Kinderzeit von deinem Vater stammten. Mit ›Moonlight in Vermont‹ und einem anderen – ›Georgia‹, das war es. Er war sauer deswegen, aber ich sagte zu ihm, wenn es die Leute glücklich macht, diese Sachen zu hören, warum sich darüber ärgern. Aber dann ging bei ihm plötzlich eine Klappe herunter. Ihm trat diese furchtbare Wut ins Gesicht, und er sagte, es sei eine Frage der Ehre. Bestimmte Dinge sollten bleiben, wie sie sind. *Sagrado*, verstehst du. Ehrwürdig, sagte er, glaube ich. Das war das Wort, das er benutzte. Ehrwürdig. Und es klang, als wäre er der einzige Mensch auf Erden, der diese Dinge noch verteidigte. *Moralmente obligado.* Und ich mußte ihn dann langsam wieder davon abbringen. Mußte ihm gut zureden, bis er wieder anfing, wie ein Mensch zu atmen. Dann teilten wir uns eine Dose Coca-Cola, und er drehte sich seine Zigaretten und legte sie nebeneinander vor uns auf den Gehweg. Und bald kam wieder Lachen auf. Wegen nichts. Wegen irgendeinem Wort oder einem Gedanken. Dann war alles wieder in Ordnung, eine Zeitlang. Wir kamen gut miteinander aus.« Esteban hielt inne und fragte, ob ich noch mehr Nescafé wollte, und entschuldigte sich dann, daß er keinen anderen hatte. »Richtiger Kaffee ist im Augenblick sehr teuer.« Ich nickte, und eine Zeitlang saßen wir schweigend da. Esteban schaukelte leicht in seinem Stuhl und lachte dann über eine alte Erinnerung. »Ich erinnere mich an einen Streit, den wir einmal hatten. Es war komisch. Es ging um das Wort ›Chicano‹. Dein Vater wollte dieses Wort nicht benutzen. Er sagte, sein Leben lang hätte er mein Volk ›Mexikaner‹ genannt, und warum sollte nun nach so langer Zeit auf einmal ›Chicano‹ daraus werden? Er fragte mich, was es bedeutete, und ich erklärte ihm: ›mexikanischer Amerikaner‹, aber er sagte, das sei ihm zu verwickelt. Das hätten sich die Politiker oder sonstwer bloß ausgedacht, um die Leute durcheinander- und auseinanderzubringen. Er wollte es nicht benutzen. Er nannte mich *paisano*, und dagegen hatte ich nichts. Ich nannte ihn umgekehrt genauso. Wir waren gute Freunde.«

Esteban begleitete mich über den betonierten Hof zu dem Einzimmerapartment meines Vaters und ließ mich dort vor der Tür auf einem Rasenstück voller Unkraut stehen. Ganz sanft berührte er meine Schulter und ging weg. Eine Weile stand ich nur da und hatte Angst, hineinzugehen. Die gleiche Angst, die mich vor seiner Tür immer überkam, als er noch lebte. Genau die gleiche Angst. An die Tür war ein Schild genagelt, auf dem in roten Buchstaben *Tollwütiger Hund* stand, dazu die Karikatur einer zähnefletschenden Bulldogge mit Schaum vor dem Maul. Von dem grünen Vordach aus Fiberglas hingen lange Ketten aus Abreißverschlüssen von Bierdosen, die in der Wüstenbrise klingelten. Ich schob mich durch die Ketten und öffnete die Tür. Ich konnte meine pochende Angst nicht verstehen, als ich das dunkle Zimmer betrat. Mein ganzer Körper bebte, als wäre mein Vater noch da; als würde er noch in dem wackligen Schaukelstuhl sitzen, den ich ihm vor vielen Jahren mal gekauft hatte; als würde er noch immer über seinen Zigarettenschachteln hocken, inmitten von Zeitschriften- und Zeitungsstapeln, und aus dem schwarzen Radio auf der Apfelsinenkiste würden mexikanische Polkas plärren. Ich schob die Plastikvorhänge auseinander, und das Sonnenlicht ergoß sich über die Wände, die unter einer Collage von ausgeschnittenen, mit Klebestreifen befestigten Illustriertenbildern verschwunden waren: Bing Crosby mit Pfeife; Loretta Lynn; Dolly Parton; englische Setter, die über einen smaragdgrünen Rasenozean galoppieren; der Grabstein von Hank Williams; Packesel, schwer beladen mit Töpferwaren und Feuerholz; Nachtfrösche mit gelben Augen, die an Dschungelbäumen kleben; eingerollte Fotos von mir und meinen Schwestern in unseren »4-H-Club«-Uniformen, wie wir auf einem County-Jahrmarkt Schafe vorführen. Auf dem kleinen Tisch vor dem Schaukelstuhl standen offene, halbgeleerte Thunfischdosen und ein verkrusteter Teller von Estebans Schwarzbohnensuppe. Stapel von *National Geographic*, *Look* und *Life* verbarrikadierten den Tisch und ließen nur eine schmale Gasse zum Spülbecken. Ein Glas Erdnußbutter auf dem Boden, halbgefüllt mit braunem Wasser und durchweichten Zigarettenstummeln. Stöße von Briefen, die er geschrieben und nie abgeschickt hatte. Einer an mich, in dem er am Schluß schrieb: »Du denkst vielleicht, dieses große Unheil, das passierte, damals – diese sogenannte Katastrophe zwischen mir und deiner Mutter – vielleicht denkst du tatsächlich, daß sie etwas mit dir zu tun hatte, aber da liegst du total falsch. Alles, was zwischen mir und deiner Mutter passiert ist, war rein persönlich. Sehe dich in meinen Träumen.«

Am nächsten Tag kamen auch meine Tante und mein Onkel und meine beiden Schwestern. Wir saßen vor dem Kamin, und mein Onkel Buzz erzählte Geschichten, wie er und mein Dad mit ihren fünf Brüdern in Illinois, auf der Farm in McHenry aufgewachsen waren. Wie mein Vater, als er noch klein war, immer weglief und in den hohen Maisfeldern verlorenging. Irgendwann tauchte er dann mit seinem Hund Gyp auf einer Farm in der Nachbarschaft wieder auf und mußte dort übernachten, bis mein Großvater ihn holen kam. Wie sie heimlich auf den Heuboden geklettert waren und zusahen, wie die Zugstuten beschält wurden, denn mein Großvater hatte streng verboten, daß Kinder dabei sein dürften. »Da war dieser alte Knabe, Wilters hieß er, glaube ich, der hatte einen von diesen gewaltigen Mauleseln – weißt du, bei denen der Rückenstreifen bis zum Rückgrat geht – ein Riesentier. Und der alte Wilters betrieb jedenfalls mit diesem Maultier einen richtigen ambulanten Deckdienst für alle Farmer im Bezirk. In jedem Frühjahr putzte er sich fein raus, mit Melone und schwarzem Anzug, band das Maultier hinten an die Stoßstange von seinem Ford-T und fuhr einfach von einer Farm zur anderen und bediente jede Stute, die es verkraftete. Ich weiß noch, wie ich und dein Dad von da oben zugesehen haben – wir müssen damals acht oder neun Jahre gewesen sein. Junge, ich kann dir sagen, das war was. Zum erstenmal sahen wir diese ›Sache‹ wirklich. Und wenn die Stute ihren Teil hatte, nahm der alte Wilters seine Melone vom Kopf und hielt sie deinem Großvater hin, und der ließ fünf Mäuse in den Hut fallen, und Wilters setzte sich den Hut wieder auf, mit den fünf

Mäusen drin. Nachher machten sie eine Flasche auf, ließen sie herumgehen und redeten über die Ernte und die Kornpreise. Manchmal mußten wir da oben im Heu den Atem

anhalten, um nicht zu niesen – sonst hätten sie uns gefunden. Aber wir blieben da, bis Wilters schließlich wieder abfuhr und sein altes Maultier hinter seinem Ford-T dahertrottete.«

Wir blieben lange vor dem Kamin sitzen, und mein Onkel fing an, sich zu rekeln, und lächelte. Seine Geschichten wurden für mich zu kleinen Griffen an dem Rätsel, das meinen Vater umgab: »Aber dein Großvater war der Trinker. Oh Mann, wie der den Muskateller schluckte! Ich hab dir doch mal erzählt, wie ich eines Nachmittags die Columbine runterkam und Rauch aus dem Fenster im zweiten Stock sah. Aus seinem Schlafzimmerfenster. Dicke Rauchschwaden, die in die Ulmen zogen. Ich stürme ins Haus, nach oben, da liegt er besinnungslos auf dem Bett, und die ganze Matratze steht in Flammen. Er liegt einfach da, betäubt. Also nehm ich ihn hoch – weißt du, damals wog er nur neunzig Pfund; war nicht mehr viel an ihm dran –, trage ihn runter und setze ihn auf die Couch, dann renne ich wieder nach oben, schnappe mir die Matratze und hieve sie aus dem Fenster, runter auf den Rasen. Na, und etwas später kommt deine Großmutter aus der Kirche nach Hause, ich stehe draußen mit dem Schlauch und mache die Matratze naß, und sie kommt rübermarschiert – du weißt ja, wie sie war –, sie kommt zu mir und will wissen, warum zum Teufel ich so eine wunderbare Matratze ruiniere. Ich sage, Ma, die ist glatt durchgebrannt – da ist so ein großes Loch in dem verdammten Ding –, und außerdem hätte ich ihren Mann gerettet. Aber das wollte sie gar nicht wissen. Ihr ging es nur um diese Matratze. Ich sagte, Ma, ich habe Dad gerettet! Ich habe ihn mit knapper Not gerettet! Er wäre beinahe lebendig verbrannt! Und sie – schnaufte einmal kurz, wie sie es immer tat, und ging weg. Ja – so war sie.«

Am nächsten Morgen zogen wir uns alle fein an und fuhren raus zum National Cemetery, folgten dem langen Weg, der sich durch viele Hektar marmorne Soldatenkreuze windet, alle gleich, jedes mit einer kleinen amerikanischen Fahne geschmückt. Vietnam. Zweiter Weltkrieg. Korea. Wie Maisfelder, auf denen die Reihen in weit geschwungenen Kurven gesät sind. Ich hatte eines dieser aufrechtstehenden Marmorkreuze als Grabstein für ihn haben wollen, aber es hieß, die seien ihnen durch Vietnam ausgegangen. Deshalb ließ ich es bei einer kleinen weißen Grabplatte, die flach auf den Boden zu liegen kommt, darauf eingraviert sein Name, der Dienstgrad und die Lebensdaten. Auf einem Hügel war für die Zeremonie ein Zeltdach aus grünem Segeltuch aufgespannt, darunter Bänke und Klappstühle. Es regnete nicht, und das Zeltdach tauchte alle Gesichter in grünliches Licht. Es kamen mehr Leute, als ich erwartet hatte. Die meisten waren Alkoholiker oder ehemalige Alkoholiker. Man sah es ihren verwüsteten Gesichtern an. Außerdem ein paar Leute aus der Siedlung, die meinen Dad irgendwie gekannt hatten. Einfache Leute. Viele von ihnen kreuzten die Hände vor dem Bauch und blieben stehen, als wäre es ihnen peinlich, sich zu setzen; Augen zum Boden. Ich kannte keinen von ihnen, außer Esteban, der mir zulächelte und dann wieder den Kopf senkte.

Ich und meine jüngere Schwester lasen abwechselnd einige Gedichte von Lorca (dem Lieblingsdichter meines Vaters), und ich versuchte es sogar mit einem Abschnitt aus der Bibel, blieb aber bei den Worten »Alles ist eitel« stecken, weil ich plötzlich sah, wie eitel ich selbst war, indem ich das hier las, als würde ich seine wahre Bedeutung wirklich verstehen. Eine Zeitlang konnte ich gar nicht weitersprechen. Brachte keinen Ton heraus. Mein ganzes Gesicht bebte, und ich spürte die Verlegenheit unter den Versammelten. Ich selbst empfand keine Verlegenheit, nur einen schrecklich verknoteten Kummer, der keinen Ausdruck finden konnte.

Ich stand da und wartete darauf, daß es vorüberging, aber es ging nicht vorüber. Es hielt mich für eine Zeit, die mir sehr lang vorkam, gefangen, bis es sich soweit löste, daß ich zu einem Ende fand. Ich las den restlichen Abschnitt ohne Gefühl und ohne Beziehung zu den Wörtern. Ich war einfach dankbar, daß ich durchkam.

Der Bestattungsunternehmer im grauen Anzug mit dunkler Brille stand auf, ein Fremder, der eher wie ein CIA-Agent, aber nicht wie ein Mittler der Toten aussah. Er las die übliche militärische Grabrede der US-Regierung vor. Die gleiche Rede, die vor jedem Kreuz auf diesem Friedhof gehalten worden war: »... in tiefer Dankbarkeit für die Dienste, die er in treuer Pflichterfüllung leistete...« Dann überreichte er mir eine amerikanische Fahne, die zu dem traditionellen Dreieck gefaltet war, und schüttelte mir die Hand. Ich schüttelte an diesem Tag allen die Hände und umarmte Leute, die ich gar nicht kannte.

Als wir gingen, drehte ich mich noch einmal nach dem Zeltdach um und sah den kleinen Fichtenholzkasten mit der Asche auf dem Klapptisch stehen, einfach so dastehen, und niemand war bei ihm. Wie durch Schwerkraft fühlte ich mich zu ihm zurückgezogen; als wäre bei dieser Zeremonie etwas unerledigt geblieben. Zwei Chicano-Männer hockten neben einem gelben Bagger bei dem offenen Grab. Sie warteten, bis alle gegangen waren, dann würden sie den Kasten in das Loch stellen und zudecken. Als ich nun zurückkam, wendeten sie sich ab, starrten in das Grab und gaben sich Mühe, mir nicht in die Augen zu sehen. Ich nahm den Fichtenkasten, überrascht, wie schwer er war. Bloß die Asche eines toten Mannes. Die Totengräber drehten mir den Rücken zu und senkten die Köpfe. Ich war ihnen dankbar dafür.

3/89 (Los Angeles)

Southwest Chief In Abteil Nummer 6, gleich gegenüber, auf der anderen Seite des Gangs, versucht Mrs. Ortega, ihr kleines Mädchen ins Bett zu bringen. Sie trägt einen schwarzen Lederrock, Schuhe mit goldenen Pfennigabsätzen, und um ihren Hals klunkern große, in Silber gefaßte Türkise. Hin und wieder schlägt ihr Schmuck dem kleinen Mädchen vor die Stirn, aber das Mädchen gibt keinen Ton von sich. Es sitzt aufrecht in dem Etagenbett, während die Mutter seine Decken ringsum feststeckt. Es starrt hinaus auf das nächtliche Barstow, das am Fenster vorüberfliegt; Portland-Zementlastwagen arbeiten unter pfirsichfarbenen Scheinwerfern in den Gruben längs der Gleise. Lagerhäuser schießen vorüber. Trostlose kleine Plattenbausiedlungen verlaufen in weißem Sand, tauchen wieder auf und verlaufen noch einmal. Mrs. Ortegas kleines Mädchen fragt die Mutter nach Rafael: »Adónde está Rafael?« Und seine Mutter antwortet: »No se«, während ihr Navajogürtel aus Silbermünzen gegen die Glastür klirrt.

Der Southwest Chief läuft quietschend in den alten Bahnhof von Barstow ein, eine der letzten Stationen im spanischen Stil, die es am Santa-Fe-Trail noch gibt. Jetzt sind die Fenster alle herausgeschlagen, dunkle Mauersteinrahmen und bröckelnder Putz. Getrocknete Taubenscheiße tropft über die Worte *Casa del Desierto* auf einer verwitterten Wand. Im Dunkeln kauern die Geister längst verschwundener Gepäckträger, schieben noch immer auf Eisenrädern die hoch mit Eidechsledergepäck beladenen Wagen für die reichen Barone des Zitrusimperiums vor sich her. »Was ist das?« will Mrs. Ortegas kleines Mädchen wissen. »Nichts. Schlaf jetzt.«

»Ist das Rafael?« quiekt es und windet sich aus seinen blauen Decken.

»Nein. Rafael ist weg. Und du mußt jetzt schlafen.«

Ich mache mich auf den Weg zum Salonwagen, zwänge mich an Mrs. Ortegas breitem Lederhintern vorbei. Ihr kleines Mädchen sitzt noch aufrecht; sucht im Dunkeln da draußen noch immer nach einem Zeichen von Rafael. Der Zug kriecht weiter, während ich mich durch den schmalen Gang voranarbeite. Riesenhafte Betontürme schweben im Dunkeln vorüber und blinken den Flugzeugen ihre Warnung zu. Ein altes Ehepaar bleibt abrupt stehen, als es mich kommen sieht. Beide gehen stark gebeugt und benutzen Aluminiumstöcke. Sie wissen nicht, wie sie bei diesem Schwanken an mir vorbeikommen sollen, deshalb schiebe ich mich in ein leeres Abteil, dessen Tür offensteht, und lasse sie passieren. Wir sagen einander ein paarmal »Entschuldigung«, während sie wie zwei betrunkene Tänzer weitertorkeln. An der Art, wie sich die alte Frau an den Gürtelschlaufen der Jeans ihres Mannes festhält, erkenne ich, daß sie vom Land stammen.

Im Nichtrauchersalon starren Zombies mit leeren Gesichtern nach Fernsehern, die in den dunklen Ecken unter der Decke angebracht sind und auf denen irgendeine Serie läuft. Auf allen Geräten ist der gleiche Kanal eingeschaltet. Niemand lacht. Niemand sagt etwas. Nur das Konservengelächter aus dem Fernsehen und die abgedroschenen Witzeleien. Ich gehe weiter in den Rauchersalon, der voller Rauch und redender Leute ist, und bestelle mir einen Gin Tonic in einem weißen Plastikbecher. Drei Mädchen, deren Arme über und über tätowiert sind, qualmen, was das Zeug hält, und reden über Vorhänge und Teppiche. Eine von ihnen hat eine tolle Lache. Eine von diesen Lachen, die leicht außer Kontrolle geraten, aber man merkt, es ist der Frau egal, was die Leute denken. Ich setze mich in eine Ecke, von wo ich den ganzen Raum im Blick habe. Ich bin bereit zu beobachten. Ich habe zuletzt mit Kripoleuten zusammengearbeitet, und seitdem fasziniert mich die Sache mit dem Beobachten irgendwie. Ich versickere in meiner Ecke und setze meinen »Kriminalistenblick« auf. Daran arbeite ich im Moment: wie kann man beobachten, ohne gesehen zu werden. Vorsichtig muß man sein, denn wenn die Leute merken, daß man sie beobachtet, verwandeln sie sich sofort in etwas anderes; in etwas, das sie einen Augenblick vorher noch nicht waren. Sie werden mißtrauisch und wollen sich verstecken, oder sie werden feindselig und wollen einen umbringen. Man muß aufpassen, wohin man tritt. Eine große Frau in Grün kommt und fragt mich, ob ich etwas dagegen hätte, wenn sie sich zu mir an den Tisch setzt. Sie wolle ihre müden Knochen ein bißchen ausruhen, sagt sie. Ihr Gesicht hat viel Straße gesehen. Augen, die zermürbt wirken, von Schnaps und endlosen Nächten. Sie heißt Rose, kommt aus Albuquerque, und wie sich herausstellt, sind ihre beiden Eltern auf dem National Cemetery in Santa Fe beerdigt; auf dem gleichen Friedhof, wo auch mein Dad liegt. Ich und Rose haben im Tod etwas gemeinsam. Sie kommt gerade von einem Besuch bei Verwandten in der Nähe von Pendleton, oben in Oregon, zurück und erzählt mir davon, wie der orange Mond über den Schneespitzen der Berge aufgeht; von Wachtelvölkern unter den Kiefern; und von dem ausgeklügelten Heizungssystem im Haus ihrer Verwandten, alles mit Solarstrom. Rose ist in Albuquerque aufgewachsen, und jetzt fährt sie dahin zurück. Sie sagt, sie wüßte nicht, wohin sie sonst gehen sollte. Sie hat alle möglichen Orte ausprobiert, aber zuletzt ist sie immer wieder zurückgekommen. »Ich vermute, das, woher man kommt, das wird man schwer los.« Ein schwarzer Typ mit einer Kappe von den L. A. Raiders redet lauter als alle anderen auf einen armselig aussehenden Jungen in einer Lederjacke ein. Er schwafelt von irgendeinem »italienischen Miststück« mit einem großen Klunker am Finger, die irgendwo in einem wirklich ruhigen Viertel wohnte. Daß er unbedingt dahin zurück und sie besuchen will; da weitermachen, wo er aufgehört hat. Dafür lebt er. Rose weiß nicht mehr, was sie noch erzählen soll. Sie drückt sich mit den Ellbogen vom Tisch hoch, zieht sich die grüne Kunstseidenbluse über die riesigen Hüften herunter. »Vielleicht treffe ich Sie mal irgendwann auf dem Friedhof«,

sagt sie und hebt im Weggehen ihr Glas. »Vielleicht.«
Die Tattoo-Mädchen amüsieren sich prächtig. Sie kümmern sich um niemanden, fliegen im Zug durch die Nacht, dem »Painted Desert« zu. Sie leisten einander Gesellschaft. Ihre Kameradschaft macht sie munter. Und ich – ich bin froh, daß ich allein bin. Beobachte. In Gedanken kehre ich zurück in den Konferenzraum der Kripo im Wilshire-Komplex. Jeder hatte da sein eigenes Kämmerchen, wo er Fälle durchging. Die grausigen Fälle. Die Erstochenen, Mißhandelten, Verbrannten, Erschossenen, Verstümmelten, Erdrosselten von L. A. Ich arbeite gern mit Kripoleuten. Sie kommen mir alle wie einsame Menschen vor. Ich weiß nicht, ob ihr Job sie dazu macht oder ob sich einsame Leute von diesem Job besonders angezogen fühlen. Ich fliege im Zug.

2/2/89 (Von Los Angeles nach Chicago)

allen ohne Ende Ich bin jetzt Schauspieler; ich gebe es zu. Ich fliege nicht. Ich hatte in letzter Zeit Schwierigkeiten, Jobs zu bekommen, eben deshalb: weil ich nicht fliegen will; außerdem weigere ich mich, in L.A. zu leben. Ich lebe so weit wie möglich von L.A. entfernt. Im Süden. Nicht im »tiefen Süden«, aber so weit im Süden, daß sie einen *river* da noch »ribah« nennen und einen Buick »Brewick«. Ein Faxgerät habe ich nicht, auch keinen Anrufbeantworter, keinen Pager, kein Handy, kein Autotelefon, keinen Computer, und ich habe mich nie zu Pressereisen, diesen sogenannten *press junkets*, gemeldet. Ich weiß gar nicht, woher das Wort *junket* in Verbindung mit Presse überhaupt kommt, aber sein Klang hat mir nie besonders gefallen. Es klingt irgendwie militärisch, vielleicht auch nach Tapiokapudding. Ich bin mir nicht sicher. Hinzu kommt, ich werde ja nicht jünger, und mein Gesicht geht langsam aus dem Leim. Die meisten Zähne unten hat mir im Frühjahr fünfundsiebzig ein einjähriges Fohlen ausgeschlagen. Die Zähne oben sind zur Hälfte furchtbar verfärbt, und einer von ihnen ist, soweit ich zurückdenken kann, schon immer tot gewesen. Wenn man es sich recht überlegt, kann ich froh sein, daß ich momentan überhaupt einen Agenten habe.

Ich war im Laufe der Jahre in viele gefährliche, idiotische Sachen verwickelt. Mehr durch Zufall als absichtlich. Ich bin im vollen Galopp unter stürzende Pferde geraten. Ich bin aus einer doppelläufigen Ithaca, Kaliber 12, beschossen worden. Ich habe mich in einem 49er Plymouth-Coupé überschlagen, und für Purzelbäume ist das kein guter Wagen; und einmal hätte ich mich mit einer Plastikmilchflasche voll bleifreiem Sprit an der Bay of Fundy, wo es die höchsten Gezeiten der ganzen Welt gibt, fast in die Luft gesprengt. Trotzdem würde ich diesen ganzen Mist lieber noch zehnmal durchmachen, als mich einmal in ein Flugzeug zu setzen. Ich gebe zu, es ist ein überwältigendes Schwindelgefühl, das ich nicht ganz verstehe und bestimmt nicht psychoanalysieren lassen werde. Also nur soviel dazu: es handelt sich um ein ernstes Problem der Einbildungskraft. Die Unfähigkeit, innere Bilder, in denen es um ungeheure Höhe geht, und die Empfindungen, die sich aus diesen Bildern ergeben, unter Kontrolle zu bekommen. Beispielsweise die absolut realistische Empfindung, ohne Ende zu fallen. Über die habe ich keine Gewalt. Zum Glück fahre ich gern Auto. Ich habe gelernt, gern Auto zu fahren. Lange Strecken besonders gern. Je weiter, desto besser. Ich liebe es, riesige Entfernungen auf einen Sprung zu nehmen: von Memphis nach New York City; von Gallup nach L.A.; von Saint Paul nach Richmond; von Lexington nach Baton Rouge; von Bismarck nach Cody. Solche Sprünge. Ohne Begleitung. Ganz allein. Gnadenloses Fahren. Fahren, bis sich der Körper verabschiedet, bis einem die Beine abfallen, die Augen bluten, die Hände taub werden, der Kopf zumacht, und dann plötzlich taucht etwas Neues auf.

25/2/90 (Charleston, West Virginia)

He, John? Hier spricht Clayton.

Wer?

Clay.

Sag das noch mal.

Clayton Miles.

Du klingst nicht wie er.

Na, ist ja auch schon ein Weilchen her.

Allerdings. Mensch, toll! Wie lange eigentlich?

Hab ich mir nicht notiert.

Wo bist du gerade?

Arizona. Irgendwo bei Tucson. Ich stehe in einer Telefonzelle an einer Tankstelle.

Also ich – ich liege im Bett.

Ist doch Tag bei euch, oder?

Soweit ich sehe.

Bist du krank, oder was?

Nö. Gibt einfach kein' Grund, aufzustehen. Ich mache alles von hier aus. Geht wunderbar. Angel hat mir gerade einen Wodka-Tonic gebracht, und ich arbeite an meinen Bändern.

Was für Bänder?

Im Augenblick arbeite ich an meinen Bändern mit den Soundtracks von berühmten Verfolgungsjagden. Erinnerst du dich noch an *Bullitt*? Steve McQueen? Hab's gerade fertig. Hier, hör mal. Ich spiel es dir vor.

John! He, John! Ich bin hier in 'ner Telefonzelle, und ich hab nicht viel Kleingeld!

Was ist?

Mir geht das Kleingeld aus.

Ich dachte, du wärst jetzt Filmstar. Wieso geht dir da das Kleingeld aus?

Ich hab einfach nicht soviel dabei.

Was machst du in Tucson? Spielst du wieder Cowboys und Indianer?

Ich fahre hier nur durch, bin unterwegs nach L. A. Ich wollte nur 'n Augenblick mit dir reden.

Gut. Wir könnten uns doch treffen, wenn du hier in die Gegend kommst.

Wäre großartig, aber ich muß mich auch mit Irene treffen. Sie kommt.

Wieso ist sie nicht bei dir?

Läuft gerade nicht so gut zwischen uns.

Ach, wie blöd! Ich hasse das. Habe gerade selbst so was hinter mir.

Tatsächlich?

Tja.

Also, darüber wollte ich nämlich eigentlich mit dir sprechen.

Ja. Hab's gerade überstanden. Eine einzige Quälerei. Deswegen liege ich auch im Bett. Bin noch ganz erledigt.

Ja.

Eine Zeitlang dachte ich, ich würde daran kaputtgehen. Bin zusammengebrochen und wollte nur noch sterben.

Aber Angel ist doch bei dir, oder?

Klar. Angel ist hier. Sie hat mir vorhin gerade einen großen Wodka-Tonic mit einem Schuß Limonensaft gemacht. Rose ist auch hier.

Sie sind beide da?

Klar doch.

Und wie funktioniert das so?

Mal besser, mal schlechter. Wie gesagt, gerade haben wir einen kleinen Absturz hinter uns, aber jetzt sind wir wieder obenauf. Jetzt sind sie wieder dicke Freundinnen. Oh, da fällt mir was ein! Mir ist dieser Gedanke schon einmal gekommen, ich konnte mich dann aber nicht mehr auf ihn besinnen, und jetzt bringt mich irgendwas von dem, was du gesagt hast, wieder drauf. Vielleicht ist das ja überhaupt der Grund, warum du anrufst.

Welcher Grund?

Mich an diesen Gedanken zu erinnern.

Ja, vielleicht. Aber was ich eigentlich mit dir besprechen wollte – Irene.

Gut. Aber laß mich das jetzt noch kurz sagen, bevor ich es wieder vergesse. Das soll nicht wieder untergehen.

Okay. Sekunde mal. Ich muß ein paar Quarters nachwerfen.

Nur zu.

In Ordnung. Bist du noch dran? John?

184 Klar. Auf mich kannst du dich verlassen, Alter. Also hör zu – jetzt kommt's. Ich habe gerade diese ganze Eifersuchtskiste mit Angel hinter mir. Ich meine, *ihre* Eifersucht, nicht meine. Wir waren gerade am tiefsten Punkt, und ich dachte, vielleicht sollte ich ihr mal etwas sagen, irgendwas Tolles in der Art von Sterling Hayden. Vielleicht bringt das was, dachte ich. Also sagte ich: »Wenn du mich lieben würdest, wärst du gegen alle meine Fehler blind.« Das habe ich gesagt. Und in dem Augenblick, als ich es sagte, habe ich gemerkt, wie ich versuche, Sterling Hayden zu *sein.* Ich hätte es genausogut selbst sagen können, aber dahinter sah ich dieses echt elementare Gefühl, daß ich, so, wie ich bin, nicht gut genug bin; daß ich als jemand anderer besser dastünde. Beispielsweise als Sterling Hayden. Und als ich das sah, da wurde mir gleichzeitig klar, daß das alles in meinen Gedanken war, in meinem Kopf, aber in Wirklichkeit *bin* ich Sterling Hayden.

John, hör mal – mir geht das Geld aus.

Nein, paß auf – ich will damit nicht sagen, daß ich denke, ich wäre Sterling Hayden. Darum geht es nicht. Ich sage nur, daß ich die Person in meinen Tagträumen wirklich *bin.* Egal, um wen es geht. Harry Truman, Walter Winchell – kommt nicht drauf an. Tatsache ist, ich bin wirklich hier, und dieses Abenteuer ist meins. Das So-tun-als-ob gehört dazu. Verstehst du, was ich meine?

Ja, aber, weißt du –

Andersrum, es ist, wie wenn man den Film nicht sieht, in dem man selbst auftritt. Man kommt sich vor, als wäre man nicht in einer Situation, die so ähnlich ist wie im Film. Wünscht sich die ganze Zeit etwas, das schon längst stattfindet. Aber der Held liegt mit dem Mädchen im Bett, genau wie ich und Angel jetzt gerade.

Ihr seid beide im Bett?

Klar doch. Zu dritt. Rose ist auch hier. Willst du ihr hallo sagen?

Nein. Hör zu – vielleicht sollte ich es ein andermal bei dir probieren.

Nein – mach keine Witze! Jetzt oder nie! Hör zu – was ich sagen will: du siehst diese Szene im Kino, der Kerl und das Mädchen im Bett. Du hast das eine Million mal gesehen, in einer Million verschiedener Filme. Sie sind in ihrer Wohnung, es ist dunkel, und sie träumen durch die trüben Fenster nach draußen, und er raucht eine Camel. Du hast deine fünf Dollar bezahlt, sitzt da mit deinem Popcorn, siehst diese Szene und sagst: »Gott, wenn ich das doch auch hätte! Wäre mein Leben doch auch so!« Aber was du dir nicht klarmachst: dein normaler Alltag *ist* so. Ich rede nicht über Rollenspielen. Das überlasse ich euch Schauspielern. Ich sage, die Rolle, die man tatsächlich lebt, ist genau wie die, die man spielt.

Ja, richtig. Okay. Ich dachte ja bloß, ich könnte von dir einen kleinen Rat –

Ich meine, ich *bin* der Kerl, der im Dunkeln mit dem schönen Mädchen daliegt, aus dem trüben Fenster sieht, eine Camel raucht und einen Wodka-Tonic trinkt. Ich bin dieser Kerl, jetzt. Das bin ich.

Ist ja wunderbar.

Aber normalerweise mache ich es mir nicht klar. Ich sehne mich ständig nach etwas, das ich längst habe. Da plötzlich öffnet sich eine Möglichkeit! Ein neues Licht! Ich sehe mein Leben als echtes Abenteuer. Ich erlebe es wirklich so, wie man einen Film erlebt. Der Soundtrack ist um mich rum! Ich bin drin!

Hör zu, John –

Selbst bei einer ganz alltäglichen Szene, wo der Held in der Küche steht, sich Spiegeleier brät, die Kamera fährt ganz langsam auf ihn zu, und im Hintergrund ist unheimliche Musik, die der Held angeblich nicht hören kann, nur das Publikum kann sie hören – aber grundsätzlich, er ist einfach in seiner Küche und tut irgendwas Banales, brät sich ein paar Eier. Und du sitzt im Publikum, gefesselt von dieser Situation, aber du hast dieses Gefühl nie, wenn du dir in der eigenen Küche Eier brätst. Verstehst du, was ich meine? Im Grunde sind wir die Helden unserer eigenen Küchen, Clay! Ist dir das klar? Wir sind die Helden unserer ureigenen Küchen!

Mir ist das Geld ausgegangen, John. Ich rufe dich wieder an, wenn ich in L.A. bin.

Du mußt weiter! Na, schade. War gut, von dir zu hören, Clayton, alter Junge.

Ebenso.

Laß dich nicht unterkriegen, auch wenn das Herz schwer wird! Das ist mein Rat für dich. Gib nie auf!

Adiós.

18/3/90 (Tucson, Arizona)

ommage an Céline In einem protzigen Hotel an der Highland Street habe ich an diesem Morgen einen Termin mit der Kostüm- und Maskenabteilung einer deutschen Produktionsfirma. Aus irgendeinem Grund ist dieses Hotel bei Heavy-Metal-Bands sehr beliebt. In der Lobby und vor dem Aufzug drücken sich überall deren Groupies herum und halten Ausschau nach ihren Helden. Ich teile mir den Aufzug mit sechs von diesen Äffchen, die alle dasselbe Schminketui aus Plastik benutzen, sich die Lider mit irgendeiner pfirsichfarbenen Glitzercreme bemalen und sich dann in die kleinen Nippel zwicken, damit sie deutlich vorstehen. Sie kichern nicht, und anscheinend macht es ihnen auch keinen Spaß, wie den Bienen in den fünfziger Jahren. Ihre ganze Erwartung scheint sich in dem brennenden Verlangen zu bündeln, Opfer zu sein und sonst nichts.
Ich finde das Zimmer im dreißigsten Stock, und sobald ich eintrete und die Ständer mit den hängenden Kostümen sehe, die Gesichter der Leute, mit denen ich während der nächsten vier Monate zu tun haben werde, lauter Leute, die einander nicht kennen, die in dem verzweifelten Bemühen zusammengekommen sind, Bilder auf Filmstreifen zu bringen, sinkt mir das Herz. Am liebsten würde ich weglaufen oder kotzen, aber für beides ist es zu spät.
Der kleine italienische Schneider, sehr elegant in seinem blauen Nadelstreifenanzug, streitet sich heftig mit der deutschen Kostümbildnerin, einer Walküre in einem bunten mexikanischen Umhang und silberbeschlagenen Cowboystiefeln. Sie ist viel größer als der Schneider und raucht wie ein Drache, zieht den ausgeblasenen Rauch in langen, genüßlichen Zügen durch die Nase wieder ein, so daß er wie ein Nebel ihre Oberlippe umschwebt. Sie ärgert sich über den Stoff, den der Schneider ausgesucht hat. Er ist ihrer Mei-

nung nach zu weich und zu modern. »Der Film spielt in den Fünfzigern!« erklärt sie. »In den Fünfzigern trug man diese Stoffe nicht! Damals waren die noch gar nicht erfunden.«

Der Italiener zuckt mit den Achseln, schnaubt und wendet ihr den Rücken zu. Er zieht das lange gelbe Bandmaß, das ihm um den Hals hängt, hin und her, als wollte er sich den Kopf damit absägen.

Der Maskenbildner kommt und will für die verschiedenen Stufen des Alterungsprozesses verschiedene Grautöne an meinem Haar ausprobieren; außerdem ungefähr ein Dutzend Hauttönungen für das Gesicht; und besonders wild ist er darauf, mit falschem Blut zu experimentieren. »Seine Wunden sind einmalig«, sagt er. »Sie müssen absolut einmalig werden.«

Eine Assistentin der Kostümbildnerin schiebt mir ein Paar teure, handgearbeitete englische Schuhe nach dem anderen herüber, alle speziell für die Zeit, in der der Film spielt, entworfen. Auf einem Kartenspieltisch stehen Schachteln mit zeitgenössischen Armbanduhren, zeitgenössischen Ringen, Manschettenknöpfen, Füllfederhaltern, Taschentüchern, Lesegläsern, Zigarettenetuis, Krawattennadeln und Hosengürteln und warten auf meinen Zuspruch. Im Raum ist es sehr heiß und stickig, und jemand öffnet das Fenster, so daß etwas von dem Rauch der Drachenlady abziehen kann. Kaffeetische sind übersät mit angebissenen, glasierten Doughnuts, schmuddeligen Styroporbechern; in Aschenbechern türmen sich die Kippen. Ständig klingelt das Telefon, und nie wird die Person verlangt, die gerade am Apparat ist. Gesprochen wird hier in vier verschiedenen Sprachen gleichzeitig.

Die Regieassistenten gehen den Plan für meine Reise von L. A. nach Laredo an der mexikanischen Grenze durch. Sie sagen, wegen der Vorschriften in Mexiko könnten sie keinen amerikanischen Autoverleih dazu bringen, das Risiko einzugehen und einen ihrer Wagen über die Grenze zu lassen, deshalb wollten sie versuchen, zwei mexikanische Fahrer aus Mexico City anzuheuern, die mich in ihrer eigenen Limousine abholen und nach Veracruz fahren sollen. Die beiden glucksen einander verstohlen zu, und einer von ihnen sagt: »Die ganze Sache wäre natürlich für alle Beteiligten viel einfacher, wenn Sie fliegen würden.«

»Kommt nicht in Frage«, sage ich.

»Ja, das wissen wir.« Währenddessen wieselt der kleine italienische Schneider um mich herum, nimmt Maß und noch mal Maß und flüstert einer Assistentin Zahlen zu, die sie auf einem Block notiert. (Anscheinend hat hier jeder einen Assistenten.)

Der Regisseur selbst kommt herein und fragt mich, ob ich etwas dagegen hätte, an einer Probe mit drei Schauspielerinnen teilzunehmen, die er für die kleine Rolle meiner Freundin vorsprechen läßt. Er will die Proben in einem anderen Zimmer mit Video aufzeichnen, also folge ich ihm dorthin. Die drei Schauspielerinnen warten nervös im Flur, drehen ihr Script durch die Finger und feuchten sich die Lippen an. Der deutsche Regisseur kann den Schlüssel zu diesem Raum nicht finden, also läßt er mich im Flur mit den drei nervösen Mädchen stehen und geht auf die Suche nach dem Schlüssel. Ich ertrage es nicht, wie mich diese drei jungen Hoffnungen anlächeln, und entschuldige mich unter dem Vorwand, ich wolle nach einem Trinkbrunnen suchen. Ich schlüpfe in den Aufzug, und da hocken in einer Ecke zwei Rocker in schwarzen Lederklamotten, mit Aluminiumarmbändern. Sie sehen aus, als hätten sie von allem und überhaupt die Schnauze voll.

Als ich in der Lobby aussteige, stürzen sich zwei weitere Regieassistenten auf mich und erklären mir, im Zusammenhang mit der Limousine seien weitere Probleme aufgetaucht. »Ich brauche keine Limousine«, sage ich.

»Doch, wir werden Ihnen eine Limousine beschaffen, nur keine Sorge. Die Sache ist bloß die, daß sie auf der anderen

Seite der Grenze das gleiche Problem haben wie wir hier.«
»Was für ein Problem?« frage ich.
»Versicherung. Sie befürchten, ihr Wagen könnte gestohlen oder weiterverkauft werden, und sie wollen kein Risiko eingehen.«

»Ich brauche keine Limousine. Besorgt mir einen Chevy.«
»Mit einem Chevy ist es das gleiche Problem.«
»Dann besorgt mir einen Ford.«
»Auf den Wagentyp kommt es nicht an. Sie wollen einfach nichts riskieren.« Der andere Assistent mischt sich mit säuerlichem Lächeln ein: »Die Limousine ist wirklich nicht das Problem. Ich meine, das einzige wirkliche Problem besteht darin, die *federales* zu schmieren. Es ist im Grunde das gleiche Problem, das ein amerikanischer Limousinen-Service auch hätte. Nur, daß es nicht ganz so teuer wird.«
»Besorgt mir einfach einen Chevy«, wiederhole ich.
»Wir kriegen das schon hin. Keine Sorge. Wenn Sie soweit sind und abreisen wollen, ist das alles geregelt. Einfacher wäre es natürlich, wenn Sie fliegen würden.« Die beiden stürzen zum Aufzug, mitsamt ihren Notizbüchern, ihren Piepsern, ihren Kopfhörern. Ich trete auf die Highland hinaus und gehe. Ich gehe gern in einer Stadt spazieren, in der sonst niemand spazierengeht. Die Bürgersteige sind wie die Wüste.
Als ich zurückkomme, wimmelt es auf dem Parkplatz und am Hoteleingang von Geheimdienstleuten. Man erkennt sie daran, daß sie alle die gleichen Straßenanzüge tragen und den gleichen strengen Haarschnitt haben, und außerdem haben sie alle diese kleinen fleischfarbenen Plastikmikrophone am Ohr befestigt, von denen sie glauben, sie seien für das breite Publikum unsichtbar. Sie wimmeln da herum, schießen mit Blicken um sich und sehen aus, als würden sie wie Verrückte mit sich selbst reden, während sie durch ihre kleinen Apparate einander irgend etwas zuflüstern.
An der Rezeption liegt eine Nachricht für mich. »Tut mir

leid wegen des fehlenden Schlüssels. Ich habe ihn dann noch gefunden. Wir haben Sie vermißt, aber trotzdem mit der Probe weitergemacht. Ich glaube, wir haben eine wirklich wunderbare Besetzung gefunden.« Unterschrieben vom Regisseur.

»Ist ein Diplomat im Haus?« frage ich den livrierten Mann an der Rezeption.

»Wie bitte?« sagt er und zuckt mit den Augen, während er ein maskenhaftes Lächeln aufsetzt, als wollte er mir Pepsodent verkaufen.

»Ein Politiker? Draußen sind lauter Schnüffler.«

»Ah, ich verstehe. Ja, Sir. Wir haben Gäste aus dem Nahen Osten.«

»Jemand, den ich kenne?«

»Tut mir leid, Sir, aber wir dürfen keinerlei Informationen herausgeben.«

»Schon verstanden.« Ich zwinkere ihm verschwörerisch zu, was ihn völlig verblüfft.

Oben im Gang, direkt gegenüber meinem Zimmer türmen sich an den Wänden Dutzende von Tabletts des Zimmerservice. Auf jedem Tablett Überreste erlesener Desserts. Limonellenpastete, Mousse au chocolat, Creme brulée – nur Desserts; alle halb gegessen, angeknabbert und dann ineinander- und übereinandergeschoben; es trieft über die Ränder auf den geblümten Plüschteppich. Ich sehe, wie aus der Tür gegenüber meinem Zimmer ein dunkler Arm in einem weißen Gewand mit Goldstickereien auftaucht, der ein weiteres von Dessertabfall überquellendes Tablett hält. Der Arm stellt das Tablett auf den nächstliegenden Stapel, dann späht durch den Türspalt ein Gesicht nach mir. Es ist ein kleines, verängstigtes Gesicht mit schwarzen Perlenaugen und einem kurzen Spitzbart. Sobald mich das Gesicht erblickt hat, schnellt es wie ein Murmeltier ins Zimmer zurück. Ich höre, wie der Mann die Kette vorlegt und hinter der geschlossenen Tür nervös mit zwei anderen schnattert.

Es klingt arabisch. Noch einmal öffnet sich die Tür – so weit, wie die Kette es zuläßt, und eine dunkle Brille starrt zu mir heraus. Wieder wird die Tür zugeschlagen, und wieder folgt nervöses Geschnatter. Gerade als ich meine Tür aufgeschlossen habe, biegt ein Wagen des Zimmerservice um die Ecke, geschoben von einem blonden Kindchen in einer Uniform, wie der Philip-Morris-Mann sie trägt. Der Wagen ist mit Desserts beladen und kommt auf mich zu. Rasch schiebe ich mich nach drinnen und ertappe mich dabei, wie ich hastig die Kette vorlege und und den Türknauf drehe. Angst ist ansteckend.

In meinem Zimmer kann ich mich eine Zeitlang nicht bewegen. Ich weiß nicht, warum. Es ist nicht mehr die Angst; es ist etwas anderes. Ich stehe da und starre auf den Teppich. Nichts in mir will sich bewegen. Ich habe keine Ahnung, wann oder ob ich mich je wieder bewegen werde. Ich warte darauf, daß sich irgend etwas regt; irgendein kleiner Antrieb. Ich will mitbekommen, was mich schließlich wieder zum Handeln treibt. Nichts kommt. *Ich könnte hier die ganze Nacht stehen, denke ich. Ich könnte hier bis morgen früh stehen. Jemand würde mich finden. Der Zimmerservice würde mich finden. Das Zimmermädchen. Jemand würde sich fragen, warum in diesem Zimmer niemand reagiert. Keine Antwort, wenn es klopft. Das Telefon.* Das Telefon fängt an zu klingeln, als hätte mein Gedanke es dazu veranlaßt. Ich stehe einfach da. Das Telefon klingelt weiter; dreimal, viermal, fünfmal, dann geben sie auf. Wer immer es war. *Wahrscheinlich wieder irgendein Quark wegen der Limousine. Aber was wäre, wenn jemand gestorben ist? Es hätte auch so was sein können. Ein Notfall. Wer könnte sterben? Wer könnte gerade jetzt sterben? Jeder von uns. Ich werde mich später erkundigen. Wenn es so was wäre, würden sie eine Nachricht bei der Rezeption hinterlegen.* Ich frage bei der Information nach. Nichts. Jetzt bin ich wieder in Bewegung und habe nichts gemerkt; habe den Augenblick nicht mitbekommen. So ist das. Schlafwandeln, mehr oder weniger. Eine Art Trance. Ich wandere durch mein Zimmer. Weite Wege gibt es da nicht. Ich sehe mir die Utensilien an, die auf der Marmorablage neben dem Waschbecken aufgereiht stehen. Sie haben so ziemlich an alles gedacht: zusammenklappbare Zahnbürste, Schuhputzzeug, Duschkappe, Deodorant, Haarfestiger, Rasierwasser, Shampoo, Mundwasser, Fön, drei Sorten Seife in drei verschiedenen Farben mit drei verschiedenen Gerüchen, sogar ein kleines Etui mit Nähzeug. Auf die Tasche eines weißen Frottémantels ist in Blau das Logo des Hotels gestickt. Am Gürtel hängt ein Schildchen, falls der Wunsch bestehe, könne man diesen Bademantel an der Rezeption käuflich erwerben, der Gast sei aber auch herzlich eingeladen, ihn kostenlos zu benutzen. Mit anderen Worten: stiehl ihn nicht. Ich ziehe mich aus und hülle mich in den Bademantel. Ich weiß nicht, warum ich das tue. Ich benutze sonst nie Bademäntel. Ich schlendere in diesem unförmigen Gewand und einem albernen Paar dazu passender Duschpantoffeln herum. Ich streiche durch das Zimmer. Ich öffne eine Miniaturflasche Gin und leere sie in einem Zug. Ich streife weiter im Zimmer herum. An den Wänden hängen impressionistische Lithographien im Stil Monets, Seerosen in Pastelltönen. Auf einem Glastisch liegt eine Zeitschrift, auf dem Titelbild der Kopf von Michelle Pfeiffer mit ihren saftigen Lippen. Eine Speisekarte des Zimmer-Service auf dem Beistelltisch, daneben ein paar Pfefferminzbonbons. Ich starre auf die Liste mit den Desserts. Wieder klingelt das Telefon. Ich nehme automatisch ab. Es sind die verdammten Regieassistenten, diesmal in einer Konferenzschaltung, mit weiteren hektischen Informationen über Mexiko. Die neueste lautet, daß die Limousine der beiden mexikanischen Fahrer mit einem Pfandrecht belastet sei, daß man den Wagen deshalb nicht über die Grenze lassen werde; deshalb hätten sie es jetzt so arrangiert, daß mich ein amerikanischer Fahrer (wie sich später herausstellt, ist er in Wirklichkeit Österreicher) in einem Lincoln Town Car von L. A. bis hinunter nach Laredo bringt, wo mich die beiden Mexikaner in einem Chevy Century abholen und dann weiter bis Veracruz kutschieren. »Ein Lincoln Town Car? Was, bitte, ist ein Lincoln Town Car?« frage ich.

»Eine Langlimousine!« sagen sie wie aus einem Munde, voller Begeisterung. »Ein herrlicher Wagen! Mitternachtsblau!«

»Ich habe Ihnen doch gesagt, ich brauche keine Limousine.«

»Ja, ab der Grenze haben wir Ihnen ja auch einen Chevy besorgt. Jetzt haben Sie beides.«

»Na, wunderbar«, sage ich. »Das ist ja ganz wunderbar.« Ich lege auf und wandere in meinem Frottébademantel mit einem weiteren Miniatur-Gin auf den Balkon hinaus. Die hohen Palmen stehen reglos da, und im Swimmingpool regt sich nicht die kleinste Welle. *Mordwetter*, denke ich. Das ideale Wetter, um jemanden umzubringen. *Wenn jemand sonst nichts zu tun hätte, dann könnte ihn dieses Wetter auf den Gedanken bringen zu töten. Vielleicht bloß Hunde. Durch alle Gärten im Viertel gehen und Hunde umbringen. Vielleicht bloß das.*

Unten auf der Straße, die an den Parkplatz grenzt, haben die Cops einer Motorradbrigade ihre Maschinen in einer Reihe hintereinander geparkt, die Vorderräder alle in die gleiche Richtung gedreht, wie eine eingefrorene Parade. Die Cops stehen breitbeinig beisammen, die Arme vor der Brust verschränkt; grinsen hinter bernsteinfarbenen Sonnenbrillen und reißen ihre Witze. Zwei schwarze Langlimousinen stehen mit weit offenen Heckklappen direkt vor dem Eingang zur Lobby. (Was hat es auf sich mit den Limousinen und dem Luxus? Luxuslimousinen. Limousinenluxus. Das ist doch bloß Bauernfängerei. Warum können die mir nicht einfach einen Chevy besorgen?) Jetzt schwirren die Schnüffler vom Secret Service um die schwarzen Limousinen und laden Dutzende von ledernen Aktenkoffern ein. Alle diese Koffer haben Kombinationsschlösser, und alle sind mit einem durch die Griffe gezogenen, silbernen Drahtseil zusammengeschnürt, das seinerseits mit einem Vorhängeschloß gesichert ist. Es sind so viele Aktenkoffer, daß der Portier an einem der Wagen die Heckklappe nicht zubekommt. Ein Geheimdienstmann stürzt zu ihm, schiebt ihn beiseite, räumt die Aktenkoffer um, schlägt dann die Kofferraumklappe zu, schließt ab und funkelt den Portier finster an, während er den Wagenschlüssel in die Tasche steckt. Der Portier ist gekränkt. Selbst auf die Entfernung, aus der ich zusehe, erkennt man, daß er gekränkt ist. Sein ganzer Körper verkündet es. Er trägt eine dieser lächerlichen Uniformen mit komischer Mütze und goldbetreßtem Revers – ein Rückfall in eine Zeit, in der es noch eine herrschende Klasse und die dazugehörige Mentalität gab. Der Portier putzt seinen Lackschuh an der Rückseite seines Hosenbeins und versucht, seine Fassung wiederzugewinnen. Er versucht, sich wie ein braver Diener aufzuführen. Aus der Drehtür der Lobby kommt plötzlich der kleine Dessertfanatiker, der das Zimmer gegenüber meinem bewohnt. Ich erkenne ihn an seinem bestickten weißen Gewand und seinem kleinen Spitzbart. Er geht eingekeilt zwischen zwei stämmigen Leibwächtern. Die hintere Tür der nächststehenden Limousine fliegt auf, und der kleine Kerl wird rasch in den Wagen geschoben. Die Tür wird zugeworfen, und fast gleichzeitig startet der Motor. Im Gleichtakt besteigen alle Motorradcops ihre Harleys und werfen sie an. Die Kolonne biegt auf die Straße ein, während der Verkehr nach allen Richtungen gestoppt wird. Ich bin heilfroh, daß ich kein Politiker bin.

Ich kehre in mein Zimmer zurück, und plötzlich überkommt mich das gleiche Gefühl wie vorhin. Ich bleibe reglos stehen. Der Miniatur-Gin rutscht mir aus der Hand. Ich starre auf den leeren Bildschirm des Fernsehers. Umgeben von Luxus. Von einem Luxus, der nirgendwo an diese Leere heranreicht. Eine Stimme nebenan. Eine eindringliche

Stimme am Telefon, die überzeugen will. Sie redet schnell. Es geht um irgendein Geschäft. Film. Es hat etwas mit Film zu tun. Ich bewege mich noch immer nicht. Unten das

Geräusch von Autos, die an einer Ampel losfahren; alle gleichzeitig, wie losgelassen. Auf die Berge zu. Ein Radio. Marvin Gaye. Es ist seine Stimme. »Sexual Healing.« Wieder Mord. Warum Mord? *Vom Vater in den Kopf geschossen. Tot durch Kopfschuß.* Warum Mord?

Ich bewege mich wieder, ohne zu wissen, wie. Ohne es mitzubekommen. Zurück ins Badezimmer. Zurück zu den Utensilien. Ich starre mich im Spiegel an, aber mir fällt auf, daß ich mich nicht so anstarre, wie ich es mit sechzehn getan habe. Ich achte nicht auf die gleichen Dinge. Ich stehe einfach unter Schock. Ich kann das jetzt in meinen Augen erkennen. Wie ein Pferd unter Schmerzmitteln. Einfach stumpf.

Ich ziehe den blöden weißen Bademantel aus und statt dessen etwas an, womit man mich hoffentlich in die Lounge läßt. Ich will hinunter in die Bar. Jetzt habe ich wieder ein Motiv. Der ganze Dessertmüll im Flur ist wunderbarerweise verschwunden. Auf dem Teppich kein Fleck.

Ein altes, reiches Ehepaar ist schon im Aufzug, als ich zusteige. Die beiden drücken sich in eine Ecke, als sie meine Lederjacke sehen. Ich bin sicher, es ist die Jacke, die diese Reaktion hervorruft. Ich versuche, die alten Leute ein wenig zu beruhigen, indem ich ein paar Takte aus »Streets of Bakersfield« pfeife und dann, in den Spiegel an der Decke sehend, den Text leise vor mich hin singe; als wäre ich allein. Als wäre ich ganz allein: *»Well, you don't know me but you don't like me. You say you care less how I feel. How many of you who sit and judge me have ever walked the streets of Bakersfield.«* Es funktioniert nicht. Ich erkenne es daran, daß sich die alte Frau hinter ihren Mann zu schieben beginnt und ihre Handtasche schützend umklammert. Ihre Finger sind sehr lang und bleich, und die Adern treten hervor. Sie hält ihr schwarzes, an den Rändern mit falschen Diamanten verziertes Satinhandtäschchen. Vielleicht sind es auch echte Diamanten. *Vielleicht sollte ich sie beide umbringen,* denke ich. Wieder Mord.

In der Lobby muß ich mich durch einen ganzen Trupp von verrückten Innenausstattern quetschen, alle schwarz gekleidet und mit Pferdeschwänzen, die da exotische Pflanzen arrangieren und Kissen aufklopfen. Sehr schicke Leute sinken tief in ausladende Paisleysofas, langen nach silbernen Schalen voller Cashewnüsse und Mandeln; manche fuchteln mit den Armen, als versuchte das Mobiliar, sie mit Haut und Haaren zu verschlucken. Wieder bleibt in mir alles stehen. Mitten in alledem. In all diesem Luxus. All diesem Mord. Ich denke an Céline. Aus irgendeinem Grund fällt mir Céline ein. Die allerletzte Frage im allerletzten Interview, bevor er starb. Er saß auf einer Parkbank im Schatten eines Walnußbaums, eingehüllt in einen zerschlissenen Mantel. Er war alt und verfallen. Kriegsversehrt. Er konnte kaum durch die Verbände um seine Augen sehen. Die letzte Frage des Interviewers lautete: was er sich in diesem Leben wirklich wünschte? Céline wandte sich ihm langsam zu und sagte: »Ich will einfach in Ruhe gelassen werden.«

4/3/90 (Hollywood)

Warum fliegen Sie nicht? Ich finde es faszinierend.

Keine Ahnung. Ich tu's eben nicht.

Nehmen Sie immer den Wagen?

Ja. Oder den Zug.

Ich liebe Züge.

Ich auch.

Früher bin ich immer mit dem Zug gefahren, als Kind, in Schweden. Quer durch Europa.

Ja. Sie wiegen einen in den Schlaf. Wie eine Mutter.

Aber angenommen, Sie müssen plötzlich nach Los Angeles. Wie kommen Sie dann hin?

Ich muß nie plötzlich irgendwohin.

Aber Ihre Arbeit – manchmal müssen Sie doch auch in Los Angeles arbeiten.

Ja. Dann fahre ich mit dem Auto.

Durch das ganze Land?

Genau.

Wie weit ist das?

Sehr weit.

Das müssen viele tausend Meilen sein.

Stimmt.

Ich schätze, Sie haben das schon oft gemacht.

Sehr oft.

200 Ich habe das auch immer machen wollen! Irgendwann muß ich es versuchen. Ich habe so viel über dieses Land gehört, aber gesehen habe ich es eigentlich nie. Außer New York und L.A., meine ich.

Sie *sollten* es versuchen.

Und wie macht man das? Nimmt man eine bestimmte Route?

Den Highway 40 nach Westen.

Ist das die Hauptstraße?

Ja. Er hat die alte Route 66 ersetzt. *Früchte des Zorns.* Henry Fonda. Sie wissen schon *»Get your kicks on Route 66«*.

Ich verstehe. Aber gibt es denn keine kleineren Straßen mehr, die vielleicht interessanter sind?

Wofür interessieren Sie sich denn?

Ich meine, die Hauptstrecke muß doch ziemlich synthetisch sein, oder nicht?

Aus Asphalt sind sie alle.

Nein, ich meine die Umgebung. Die kleinen Gemeinden.

Es gibt keine Gemeinden.

Aber es muß doch noch ein paar kleine Städte geben. Kleine Nebenstraßen.

Sie sind alle gleich.

Gibt es nicht welche, die malerischer sind? Unverfälschter.

Sie sind alle unverfälscht.

Ich verstehe. Und wo übernachten Sie, wenn Sie unterwegs sind?

Ich schlafe in meinem Pickup.

Ach, Sie haben einen Pickup.

Ja, habe ich.

Ich liebe Trucks.

Ja. Trucks und Züge.

Ich liebe sie.

Sie sollten sich einen Pickup anschaffen.

Ach, nein!

Warum nicht? Besorgen Sie sich einen Pickup und fahren Sie los.

Nein, nein. Ich würde mich langweilen, wenn ich die ganze Strecke allein fahren müßte. Wird Ihnen denn nie langweilig?

Nein.

Sie reisen immer allein, und trotzdem langweilen Sie sich nie?

Nie.

Ich weiß nicht, ob ich das aushalten würde. Quer durch das ganze Land. Es ist so riesengroß! Wieviel Tage brauchen Sie dafür?

Normalerweise fünf. Je nachdem. Manchmal mache ich unterwegs halt.

Sie haben bestimmt viele Freundinnen in den Städten unterwegs.

Nicht mehr.

Fühlen Sie sich denn nicht einsam?

202 Manchmal.

Ich glaube, ich würde mich sehr einsam fühlen.

Ja. Vielleicht sollten Sie es lieber doch nicht versuchen.

Oh, aber ich muß. Es kommt mir vor, als würde mir irgendwas fehlen. Schon als kleines Mädchen habe ich vom Westen geträumt.

In Schweden?

Ja! Ja, sicher. Ich hatte oft Visionen, in denen er vorkam.

Visionen.

Weite Aussichten tauchten auf.

Wo haben Sie denn in Schweden etwas über den Westen erfahren?

Im Kino. Amerikanische Filme. Wir sehen diese großartige Landschaft in unseren Träumen. Sie läßt uns nicht los.

Die Landschaft fesselt Sie also mehr als die Figuren?

Ja. Dieser weite Hintergrund.

Wenn ihr euch in Schweden einen amerikanischen Western anseht, starrt ihr dann alle auf den Hintergrund? Ist das so?

Vermutlich. Er löst so viel bei uns aus. Diese Weite. Schweden ist sehr eng.

Es kommt also nicht darauf an, wer in dem Western auftritt – ob John Wayne oder Jerry Lewis –, weil in Wirklichkeit alle von der Landschaft gebannt sind?

Na ja, die Schauspieler lieben wir natürlich auch.

Wen sehen Sie am liebsten?

Ich persönlich?

Ja. Haben Sie einen Lieblingsschauspieler?

Ich glaube, da müßte ich sagen, Gary Cooper.

Der Coop!

Oh, ja. Er hat etwas verkörpert, glaube ich.

Und was?

Wie bitte?

Was »verkörperte« er?

Ach, ich weiß nicht. Diese wunderbare Mischung aus Scheu – wie sagt man? – Verletzlichkeit wohl, aber gleichzeitig auch Stärke. Das hat viel mit dem Westen zu tun. Frauen lieben das.

Tatsächlich?

Oh, ja. Es ist sehr attraktiv, finde ich.

Warum eigentlich?

Ich weiß nicht. Sie machen mich verlegen.

Wirklich?

Ja. Und Sie wissen es.

Ist es Ihnen peinlich?

Nein. Eigentlich nicht.

Aber wenn Sie sich entscheiden müßten, was ist wichtiger – Gary Cooper oder die Landschaft?

Oh, ich fände es schrecklich, wenn ich mich zwischen diesen beiden entscheiden müßte.

Angenommen, Sie müßten. Angenommen, es ginge um Leben und Tod.

Ich müßte wohl sagen, die Landschaft.

Na also!

Aber ich liebe sie beide.

19/1/94 (New York City)

Spencer Tracy ist nicht tot An diesem Morgen mache ich mich im Wagen auf den Weg nach Mexiko, zu Aufnahmen für einen Film, den ein Schweizer geschrieben hat, mit einem deutschen Regisseur, einem griechischen Kameramann und einem Team aus Franzosen und Italienern. Es könnte interessant werden. Eine metallic-blaue Lincoln-Langlimousine hält vor dem Hotel und heraus steigt der Chauffeur in vollem Staat: ein großer, blonder Wikingertyp in prächtigem Smoking mit Kummerbund, Rüschenbrust und allem, was dazugehört. Er heißt Gunther Henker, kommt aus Österreich und ist eine absolute Landplage. Er fährt, als wäre er zu Hause auf seiner »Autobahn« unterwegs: hält auf das Heck des vor ihm fahrenden Wagens zu und verlangt mit flammenden Scheinwerfern, er soll die Spur freimachen. Ich versuche, ihm zu erklären, daß man in Amerika mit dieser Fahrweise die Leute nur stinksauer macht. Er sagt: »Aber sie sollen Platz machen! Begreifen die das denn nicht? Wir sind hier auf der Überholspur, nicht auf der Kriechspur!« und drängelt weiter. Einheimische zeigen uns aus ihren Camaros den Stinkefinger; lassen uns überholen, hängen sich dann hinter uns und revanchieren sich mit der eigenen Lichthupe. Manche winken mit Pistolen aus dem Fenster und zeigen uns ihre Jagdmesser. Ich schlage Gunther vor, er solle vielleicht den Smoking ausziehen, wenn wir nach Arizona kommen. Es würde das gesellschaftliche Problem vielleicht etwas entschärfen, das ich auf uns zukommen sehe. Er lacht sein herzhaftes deutsches Lachen: »In Amerika gibt es doch gar keine Gesellschaftsklassen! Ist das nicht die eigentliche Idee von Amerika? Alle sind gleich! Finde ich herrlich!« Er schlägt mit der flachen Hand auf das Armaturenbrett und prescht weiter.

»Ja, aber wenn man in einer blauen Langlimousine den

Painted Desert durchqueren will und dabei einen Smoking trägt, dann sagt das natürlich auch etwas.«
»Es sagt gar nichts. Der Smoking ist einfach professioneller.

Die Leute sehen den Smoking und wissen sofort, daß ich ein Profi bin. Sie haben Respekt!«
»Ich will Ihnen was sagen – wenn Sie diesen Kummerbund an der Westgrenze von Texas immer noch tragen, können Sie sich genausogut als Huhn verkleiden.« Er lacht nicht. Er hat keinen Sinn für Komik. Er ist gnadenlos deutsch, durch und durch. Er brettert auf der Überholspur entlang und mäht Pickups und tiefergelegte Flitzer aus dem Weg. Zum Glück sind die Fenster hinten sehr dunkel getönt, so bleibt mir die Blamage erspart, zusammen mit diesem Arschloch gesehen zu werden. Ich drücke mich tief in die hintere Bank und sehe zu, wie die Telefonmasten vorbeihuschen.
Kaum haben wir die Grenze nach Arizona überquert, taucht mit ohrenbetäubender Sirene, in voller Weihnachtsbeleuchtung auch schon ein Wagen der Highway Patrol hinter uns auf. Gunther wirft einen ungläubigen Blick in den Rückspiegel und fährt, irgendwas Deutsches murmelnd, an den Straßenrand. »Sagen Sie ihm einfach, Sie seien Profi.« Ich kann es mir nicht verkneifen, noch eins draufzusetzen. »An Ihrer Montur wird er es sowieso erkennen.«
»Weißt du eigentlich, wie schnell du gefahren bist, Freundchen?« fragt der Cop, während er sich zum Fenster hereinlehnt und zu erkennen versucht, wer hinten sitzt. (Ich halte mich hinter einem Exemplar der *Thoroughbred Times* versteckt.)
»Nein, Officer, ich habe wirklich keine Ahnung. Ich muß unbedingt pünktlich ankommen. Ich arbeite für eine Firma«, sagt Gunther.
»Du wirst dich bestimmt verspäten, wenn du in dem Tempo durch Arizona fährst, Kerl, da wird dich nämlich jeder rauswinken. Diese Karre fällt ja auf wie Scheiße auf der Tischdecke.«

»Ja, Sir. Das ist mir schon klar. Aber vielleicht könnten Sie ja noch mal ein Auge zudrücken?« sagt Gunther mit dem blödesten Zwinkern, das ich je gesehen habe; als versuchte er, Peter Lorre nachzumachen.
»Was soll'n das heißen?« fragt der Cop. »Soll das ein Bestechungsversuch sein, oder was?«
»Nein, Sir. Ich wollte damit nur andeuten –«
»Wem gehört der Wagen überhaupt?« will der Cop wissen.
»Der Firma, Sir. Ich bin bloß der Fahrer. Ich bin professioneller Fahrer.«
»Zeigen Sie mal die Papiere«, sagt der Cop, und Gunther zieht eine dicke Mappe voller Formulare in verschiedenen Farben aus dem Handschuhfach.
»Nur die Papiere, nicht die verdammte Gebrauchsanweisung!« sagt der Cop und reißt Gunther die Zulassung aus der Hand. Wir sitzen einfach da, neben der Straße, während der Cop zu seinem Streifenwagen geht und über Funk mit seinem Hauptquartier spricht.
»Kein Wunder, daß es in Amerika soviel Kriminalität gibt. Alle sind unzufrieden mit diesen Gesetzen. In Deutschland fahren wir schnell. Da sprechen sie sich mit der Polizei ab. Die Autohersteller sorgen dafür, daß die Autobahn für Hochleistungsmotoren offenbleibt. Mercedes, BMW, Porsche – die sprechen sich alle mit der Polizei ab. Ihr lebt hier in einem faschistischen Staat.«
»Genau. Und deshalb wollte ich einen Chevy.«
Aus irgendeinem unerfindlichen Grund läßt der Cop uns laufen, und wir sehen zu, daß wir weiterkommen, nach El Paso. Gunther ist sehr still geworden, er schmollt und hält den Tacho bei 65 Meilen. Aber langsam schleicht er sich wieder hoch in den Achtzigerbereich, und ehe man sich versieht, ist er erneut bei 95. Saguaro-Kakteen schießen am Fenster vorbei. Die Ödnis zieht sich nach Las Cruces und den Rinderkoppeln hin. Wir fressen die Meilen wie ein Güterzug. Gunther redet nicht, was mir nur recht ist. Er

schmollt noch immer. Sein Nacken ist steif geworden wie eine Eiche. Ein Gestaponacken. Er läßt das Radio nicht laufen. Er raucht nicht. Seine Hände umklammern das Lenkrad, roboterartig. Seine Augen sind zwei Stahlkugeln. Ich werfe einen Blick über die vordere Sitzbank auf das Tachometer, und natürlich – er ist schon wieder bei 110. Vielleicht hat er beschlossen, uns beide umzubringen – einfach aus Trotz.

Als wir auf die Grenzkontrolle bei El Paso zurasen, ist dort eine Straßensperre errichtet. Sie müssen gehört haben, daß wir kommen. Jemand muß vor uns her gefunkt haben. Jetzt hat sich dort eine ganze Kette von *narcs* aufgebaut – Beamte der Drogenfahndung, in grünen Army-Monturen, mit Kampfstiefeln, kugelsicheren Westen und blauen Baseballkappen, alle mit Maschinengewehren und Automatikpistolen bewaffnet. Schäferhunde zerren an ihren Ketten, fletschen die Zähne und bellen die blaue Limousine an, während wir mit qualmenden Reifen zum Stehen kommen.

»Würde es euch Jungs was ausmachen, bitte mal auszusteigen?« sagt der Ober-Narc zu uns. »Das gilt auch für dich da hinten, Kumpel.« Ich bemerke, wie sie alle die Klappen aufschnappen lassen, die an ihren Pistolenhalftern die Abzugbügel verdecken. Schon umkreisen zwei Narcs mit hechelnden Hunden die Limousine. Anscheinend rechnen sie mit einem Riesenfang. »Wir sind hier doch nicht in Mexiko, oder?« frage ich einen von ihnen, ein ziemlich lahmer Scherz. Er setzt sein schönstes Texasgrinsen auf und legt den Daumen auf den Hahn seiner Neun-Millimeter.

»Spreche ich vielleicht spanisch, du Knilch?« sagt er. Gunther wird einer Leibesvisitation unterzogen, und dabei wird ihm auch der Kummerbund unsanft ausgezogen. Sie werfen ihn in den Wüstenstaub. Sie wollen, daß ich die Stiefel ausziehe, und ich tue ihnen den Gefallen.

»Sind ja tolle Stiefel«, bemerkt einer von ihnen.

»Danke, Sir.«

»Die Kuh, von der die stammen, muß die Masern gehabt haben, wie? Was'n das für'n Leder?«
»Strauß, Sir.«
»Strauß. Na, so was! Strauß ist gar keine Kuh, oder?«
»Nein, Sir.«
»Strauß, das ist'n verdammter Vogel.«
»Richtig, Sir. Ich glaube ja.«
»Vogelstiefel.«
»Ja, Sir.«
»Solche Stiefel müssen ziemlich teuer sein, wie?«
»Ja, Sir.«
»Wo haben Sie die denn her?«
»Fort Worth, Sir.«
»Fort Worth in Texas?«
»Ja, Sir.«
»Dann müssen sie die besten sein. Immer nur das Beste für Sie. Stimmt's?«
»Das ist absolut korrekt, Sir.«
»Verdammte Langlimousinen und verrunzelte Vogelstiefel. Da muß jemand ein gutes Leben haben.«
»Muß wohl.«
Der Ober-Narc kommt angeschlendert, dabei rückt er sich den Patronengürtel zurecht und läßt den Kopf langsam kreisen. Er starrt mir auf die Stirn, als säßen meine Augen fünf Zentimeter höher als normal. »Also, ich will Ihnen jetzt mal was erklären. Sehen Sie die Hunde da? Die sind darauf trainiert, nach Drogen zu schnüffeln. Das ist ihr Job. Nur darauf sind sie trainiert, verstehen Sie? Und wenn sie tatsächlich Drogen wittern, dann gehen sie, wie wir das nennen, in ›Alarm‹. Sehen Sie, so wie der da – nichts wie Wedeln und Jaulen? Sehen Sie, wie aufgeregt er ist? Das ist ›Alarm‹. Nun kann es ja gut sein, da das hier offenbar eine Mietkutsche ist – also es kann natürlich sehr gut sein, daß jemand anderes, der diesen Wagen früher mal irgendwoanders gemietet hatte, auf der Hinterbank eine Marihuana-

zigarette geraucht oder sich ein bißchen Koks reingezogen hat. Das könnte doch sein; im Zweifelsfall geht das zu Ihren Gunsten, verstehen Sie? Aber wenn einer von diesen Hun-

den in ›Alarm‹ geht, müssen wir den Wagen in jedem Fall auseinandernehmen und genau durchsuchen. Habt ihr beiden irgendwelche Einwände dagegen?«

»Nein, Sir«, sage ich.

»Gut. Dann ziehen Sie Ihre Stiefel wieder an und stellen sich da drüben an den Straßenrand, während wir das hier hinter uns bringen.«

Ich und Gunther stehen stumm da und sehen zu, wie sie die Deckenverkleidung und alle Türfüllungen abnehmen und auf den glühend heißen Asphalt legen. Ich hüpfe von einem Fuß auf den anderen und versuche, mir meine Stiefel wieder anzuziehen, während die Hunde auf der vorderen Sitzbank herumkriechen, ihre Schnauzen zwischen die aufwendigen Polster bohren und jaulen, als wären sie hinter einer läufigen Hündin her. Einer von ihnen bekommt einen Bellanfall und beginnt, an dem Teppich zu kratzen. Die Narcs reißen die Fußmatten und den ganzen Teppich heraus und legen alles auf die Straße. Sie lassen die Luft aus den Reifen und nehmen die Radkappen ab. Sie stochern mit ihren Maschinengewehren im Kofferraum herum und nehmen sich auch den Ersatzreifen vor. Alle unsere Gepäckstücke stehen nebeneinander im Sand, während sie unsere Kleider durchwühlen. Während ich zusehe, wie meine Unterwäsche gefilzt wird, komme ich mir vor wie bei einem Raubüberfall. Gunther legt seinen Kummerbund wieder an, er staubt ihn ab, murmelt etwas vor sich hin und wirft einen Blick auf seine Uhr. »Unseren Zeitplan können wir nie und nimmer einhalten«, sagt er. »So ist es, euer tolles Amerika! Ein Polizeistaat! In Deutschland würde so was nicht passieren. Es wäre gar nicht erlaubt.«

»Genau«, sage ich. »Ihr Brüder wißt ganz genau, wann Schluß sein muß.«

Anderthalb Stunden später, nachdem sie unseren Wagen wieder zusammengebaut und alle Reifen aufgepumpt haben, sind wir endlich wieder unterwegs. Ich erkläre Gunther, daß ich die restliche Strecke bis Laredo selbst fahren will. Ich bestehe darauf. Er hält das für sehr unprofessionell, aber zuletzt ist er doch einverstanden und schläft schon im nächsten Moment ein. Alle viere von sich gestreckt liegt er da, wie ein gefallener Herzog. Das Polster ist mit Hundehaaren übersät, und der Wagen riecht wie ein Zwinger. Auf seinem langen Chassis schaukelt und schlingert er in einem fort, und wieder frage ich mich, wie es um den Weitblick einer Filmtruppe bestellt ist, die auf den Gedanken kommen konnte, dieses klobige Monstrum sei passender als ein einfacher alter Chevy. Ich schiebe Ponty Bone and the Squeezetones in das Kassettendeck und kurbele die getönte Scheibe hoch, die den Chauffeur vom Fahrgast trennt. Jetzt ist alles umgekehrt. Ich sitze hinter dem Lenkrad und fühle mich schon viel besser. Hinten sägt Gunther Baumstämme und träumt von der Autobahn. Während ich mit den Squeezetones durch die Landschaft kreuze, stelle ich die Tempoautomatik auf 70 ein. Vielleicht bin ich zum Chauffeur geboren. Vielleicht ist es das. Ich liebe diese offene Straße.

Kurz nach Mitternacht halten wir vor dem Holiday Inn in Laredo. Gunther ratzt noch immer, ich lasse ihn auf dem Parkplatz und melde mich drinnen an. Die Bar explodiert unter dem Dröhnen einer mexikanischen Live-Band mit Marimbas und allem, was dazu gehört. Dunkeläugige Schönheiten in regenbogenfarbenen Röcken und kräuseligen weißen Blusen flitzen zwischen Toilette und Bar hin und her. Ihre unverhohlene sexuelle Erregung und die blitzenden weißen Zähne, wenn sie kichern, vertreiben meine Reisemüdigkeit. Mexikanische Paare tanzen bis in die Lobby hinaus, schwenken Carta-Blanca-Büchsen durch die

Luft und jaulen wie Hyänen. Niemand hier ist tausend Meilen mit einem deutschen Irren gefahren, um herzukommen. Kaum zu glauben, daß das hier ein Holiday Inn ist, so gut

amüsieren sie sich.

Die förmliche Dame an der Rezeption überreicht mir eine Nachricht von Xavier, dem mexikanischen Fahrer, der mich die restliche Strecke bis Veracruz fahren soll. Er schreibt, ich solle ihn in der Bar treffen, er werde mich erkennen. Er hat meine Beschreibung, und wie es aussieht, bin ich hier der einzige Gringo. Zwei Cops von der örtlichen Polizei mit riesigen Magnum-Revolvern um die Hüften stehen mit steinernen Gesichtern vor dem Eingang zur Bar. Ihre Chicanoaugen suchen die Lobby nach Ärger ab. Ärger ist das Normale an der Grenze. Mit Ärger rechnet man hier immer. Die Cops sehen mich scharf an, als ich eintrete; versuchen, mein Gesicht neben irgendein FBI-Foto zu halten, das sie sich eingeprägt haben. Sie rücken ihre Pistolengürtel zurecht und stellen sich noch breiter hin. Ich schiebe mich in die Bar, und schon kommt es mir vor, als zöge ich eine Schleppe aus kriminellem Schuldbewußtsein hinter mir her. Die Kapelle hämmert eine Polka. Der Akkordeonspieler kämpft mit der Lautstärke und dreht immer wieder an seinem Verstärker herum. Alle wiegen sich betrunken. Paare kleben in perfekter Übereinstimmung aneinander, gleiten und schlängeln sich durch das Gedränge und streifen einander kaum in diesem Meer aus wirbelnden Tüchern und Röcken und auf und ab hüpfenden Resistol-Hüten. Als ich mich der Bar nähere, kommt Xavier auf mich zu und stellt sich vor. Er ist ein stämmiger Bursche in mittlerem Alter mit sehr müden, traurigen Augen. Augen voller Schmerz, wie es scheint. Er versichert mir, daß er an der Grenze schon alles geklärt hat und daß wir morgen früh keine Schwierigkeiten haben dürften, hinüberzukommen. Alle Papiere sind in Ordnung, sagt er. Dann verabschiedet er sich, entschuldigt sich fast dafür, daß ihn die Fahrt von Mexico

City hierher so sehr erschöpft hat. Er braucht dringend Schlaf. Morgen fahren wir nach Old Mexiko und holen noch irgendwo seinen Partner ab, mit dem er sich die Fahrerei bis Veracruz teilen wird. Ich sehe ihm nach, wie er durch das Gedränge auf dem Tanzboden davonschlurft. Ein müder Mann inmitten trunkener Ausgelassenheit. Ich bestelle mir ein Carta Blanca und sehe plötzlich im Eingang auf der anderen Seite des Raumes Gunther stehen. Er reibt sich die Augen und gähnt heftig. Die Smokingjacke hat er sich über die Schulter gehängt, und sein Kummerbund ist verrutscht und zerknittert. Er scheint nicht zu merken, wie deplaziert er hier wirkt. Die Mexikaner starren ihn an, als wäre er der Gringo aus der Hölle. Ich proste ihm mit meiner Bierflasche über die wirbelnden Tänzer hinweg zu, aber er sieht mich nicht. Er wendet sich ab und verschwindet. Auf Nimmerwiedersehen.

Am nächsten Morgen fahren wir in Xaviers kleinem Chevy Century auf der Brücke über den Rio Grande nach Mexiko hinein. Er erklärt mir, es sei der teuerste Wagen, den man in Mexiko bekommen könne. Die hintere Bank ist so schmal, daß ich mir mit den Knien das Kinn tätowiere, aber immerhin ist es ein Chevy. Endlich ein Chevy. Wir fahren zum Gebäude des mexikanischen Zolls. Drinnen sieht es aus wie in einem großen Lagerhaus, überall stehen große hölzerne Pulte herum. Uniformierte Beamte schieben sich durch die Hitze und blättern dabei in Einreiseformularen. Tiefhängende Ventilatoren mit großen Propellerblättern bewegen sich so langsam, daß sie auf die Temperatur keinerlei Einfluß haben. Xavier sagt mir, ich solle an einer Resopaltheke auf ihn warten, während er mit zwei Grenzbeamten spricht. Wieder bin ich der einzige Gringo weit und breit. Einer der Beamten macht sich von Xavier los und kommt zu mir. Auf Englisch fragt er: »Was haben Sie vor in Mexico?«
»Ich bin Schauspieler. Ich soll in einem Film spielen.« Wie

sich herausstellt, ist es das Verkehrteste, was ich sagen konnte. Sofort gibt es Ärger. Ich sehe es schon seinen Augen an. Er schüttelt den Kopf und blickt naserümpfend mit soviel Geringschätzung zu Boden, wie nötig ist, mich in die Schranken zu weisen. Er dreht sich um, geht zu Xavier zurück und erklärt ihm in aufgeregtem Spanisch, ich bräuchte eine Arbeitserlaubnis, wenn ich in Mexiko spielen wolle. Was ich denn glaubte, wer ich sei, einfach hier hereinzuspazieren und zu meinen, ich könnte in Mexiko ohne Erlaubnis arbeiten? Xavier redet schnell, versucht eine Geschichte zu improvisieren, ich sei nur gekommen, um ein paar Drehorte auszukundschaften und ein bißchen Urlaub zu machen, aber damit kann er bei den Beamten nicht landen. Ich habe die Katze ja schon aus dem Sack gelassen. Xavier verteidigt mich weiter, und die Beamten führen uns in ein stickiges Büro, wo an den Wänden ringsum hohe Aktenschränke aus Metall stehen. Eine sehr hagere Dame mit Brille und Krawatte und einem dunklen Aztekengesicht sitzt hinter einem Schreibtisch. Ich und Xavier stehen vor ihr, während die Beamten herunterrasseln, was mit uns los ist. Wieder umschwebt mich diese Aura von Schuldbewußtsein. Als Gringo in Mexiko ist man automatisch schuldig. Ich ertappe mich dabei, wie ich auf die Ära von Porfirio Díaz fluche. Insgeheim wünsche ich mir, sie wüßten, daß ich im Grunde meines Herzens ein Zapatista bin. Aber das ist zu pathetisch. Während die hagere Aztekendame ihren Lakaien mit stoischer Ruhe zuhört, wandern ihre harten Augen langsam herüber und sehen mir prüfend ins Gesicht. In ihrem Blick liegt kein Haß, nur reine Objektivität, als würde sie eine Seite in einem Buch lesen. Ich werde von zwei Augen gemustert, die so, wie sie jetzt mein Gesicht betrachten, schon in viele Gesichter geblickt haben. Mein Schuldbewußtsein wächst. Ich kann nichts dagegen tun. Es ist ein Schneeballeffekt. Ich bin Schauspieler, kein Verbrecher! Aber vielleicht ist es das gleiche. Vielleicht wohnt dem So-tun-als-ob unweigerlich etwas Verbrecherisches inne. Daß man seinen Lebensunterhalt mit So-tun-als-ob verdient. Auf dem Schreibtisch der Aztekendame liegt eine in Leder gebundene Bibel, auf einem hölzernen, mit Schnitzereien verzierten Gestell. Sie ist beim Buch Hiob aufgeschlagen und erstickt unter einem durchsichtigen Plastikbeutel, der den Staub fernhalten soll. Staub ist überall. Dicke Schichten von mexikanischem Staub. Ihre Augen wandern zu den beiden Beamten zurück, die mit ihrer kleinen Anprangerung gerade zu Ende kommen. Sie wirft mir noch einen stählernen Blick zu, als wollte sie sich vergewissern, daß ich auch genau spüre, was es heißt, auf fremdem Boden zu stehen – wie es ist, wenn man den Launen der Bürokratie ausgeliefert ist. Sie wendet sich Xavier zu und erklärt ihm auf spanisch, wir müßten zurück auf die amerikanische Seite und dort das mexikanische Konsulat aufsuchen. Wir müßten uns dort eine befristete Einreiseerlaubnis besorgen, bevor ich nach Mexiko hereindürfe. Mehr hat sie nicht zu sagen. Rasch senken sich ihre Augen wieder über die Arbeit, die sich vor ihr auf dem Schreibtisch türmt, und wir sind entlassen.

»Ich dachte, meine Papiere wären in Ordnung«, sage ich zu Xavier, als wir das Gebäude verlassen und zum Wagen hinübergehen.

Er lacht. »Ja, aber hier ist Mexiko!«

Über die Rio-Bravo-Brücke fahren wir zurück auf die amerikanische Seite, aber in dieser Richtung ist der Verkehr zehnmal schlimmer, wegen all der Mexikaner, die, angelockt von den besseren Löhnen oder weil sie in den Staaten einkaufen wollen, nach drüben fahren. Geschlagene fünfundvierzig Minuten stehen wir auf der Brücke genau dort, wo eine Markierung unsere beiden Länder trennt. Die Hinterräder stehen in Mexiko, die Vorderräder in den USA. »Ich hatte keine Ahnung, daß ich nicht sagen soll, daß ich Schauspieler bin. Im Produktionsbüro hat mir davon niemand was gesagt.«

»Es ist eben einfacher, wenn man angibt, man würde Ferien machen«, sagt Xavier.
»Das hätte ich gern getan.«

Ein nicht abreißender Strom von Menschen wandert, während wir festsitzen, von Mexiko kommend an unseren Fenstern vorbei. Hagere alte Männer mit ledriger Haut auf klapprigen Dreirädern, mit einer notdürftig befestigten Ladefläche vorn. Sie sammeln in den USA Pappkartons, in denen Fernseher verpackt waren, und verkaufen sie in Mexiko wieder. Sie suchen Coladosen aus Aluminium zusammen, Draht, gebrauchte Zündkerzen; alles, was Amerika wegwirft. Ganze Familien, die Kinder auf dem Rücken schleppen; keine Schuhe; ohne jeden Besitz. Aus ihren Augen spricht ein stoischer Fatalismus, erwachsen aus Jahren und Jahrzehnten tiefster Armut, ohne den Luxus, sich beklagen zu können. Ich stelle mir Zapata vor, wie er sich in dem Thronsessel von Porfirio Díaz rekelt, wie seine glühenden, schwarzen Indianeraugen in das Objektiv einer alten Box-Kamera blicken, während Villa Schulter an Schulter neben ihm sitzt und grinst. Ihre Zeit war kurz.
Schließlich finden wir das mexikanische Konsulat. Es sieht aus wie eine verlassene Bank; die Böden gekachelt und an den Wänden riesige Bilder vorwärtssprengender Pferde mit bebenden Nüstern. Wieder haben wir es mit einer streng dreinblickenden Beamtin zu tun, die sich hinter einen Metallschreibtisch gepflanzt hat. Sie läßt sich von Xavier unsere Lage erklären, aber in ihrem Gesicht regt sich nichts. Sie wendet sich mir zu und starrt.
»Sie wollen also Ihr Geld in Mexiko verdienen?« sagt sie zu mir.
»Nein, Ma'm. Ich mache nur ein bißchen Urlaub.« Sie lacht und wendet sich wieder Xavier zu, der nur säuerlich grinst. Sie wendet sich wieder mir zu, diesmal ohne jede Spur von einem Lächeln.
»Ihr Leute kommt immer nach Mexiko rüber, macht hier

Millionen Dollar und geht wieder weg, und uns bleibt nichts. So ist es immer gewesen. Finden Sie das fair?« fragt sie mich.

»Was für Leute?« antworte ich. Verwechselt sie mich mit Guggenheim und Rockefeller?

»Sie sind Schauspieler? Stimmt das?« fragt sie.

»Na ja – früher habe ich gelegentlich ein bißchen gespielt.« Ich schiele zu Xavier hinüber, weiß nicht, wie ich mich verhalten soll. Er blinzelt und blickt zu Boden.

»In was für Filmen haben Sie gespielt?« will sie wissen.

»Ach, nichts Besonderes. Nichts wirklich Großes.«

»Welche Titel? Nennen Sie ein paar von Ihren Filmen.«

»Wahrscheinlich haben Sie nie von ihnen gehört«, sage ich.

»Wir hier in Laredo haben vielleicht mehr Kultur, als Sie ahnen«, sagt sie, und dabei wird ihr Gesicht hart wie Stein.

»Na ja – in ein paar Western habe ich mitgemacht: *Last of the Comancheros, Fandango Moon;* solche Sachen eben.«

»Fandango Moon!« Sie strahlt. »Sie haben in *Fandango Moon* gespielt!« Ihr ganzes Wesen verändert sich. Plötzlich kommt ein kichernder Teenager zum Vorschein. »Ich kann's nicht fassen! Das ist einer von meinen Lieblingsfilmen! Ich habe das Video!«

»Das gibt's doch nicht!«

»Doch, es ist wahr. Welche Rolle haben Sie gespielt? Ich sehe ihn mir immer wieder an. Wen haben Sie gespielt?«

»Ehm – den Tierarzt. Eine kleine Rolle, brachte nicht viel.«

»Sie waren der Tierarzt? Tatsächlich? Ich kann's nicht fassen! Ja! Sie *waren* der Tierarzt! Jetzt erkenne ich Sie!« Hemmungslos schreit sie durch den höhlenartigen Raum einer anderen Frau etwas zu, die ebenfalls hinter einem Metallschreibtisch sitzt: »Maria! Mira, Maria! Er hat in *Fandango Moon* mitgespielt! Den Tierarzt hat er gespielt! Sieh mal! Er ist es!« Sie greift nach meiner Hand und sieht mir tief in die Augen, wie ein kleines Mädchen. »Wie heißen Sie?« fragt sie mich mit einem leisen Schnurren. Xavier ist verwirrt von ihrem Schreibtisch zurückgetreten. In seinen Händen, die er vor dem Gürtel zusammengelegt hat, stecken die Papiere, die er vom Grenzposten mitgebracht hat. Anscheinend hat ihn der plötzliche Stimmungsumschwung völlig aus der Fassung gebracht, er schwimmt. »Wie heißen Sie?« wiederholt sie.

»Spencer Tracy«, erkläre ich ihr.

»Spencer Tracy? Es ist Spencer Tracy, Maria!« kreischt sie wieder quer durch den Raum, besinnt sich dann und sieht mich scharf an, als würde sie eines ihrer Einreiseformulare studieren. »Spencer Tracy, der Schauspieler? Nein.«

»Doch, Ma'm. Genau der.«

»Nein – aber *berühmt* sind Sie, das weiß ich. Ich habe Sie gesehen. Wie heißen Sie wirklich? Spencer Tracy ist tot.«

»Ach, wo! Er ist quicklebendig.«

Angeführt von Maria, kommen nun alle Sekretärinnen und Beamtinnen angeschlichen, wie Leute, die gehört haben, daß irgendwo ein Autounfall passiert ist. »Maria! Spencer Tracy ist doch tot, oder? Ist er nicht tot?« Maria ist völlig baff, aber sie hat ein Blatt Papier und einen Stift in der Hand, für den Fall, daß ich jemand bin. Die Frau hinter dem Schreibtisch packt meinen Arm und zieht mich zu sich. »Bekomme ich ein Autogramm von Ihnen? Ich muß ein Autogramm von Ihnen haben. Ich werde es mir einrahmen.« Sie verdreht ihre Augen auf eine sonderbare Weise und versucht mir zu zeigen, daß ich sie flachlegen könnte. Es ist die gleiche Frau, die mich noch vor wenigen Augenblicken als amerikanischen Teufel kreuzigen wollte. Das Kino versetzt die Menschheit in eine seltsame Hypnose, als wäre das wirkliche Leben plötzlich aufgehoben und ein Phantasieland an seine Stelle getreten.

»Ich mache Ihnen einen Vorschlag«, sage ich. »Wir tauschen! Sie bekommen das Autogramm, und ich bekomme mein kleines rosa Papier mit der befristeten Einreisegenehmigung. Wie ist das? Klingt das fair?«

»Bueno«, sagt sie und schiebt einen Notizblock mit einem angeketteten Stift zu mir herüber.
»Nein. Zuerst bekomme ich die Genehmigung; dann bekommen Sie das Autogramm.«
Sie lächelt mich listig an. »Sie trauen mir nicht? Na, schön«, sagt sie. »Abgemacht.« Sie beginnt, in ihren Papieren zu rascheln und rückt ihre Schreibmaschine zurecht. *»Fandango Moon!* Er war der Tierarzt!« wiederholt sie für alle Sekretärinnen. »Erkennt ihr ihn denn nicht?« Alle schütteln die Köpfe, aber einige von ihnen halten verlegen kleine Zettel und Kugelschreiber in meine Richtung.
»Warum wollen Sie ein Autogramm von mir, wenn Sie mich nicht mal erkennen?« frage ich sie.
»Weil Sie berühmt sind. Sie sind Spencer Tracy.«
Xavier hat sich inzwischen völlig zurückgezogen. Er tut, als würde er die Formulare, die er bei sich hat, durchgehen und blickt nur hin und wieder kurz auf, um zu sehen, ob ich mit dieser Nummer wirklich durchkomme. Schließlich halte ich die kleine rosa Genehmigung in der Hand und gebe ihr das Autogramm. Sie starrt es verwirrt an. »Könnten Sie Ihren Namen in Druckbuchstaben danebensetzen? Ich kann das nicht lesen«, sagt sie.
»Wieso denn in Druckbuchstaben? Es soll doch eine Unterschrift sein. Ein Autogramm ist eine Unterschrift. Und das hier ist eine Unterschrift.«
»Ich weiß, aber ich kann sie nicht lesen. Was nützt es mir, wenn ich sie nicht lesen kann? Niemand wird wissen, von wem sie ist.«
»Vielleicht wissen die Leute ja nicht mal, wer ich bin«, sage ich zu ihr und winke mit dem kleinen rosa Schein, während Xavier und ich adiós sagen.
Wir fahren über die Grenze zurück und betreten wieder das Zollgebäude. Unser Freund, der grimmige Beamte, leckt sich die Lippen und schenkt uns ein breites, verschwitztes Lächeln, als er die Einreisegenehmigung aus meiner Hand

baumeln sieht. Er reibt sich die Hände und zieht seinen Gürtel hoch, als wollte er sich zum Essen setzen. Dann stempelt er das rosa Papier und gibt mir dreißig Tage. Er ahnt nicht, was ich durchgemacht habe, um dieses Ding zu bekommen.

Wir fahren nach Nuevo Laredo hinein und holen Phillipe, den Ersatzfahrer, bei einem sehr schmuddeligen Motel aus Aschebeton ab. Phillipe hat ein dunkles Indianergesicht mit traurigen, sanften Augen. Wir winden uns auf den engen, löchrigen Straßen aus der Stadt. Die mexikanische Atmosphäre verschlingt die letzten Reste von amerikanischem Kommerz: eine Shell-Tankstelle mit roten und grünen Blitzsymbolen an den Zapfsäulen; ein Coca-Cola-Schild mit einem Fransenrand aus rasselnden Alufolien-Streifen. Uralte indianische Männer in weiten weißen Hosen mit breiten Sombreros sitzen, auf ihre *sotol*-Stöcke gestützt, neben Kindern, die Rohrflöte spielen. Frauen in hautengen roten Satinkleidern und schwarzen Stöckelschuhen lehnen in bröckelnden Torbögen, als wüßten sie nicht, wohin, und als wäre ihnen das auch ganz egal. Alte, gebückte Frauen mit blauen Kopftüchern schlurfen barfuß die staubigen Straßen entlang. Ramponierte Busse, von deren Sonnenblenden goldene Ketten und Kruzifixe herunterhängen und wild schaukeln. Straßenhändler, die Opuntien und blaue Eisgetränke feilbieten. Magere Hunde, die das Wasser aus dem Rinnstein aufschlecken. *Pachucos*, halbwüchsige Mexikaner mit aufgekrempelten Ärmeln, die stolz ihre selbstgemachten Tätowierungen mit der Heiligen Jungfrau und irgendwelchen Mädchennamen vorzeigen. Hühner in Holzkäfigen. Tücher mit rot gestickten Landkarten von Mexiko, die von Hanfschnüren herabhängen. Schweineköpfe, die von Stahlhaken bluten. Filmreklame über Kinoeingängen, lauter Titel, in denen es um den Tod geht. Tod und Liebe. Liebe und Tod. Plötzlich ist alles menschlich und Amerika weit weg.

Xavier fährt wie ein Besessener. Verglichen mit ihm, fuhr Gunther wie ein alte Dame aus Pasadena. Wirkliche Verkehrsregeln gibt es auf mexikanischen Straßen nicht. Selbst an Ampeln wird heftig improvisiert. Die Straßen gleichen einem einzigen, langgestreckten Katastrophengebiet: riesige Bombentrichter tauchen ohne Vorwarnung auf; kein leuchtend oranger Mittelstreifen; keine Reflektoren an den Straßenrändern, neben denen es bisweilen steil bis in die Hölle hinabgeht. Kleine Packesel, Pferde, Rinder, Schafe, Ziegen ziehen hin und her, weiden auch manchmal mitten auf der Straße. Leute zu Fuß oder auf Fahrrädern schwanken unter riesigen Lasten von Brennholz oder Töpferwaren ihres Weges. Oft hört der löchrige Asphalt abrupt auf und verwandelt sich in Schotter oder Matsch. In den Bergen verengt sich die Straße zu einer einspurigen Serpentinenstrecke, neben der es schwindelerregend steil abwärts in den tropischen Regenwald geht. Xaviers Technik besteht darin, in jeder scharfen Kurve mit durchgetretenem Gaspedal, wild blinkenden Scheinwerfern und dröhnender Hupe zu überholen. Dabei zeigt er keinerlei Anzeichen von Furcht. Er überholt drei oder vier Wagen auf einmal und fährt dabei geradewegs auf eine unübersichtliche Kurve zu. Wenn auf der Gegenfahrbahn plötzlich ein Wagen auftaucht, schert er wieder hinüber und zwängt sich vor den Wagen, den er gerade überholt hat. Niemand scheint sich zu ärgern. Xavier sagt, es funktioniere einfach durch Einschüchterung. Sie sehen, es ist ein neuer Wagen und obendrein die teuerste Sorte in Mexiko. »Sie denken, ich wäre ein Diplomat oder gehörte zur Regierung!« Er lacht. Immerhin trägt er keinen Smoking.

Am Stadtrand von Monterrey biegen wir auf einen geschotterten Seitenweg ab, wo sechs Polizisten einen kaputten Volkswagen anschieben. Warum dazu sechs Männer nötig sind, weiß ich nicht. Vielleicht liegt es an ihrem ausgeprägten Gemeinschaftssinn. Phillipe übernimmt das Lenkrad und fragt die Cops, wie man zu der Umgehungsstraße kommt, damit wir nicht durch das verstopfte Zentrum von Monterrey kriechen müssen. Alle Cops schnaufen und schwitzen, und jeder scheint eine andere Vorstellung davon zu haben, welche Straße wir nehmen sollen. Phillipe hört geduldig zu und entscheidet sich dann für seine eigene Strecke, die er sich auf der Karte sucht. Als wir wieder auf die Landstraße einbiegen, bleiben wir hinter einem klapprigen Eselskarren hängen, auf dessen Rückseite in Rot und Orange die Wörter *Ich Mexikaner* gemalt sind. Überall an der Straße nach Monterrey bieten Händler junge Ziegen feil, halten sie hoch über ihre Köpfe und drehen sie hin und her, so daß die langen Ohren der Tiere vor dem Himmel schlackern. Auch andere Händler säumen die Straße, verkaufen Knoblauch in langen Schnüren, einfache Töpferwaren, die sie gestapelt auf dem Kopf tragen, handgearbeitete Brieftaschen und Gürtel, Reifenschläuche, Batterien, Süßigkeiten. Ein Markt unter freiem Himmel. Xavier beobachtet eine indianische Familie: wie Mutter und Kinder im Trab versuchen, mit dem Vater Schritt zu halten. Er erzählt mir von seinen Kindern und wie sehr er sie vermißt. Seit einem Monat hat er sie nicht gesehen, weil er wegen einer Krise, die er vor kurzem überstanden hat, mehr arbeiten mußte als gewöhnlich. Eines Nachmittags saß er in seinem kleinen Büro mitten in Mexico City, da stürmten zwei maskierte Räuber herein und schlugen ihn zu Boden. Sie setzten ihm Maschinengewehre an den Kopf und befahlen ihm, sich ganz auszuziehen. Sie fesselten ihn nackt, knebelten ihn und räumten dann seine gesamte Büroeinrichtung aus: Computer, Schreibmaschinen, Telefone, selbst den Schreibtisch und die Stühle. Er sagt, er habe zehn Jahre gebraucht, um das alles zusammenzubringen. Dann drückten sie ihm die Läufe ihrer Gewehre in die Ohren und schärften ihm ein, wenn er die Polizei benachrichtigen oder versuchen würde, sie zu verfolgen, würden sie ihm das Hirn wegpusten. Sie luden ihre Beute in sein zweitbestes Auto (der Chevy Century war gerade unterwegs) und verschwanden. Xavier blieb die ganze Nacht gefesselt und geknebelt auf dem Boden liegen, splitternackt in einem leeren Büro. Erst am nächsten Tag wurde er gefunden, von Phillipe.

»Mexico City ist voll von Dieben«, sagt er. »Die bringen dich selbst für ein Paar Schuhe noch um.«

Bei Einbruch der Dunkelheit, in den Bergen hinter Tampico, wird die Straße schlechter. Schwaden von dichtem Nebel lösen sich plötzlich auf, und zum Vorschein kommen alte Männer auf Packeseln, die an zerschlissenen Seilen Rinder hinter sich herziehen. Die alten Männer in ihren Sätteln schlafen fest, und ihre riesigen Sombreros nicken im Rhythmus des Eseltrotts. Xavier sitzt wieder hinter dem Steuer, prescht gnadenlos vorwärts, holt aus dem kleinen Chevy alles heraus, was in ihm steckt. Vor einer unübersichtlichen Kurve überholt er drei Schotterlastwagen mit achtzig Meilen in der Stunde. Es sind zermürbende siebenhundert Meilen von Nuevo Laredo nach Poza Rica an der Grenze der Provinz Veracruz gewesen. Die Spannung wummert noch immer durch die Bodenbleche, während wir einen Berghang hinunterschlingern. Xavier blinzelt nicht. Er ist ein Mann aus Eisen. Phillipe neben ihm schläft, die Hände im Schoß gefaltet. Wir schweigen jetzt zu dritt, während wir durch die Nacht in den üppigen Dschungel hineinplatzen. Stimmen von Papageien und langschwänzigen Staren dringen aus der Tiefe zu uns. Von L.A. sind wir weit weg.

Gegen ein Uhr nachts nähern wir uns den Ölraffinerien von Poza Rica. Riesige orange Flammenbüschel erfüllen die Nacht mit einem unheimlichen Glühen, und der Ölgeruch deckt alles zu. Wir sind halb verhungert, und in der ganzen Stadt hat nur noch eine kleine *cantina* offen, also gehen wir hinein. Um diese Uhrzeit gibt es nur etwas zu essen, das sie *bolinas* nennen, fritierte Teigtaschen mit Huhn und Ei drin.

Sie werden in Schweineschmalz gebraten und schmecken wie ranziges Popcorn, aber für einen leeren Magen großartig. Das Café ist nach der Straße offen und liegt gegenüber einem schönen *zócalo*, wo in einem Johannisbrotbaum Stare kreischen und herumflattern. Über der Bar hängt ein Fernseher, aus dem eine alberne Komödie auf uns herunterdröhnt, in der zwei Transvestiten eine Bank auszurauben versuchen. Philippe und Xavier mischen sich ein Getränk aus Nescafé und gekochter Milch und schütten pfundweise Zucker dazu. Außer uns ist niemand mehr in der Stadt unterwegs.
In meinem Hotelzimmer finde ich einen Zettel des Regisseurs, die ganze Truppe sei in ein kleines Hotel in Papantla, dem nächsten größeren Ort, tiefer im Dschungel, gezogen. Ich möge doch morgen herüberkommen. Neben dem Zettel steht ein großer Korb mit Tropenfrüchten und eine Flasche Champagner. Ich leere die Flasche bis zum letzten Tropfen und haue mich hin. Ich bin »befristet« angekommen.

8/3/90 (Von Hollywood nach Poza Rica, Mexiko)

Warum fährst du immer über den Fluß? Was tust du da drüben eigentlich?

Es gefällt mir dort.

Ja, aber was tust du? Weshalb warst du zum Beispiel heute den ganzen Tag weg?

Los gallos.

Wie?

Los gallos.

Rede nicht mexikanisch mit mir! Du weißt, ich kann das nicht leiden.

Hähne.

Warst du deshalb so mit Hühnerblut bespritzt, als du zurückkamst, und hast gestunken wie ein Toter? Hühnerkämpfe?

Sí. Los gallos.

Wonach riechst du eigentlich immer so scheußlich, wenn du zurückkommst?

Sotol.

Dieses weiße Zeug?

Sotol coyame. Selbstgebraut.

Warum riecht man davon so?

Kaktus.

Ich verstehe dich nicht.

Wirklich. Es stimmt.

 Ich werde dich nie verstehen.

Wahrscheinlich nicht.

Wer sind die Frauen hinten auf dem Wagen?

Gabriels Schwestern.

Ach, ja!

Sie sind es. Frag sie.

Ich kann kein Spanisch.

Frag sie auf englisch. Sie werden es dir sagen.

Warst du den ganzen Tag mit ihnen unterwegs?

Sie haben hinten gesessen.

Jetzt kommst du zurück, und es ist schon Nacht. Stockfinstere Nacht.

Sie haben hinten gesessen. Sie haben die ganze Zeit auf den Ersatzreifen gehockt. Genau wie jetzt. In Decken gehüllt. Frag Gabriel.

Was hast du da drüben mit ihnen gemacht?

Hab ich doch erzählt.

Hahnenkämpfe? Ist das alles? Zusehen, wie sich ein paar blöde Hühner gegenseitig in Stücke reißen?

Wir haben angehalten und ein Maultier gekauft.

Ein Maultier?

Ein weißes. Es tauchte plötzlich hinter einer Salzzeder auf, und wir sahen es. Schneeweiß.

Warum fährst du immer da rüber? Findest du das, was du suchst, nicht in Texas?

Texas ist zahm.

Zahm?

Ja.

»Texas ist zahm«? Ist das deine Antwort?

Ich habe keine Antwort.

Ich muß zurück.

Steig ein.

Ich *gehe* zurück.

Komm, steig ein. Du kannst vorne sitzen.

Ach, *ich* kann also vorne sitzen! Und was ist mit den mexikanischen Mädchen?

Die fahren hinten mit. Für die sind wir noch immer in Mexiko. *Siempre en Mexico.* Für die bedeutet der Fluß gar nichts.

Ich gehe zu Fuß.

Warte einen Moment. Ich gehe mit.

Ich gehe allein.

Hast du vorhin gesungen? Hier draußen auf der Sandbank?

Du sollst mir nicht nachlaufen. Ich gehe allein! Bleib du nur bei deinen mexikanischen Mädchen.

Schöner Gesang. Wir hatten angehalten, damit das Öl abkühlt, bevor wir wieder rüberfahren, da hörten wir dieses Singen. Zuerst dachte ich, es seien Tiere. Dann klang es menschlich.

Es *war* menschlich. Ich war das.

Wie ging der Text?

228 Ich habe gesungen, damit ich mich nicht so einsam fühle. Nachts ist es unheimlich hier draußen. Da fliegen Fledermäuse über dem Wasser.

Jetzt bin ich ja wieder da.

Ja. Und ich fühle mich einsamer denn je.

Du gehst von mir weg, daran liegt es.

Warum kannst du nicht einfach zu Hause bleiben!

Du solltest mal mitkommen. Es würde dir gefallen.

Mexiko macht mir angst. Ich habe es dir gesagt.

Aber warum?

Ich spreche die Sprache nicht.

Das ist kein Grund.

Alles dort erschreckt mich. Ich denke immer, da drüben werde ich sofort ermordet.

Auch im Freien?

Ja. Gerade im Freien. Die Pflanzen. Die Tiere. Sogar die Felsen machen mir angst.

Du hast doch keine Angst vor Felsen?

Nein. Aber vor dem, was sie bedeuten. Diese bedrohliche Wildheit. Da drüben sind alle Menschen Fremde. Sogar die Mexikaner. Das da drüben geht dich alles nichts an. Eines Tages wirst du umgebracht. Wirst schon sehen.

Ich kümmere mich nur um Sachen, die mich was angehen. Ich beleidige nie jemanden.

Du kutschierst mit mexikanischen Frauen herum. Schon das ist eine Beleidigung für die.

Es sind die Schwestern von Gabriel!

Das sagst *du*!

Jetzt steig doch einfach ein.

Warum gehst du nicht rüber und wohnst da, wenn es dir so gut gefällt! Warum kommst du überhaupt noch zurück?

Wegen dir.

Warum denn wegen mir? Ich bin das Gegenteil von dir.

Das wird es sein.

29/1/95 (San Carlos, Mexiko)

Zwischen Ruinen verloren Erster Drehtag, und mir wird klar, ich habe absolut keine Vorstellung davon, wie ich diese Figur spielen soll. Meistens gibt es zu diesem Zeitpunkt zumindest eine leise Ahnung; irgendeinen Impuls. Ich habe darauf gewartet, daß irgend etwas in mir losgeht, aber bis jetzt ist nichts aufgetaucht. Ich habe den Roman gelesen, auf dem das Drehbuch beruht. Ich habe mir Notizen gemacht. Ich habe das Drehbuch mehrmals gelesen. Habe mir noch mehr Notizen gemacht. Und trotzdem, nichts. Irgendwo habe ich mal gelesen, Laurence Olivier hätte gesagt, er fange gern bei etwas Äußerlichem an und arbeite sich dann nach innen vor. Bei etwas ganz Einfachem und Offensichtlichem, einem Humpeln oder einem Zucken im Gesicht oder einer Eigenheit beim Sprechen, und von da arbeite er sich dann in das Innenleben der Figur hinein. Vielleicht sollte ich es mit einem Humpeln versuchen, obwohl in der Vorlage von Hinken oder Lähmung nirgendwo die Rede ist. Ich weiß nicht, was ich machen soll. Ich ziehe das Kostüm an. Zum erstenmal das komplette Kostüm. Vielleicht passiert ja was. Die eleganten, handgearbeiteten englischen Schuhe; die perfekt sitzende Hose des kleinen italienischen Schneiders; die zeitgenössische Armbanduhr; der Schlangenhautgürtel. Aber es tut sich nichts. Durch die Vorhänge in meinem Wohnwagen sehe ich ein paar kleine mexikanische Jungen mit ihren Rohrflöten, die immer wieder draußen vor meinem Fenster hochspringen und mir zurufen, ich solle sie kaufen und mit nach Amerika nehmen. Ich setze den zeitgenössischen Hut und die zeitgenössische Brille auf. Irgendwo weit hinten scheint etwas loszugehen. Das ist also ein Mann, der eine Brille und einen Hut trägt! Keine große Erleuchtung, aber besser als gar nichts. Das ist also ein Mann, der eine Armbanduhr trägt. Die Zeit ist ihm kostbar. Er trägt handgefertigte englische Schuhe. Er hat ein gewisses Format! Ich sehe mir die Schuhe an. Sie erinnern mich an Robert Morley in John Hustons Film *Schach dem Teufel.* In welcher Zeit spielte dieser Film? Noch früher. Muß in den dreißiger Jahren gewesen sein. In den spätern Dreißigern. Dieser soll in den Fünfzigern spielen. An die Fünfziger kann ich mich erinnern. Die Fünfziger habe ich selbst erlebt, aber das hilft mir nicht. Meine Erinnerungen an die Fünfziger haben mit denen dieser Figur nichts zu tun. Ich erinnere mich an große Chevys mit Heckflossen und an Tijuana-Girls mit engen geteilten Röcken. Solche Sachen. Aber *Schach dem Teufel* bringt dann doch etwas ins Schwingen. Abgerissene Europäer, die in einer exotischen Umgebung gestrandet sind. So ähnlich wie hier. Staub. Bogart. Peter Lorre. Brecht. Nein! Brecht nicht! Jetzt nicht ausscheren. Es muß der deutsche Einfluß sein, der das bewirkt. Vielleicht sollte ich es mit einer bestimmten Art zu gehen probieren. Nur mal so. Einfach eine bestimmte Gehweise. Nichts Auffälliges. Ich fange an, in vollem Kostüm im Wohnwagen hin- und herzugehen, das Jackett habe ich über die Schulter gehängt. Ich hoffe, daß etwas dabei herauskommt. Eine Gehweise, die für die Figur charakteristisch ist, die sich von meiner eigenen unterscheidet, ihr aber noch so nah bleibt, daß ich mir dabei nicht albern vorkomme. Ich komme mir in diesen Klamotten schon albern genug vor, ohne jeden Schimmer, wer ich eigentlich sein soll. Mit halbem Auge sehe ich, wie die Köpfe der Waisenkinder vor meinem Fenster auf- und abhüpfen und wie sie über meine Geherei lachen. Ein Klopfen an der Tür des Wohnwagens. Das erste von vielen, die ihm noch folgen werden. Ich soll in den Makeup-Wagen kommen. Ich habe noch nicht mal eine Gehweise gefunden und soll schon in die Maske!

Von meinem Wohnwagen zum Makeup-Wagen gehe ich in meiner normalen Art zwischen Dutzenden indianischer Tohacatec-Statisten und den kleinen Jungen hindurch, die sich jetzt an meine Ärmel hängen und darum betteln, daß ich sie kaufe. Da spüre ich, wie plötzlich etwas zum Vorschein kommt. Diese Figur ist durch und durch europäisch. Westlich. Amerikanisch. Ein Gringo bis auf die Knochen. Er ist in einem fremden Land, aber er schleppt sein ganzes Gepäck mit sich herum; den Fluch seines Erbes. Sein Überlegenheitsgefühl ist unbeabsichtigt. Intellektuell. Es ist kulturell vorbestimmt. Diesen Indianern sieht er ohne das geringste Mitgefühl in die Gesichter. Sie sind Opfer der eigenen Kultur, genau wie er. Sie die Opfer des Dschungels, er das Opfer des Industriezeitalters. Zwischen ihnen gibt es nichts Gemeinsames. Er empfindet keine Verachtung; bloß Gleichgültigkeit. Er ist nicht so weich wie Robert Morley, aber auch nicht so hart wie Bogart. Er ist einfach allein.

Die erste Einstellung ist für den Schauspieler relativ einfach, aber für den Regisseur ist sie ein Alptraum. Eine Anfahrt, bei der ich und ein deutscher Schauspieler namens Hendker in einem klapprigen Pickup, einem International Harvester mit einer kaputten Kupplung, auf einem Ausgrabungsgelände ankommen sollen. Die Kamera beginnt bei dem Ruinengelände, Dutzende von indianischen Arbeitern kriechen auf den Pyramiden herum und wuchten Steine von einer Stelle zur anderen. Dann fahren ich und Hendker auf den Schauplatz, und die Szene endet. Ohne viel Schauspielerei. Bloß den Wagen fahren. Die Tohacatec-Statisten sind direkte Nachkommen der Stämme, die diese Pyramiden einst erbaut haben. Im wirklichen Leben arbeiten sie für den mexikanischen Staat und tun genau die gleiche Arbeit, die sie jetzt für die Kamera tun sollen. Das Problem besteht nur darin, sie haben keine Vorstellung davon, daß Filmarbeit aus Wiederholungen besteht. Wenn sie eine bestimmte Aufgabe einmal erledigt haben, ist es ihnen unbegreiflich, daß sie alles genauso noch einmal machen sollen. Sie stehen da und starren in die Kamera, während ihnen die Regieassistenten über Megaphone auf spanisch erklären, daß sie nicht in die Kamera sehen sollen, wenn sie gefilmt werden. »Auf gar keinen Fall in die Kamera sehen! Comprende?« Es ergibt sich ein weiteres Problem: die Tohacatec sprechen kein Spanisch. Die Regieassistenten beraten sich mit zweisprachigen Vertretern der Indianer, die den Statisten dann alles noch einmal erklären, diesmal in ihrer eigenen Sprache. Sie begreifen noch immer nicht. Warum nicht in die Kamera sehen? Sie ist doch da und starrt ihnen direkt ins Gesicht. Sie können sehen, wie sich ihr eigenes Bild in dem kurzsichtigen Glasauge der Kamera spiegelt. Sie ist ein sehr sonderbarer Gegenstand, und da sollen sie so tun, als ob sie nicht da wäre? Die Indianer geraten immer mehr in Verwirrung. Unruhig blicken sie hierhin und dorthin und versuchen an der Arriflex vorbeizusehen, wie Kinder, denen man gesagt hat, sie sollen eine nackte Frau nicht anstarren. Sie blicken zu Boden. Sie starren auf ihre schwieligen Füße. Sie haben diese Einstellung jetzt zehnmal geprobt und sind fix und fertig.

Ich und Hendker stehen mit unserem International tief im Dschungel, zwischen uns auf der Sitzbank ein Walkie-Talkie, und erwarten das Stichwort, das uns auf den Schauplatz ruft. Wir warten hier jetzt schon eine halbe Stunde, während sie drüben das Problem mit den indianischen Arbeitern zu lösen versuchen. Die Feuchtigkeit ist so hoch, daß die Deckenverkleidung unseres Wagens schwitzt. Unsere Socken sind triefnaß. Die Schminke läuft uns am Kragen herunter und färbt unsere weißen Hemden mit einem blassen Pißorange. Das Makeup-Team ist in heller Aufregung, gibt uns neue Hemden und wischt den Schweiß mit kleinen gelben Schwämmen weg. Schließlich kommt das Stichwort, die knarrende, hysterische Stimme des Regieassistenten durch das Walkie-Talkie: »*Action!*« Hendker gibt Vollgas und wir schießen aus dem Unterholz des Dschungels hervor, aber die Kupplung ist wirklich völlig hinüber, und der International bockt wie wild, während wir holpernd und

ruckelnd in die Szene schlingern. Bei Laurel und Hardy wäre es ein großartiger Auftakt gewesen, aber das hier ist ein ernsthafter deutscher Film. Die Indianer lassen ihre schweren Steine fallen und starren zu uns herüber, während der erbärmliche alte Wagen unter heftigen Krämpfen in einer grauen Rauchwolke zum Stehen kommt. Der Regisseur rastet nun völlig aus. Er schreit das ganze Set an: »Träume ich?« brüllt er. »Ist das hier ein Alptraum? Warum qualmt dieser Wagen? Ich habe nicht gesagt, daß er qualmen soll! Warum starren alle diese Leute in die Kamera? Ich habe ihnen gesagt, sie sollen nicht in die Kamera sehen! Alle haben es ihnen gesagt! Wir haben das ein dutzendmal geprobt, und sie starren noch immer in mein Objektiv! Ich fasse es nicht!«
Der zweite Regieassistent stürzt sich wie ein Verrückter auf die indianischen Dolmetscher und bittet sie inständig um mehr Kooperationsbereitschaft seitens der Statisten. Zwei stämmige Helfer aus Los Angeles schieben den kaputten International an seinen Startpunkt zurück. Der eine sagt zum anderen: »Das ist die erste Szene am ersten Tag, stimmt's?«
»Ja, stimmt«, keucht der andere.
»Wird ein langer Dreh werden.«

12/3/90 (Ruinen von Tajin, Mexiko)

ajitas und die NFL Die Mexikaner wissen, um diese Jahreszeit gibt es am Rio Grande eine seichte Stelle, wo sie mit ihren dürren Ponys hinüberkommen und bis zu dem Handelsposten in Lajitas auf der US-Seite der Grenze reiten können. Niemand stört sie. Niemand will ihre Papiere sehen oder fragt nach ihren Motiven. Sie sind ganz gewöhnliche Besucher. Diese seichte Stelle war auch der Grund, warum General John J. Pershing in dem vergeblichen Bestreben, Pancho Villa in die Knie zu zwingen, hier 1916 sein kleines Fort errichtete. Aber er kam Villa nie so nah, daß er auch nur den Staub seiner Armee gesehen hätte. Der berüchtigte Komantschenpfad berührte ebenfalls diese Untiefe im Fluß, wo die Komantschen vor mehr als hundert Jahren bei Vollmond regelmäßig Überfälle machten und dann mit ihrer Beute in den Weiten der Prärie von Chihuahua verschwanden. Heute sind diese mexikanischen Dorfbewohner nur gekommen, um ein bißchen Cantina-Musik auf einer alten Wurlitzer-Jukebox zu hören, Bud Light zu trinken und dann nach San Carlos zurückzukehren, siebzehn Meilen hinter der Grenze in Old Mexico gelegen. Während sie sich dem Handelsposten nähern, blinzeln ihre Augen zum Patio hinüber, der aus irgendeinem Grund mit schwarzen Plastikplanen überspannt ist. Gringos mit komischen Hüten auf dem Kopf hocken dicht gedrängt vor einem Fernseher, der auf einem alten, verstaubten Billardtisch steht. Diese Gringos jubeln wie mit einer Stimme, dann werden sie plötzlich totenstill, dann jubeln sie wieder. Ihre Augen kleben an einem kleinem Bildschirm und verfolgen das Endspiel der National Football Conference zwischen Dallas und San Francisco. Sie bemerken die kleine Gruppe abgerissener Männer gar nicht, die auf schlammbespritzten Ponys hinter ihnen anhält. Die Mexikaner werfen die Zügel ihrer hageren Pferde in die Mesquite-Büsche und steigen ab. Sie binden ihre Tiere nicht einmal an. Die Pferde wissen Bescheid, für sie ist das Routine. Die Männer gehen sofort in den Lebensmittelladen, kaufen einen Kasten Bier und kehren dann zaghaft in den Plastikschatten des Patio zurück. Still setzen sie sich auf eine Holzbank, wie Krähen auf eine Drahtleitung, und drücken die geraden Rücken flach gegen die kühle Adobewand des Ladens. Ihre Augen sind darauf bedacht, nicht den Blicken der Gringos mit ihren komischen Hüten zu begegnen. Sie machen sich nichts aus amerikanischem Football. Sie sind nur wegen *la musica* und Bud Light gekommen.

Die schwarzen Plastikplanen rascheln leise im Wüstenwind. Ziegen meckern in einem Verschlag aus Radkappen und Stacheldraht hinter dem Laden. Durch die Löcher in dem sich bauschenden Plastik kann man ihre gefleckten Beine sehen. Die Mexikaner knacken ihre Bierdosen auf, und die dunklen Augen wandern zu dem Fernsehbild von Troy Aikman in Nahaufnahme hinüber. Sein sehr weißes Wikingergesicht bellt Anweisungen für den nächsten Spielzug. Er täuscht Ballbesitz vor, während rechts von ihm Emmitt Smith durch die Verteidigung der Forty-Niners stürmt und den freien Raum fast schon erreicht hat, als seine chronisch entzündete Achillessehne nicht mehr mitmacht und er, wie von einer Kugel getroffen, zu Boden geht. Die Gringos mit ihren komischen Hüten springen alle gleichzeitig auf, eine wütende, vielköpfige Bestie, fluchen und stöhnen im Chor, als wäre Emmitts plötzliches Mißgeschick eine höchst persönliche Angelegenheit, als ginge sie über Football, über bloßes Spiel weit hinaus. Dieses Stöhnen hallt über den Rio Grande, als ginge es um den Verlust der Männlichkeit selbst. Die Mexikaner verhalten sich still; regen sich nicht. Sehr langsam, in kleinen Schlucken trinken sie ihr Bier und lächeln auf den grauen *caliche*-Boden hinunter, fast ein bißchen verlegen angesichts dieses Ausbruchs von Irrsinn.

Die Gringos zerquetschen jetzt wütend ihre Bierdosen und werfen Geld auf die Picknicktische; schlagen mit Fäusten gegen Mülltonnen; trampeln auf ihren komischen Hüten herum. Die Mexikaner sagen nichts. Nicht mal auf spanisch. Sie starren bloß zu Boden. Ihre Pferde verlagern das Gewicht und spitzen die Ohren nach dem Lärm der erbosten Texaner. Eine Krähe hüpft herunter und spaziert auf dem staubigen Parkplatz umher, hält an und pickt nach einem halbgegessenen Hotdog.

Die Zeitlupenwiederholung der Verletzung von Smith zeigt seine stämmigen Kolbenbeine bis zum äußersten gestreckt, ein Standbild enthüllt den genauen Augenblick, an dem der Schmerz einsetzt. Das Gesicht verzerrt sich zu einer Maske der Qual, dann läuft der Film weiter und zeigt den plötzlichen Sturz. Wieder stöhnen und seufzen die Dallas-Gringos, erleben ihr Pech noch einmal, fluchen auf Mütter und Söhne. Die Mexikaner werden noch stoischer, fast unsichtbar, sinken in die kühle Adobe-Wand zurück, bis über der Holzbank nur noch ihre schwarzen Indianeraugen schweben. Der Fernseher bekommt einen Anfall, Bildstörung und scheußliches Zischen, und irgendwo werden verzweifelte Versuche gemacht, die riesige Entfernung zwischen dem regnerischen San Francisco und dieser abgelegenen Weltgegend zu überbrücken. Territorien, zwischen denen es keine Gemeinsamkeit gibt. Territorien, die nur für einen Augenblick, durch dieses Spiel, in dem es um Territorium geht, miteinander verbunden sind. Eine nationale Obsession. Die dunkelhäutigen Männer auf der Bank trennt mehr als ein Fluß von den Gringos mit ihren komischen Hüten.

Langsam versinkt die Sonne hinter den zerklüfteten Bergkuppen von Chihuahua. Die Temperatur sackt ab. Gänse fliegen flußabwärts, schwarze Silhouetten vor dem blaßrosa Himmel. Im vierten Quarter sieht es für Dallas finster aus. In Aikmans Blick liegt jetzt eine dumpfe Vorahnung der bevorstehenden Niederlage. Sein Helm trieft von Matsch, und über seinen Rücken ziehen sich Streifen von glitschigem Rasengrün. Es ist zu spät für die Cowboys. Die gedemütigten Dallas-Fans fangen an, ihre komischen Hüte abzusetzen, schlurfen zu ihren Pickups, lassen noch ein paar Schmähungen auf den Fernseher niedergehen. Die Mexikaner sehen zu, wie sie aufbrechen. Sie erheben sich nicht, ehe nicht der letzte Texaner seine zornigen Reifen in den Schotter gemahlen hat und hinter der steilen Anhöhe verschwunden ist. Sie lauschen den leiser werdenden Motoren nach, warten, bis die Luft wieder rein ist, dann sind plötzlich alle Männer auf den Beinen und tanzen. Spanisch erfüllt die Luft. Sie schalten den Fernseher aus, und an die Stelle der überdrehten, aufgeblasenen Begeisterung in der Stimme von John Madden schiebt sich nun die uralte Jukebox. Jetzt lachen alle Mexikaner, während die Sonne tiefer sinkt und hinter den schwarzen Bergkuppen ihrer Heimat karminrote Bänder schmiedet. Ein Hund bellt auf der mexikanischen Seite des Großen Flusses. Ein verwirrter Hahn kräht. Ein Schwein quiekt. Lachen und Musik werden von einer Stille verschluckt, die so vollständig ist, daß ein Mann plötzlich sein eigenes Herz schlagen hören kann.

15/1/95 (Lajitas, Texas)

apantla Phillipe fährt mich nach Papantla zu dem kleinen Hotel Tajín, in dem der Regisseur wohnt. Anscheinend hat ihn »*la turista*« so schlimm erwischt, daß er nicht aufstehen kann, er will mich aber trotzdem sehen. Unser Wagen klettert die Straße durch den üppigen Dschungel hinauf, zwischen Orangenhainen hindurch, die sich hier und da in den Steilhängen festgesetzt haben. Bananenbäume tropfen inmitten von Feuchtigkeit; Mangos, Mais, Papayas, Jacaranda und Bougainvilleen überziehen die Berge, alles wächst völlig wild. Grüne Papageien kreischen aus der Tiefe der Veranden vor jeder Hacienda. Selbst armselige kleine Hütten besitzen anscheinend einen Hauspapagei, der aus seinem Käfig krächzt.

Bettelarme Indianer in weiten weißen Hosen und moosgrünen Sombreros wimmeln in der Lobby des Hotels herum und verkaufen Perlen. Einer von ihnen hat stark deformierte Füße, alle Zehen sind zusammengewachsen und bilden eine Art Klaue. Riesige Füße, wie bei Elefantiasis. Ich begreife nicht, wie er seine Hose über diese Füße bekommt, aber vielleicht zieht er sie ja nie aus.

Der Regisseur kommt die Treppe herunter, er sieht sehr mitgenommen aus und grün im Gesicht. Aber er hält sich tapfer; sagt, er glaube, etwas besonders Scharfes würde ihm jetzt guttun, etwas wie *chiles pequeños*. Er kennt ein Fischrestaurant nicht allzuweit vom Hotel entfernt. Wir gehen hin und finden einen Tisch, von dem man auf die Straße und den Eingang eines Kino sieht: *Buscamos a Ver la Muerte* steht auf einem handgemalten Plakat, auf dem sich zwei dunkelhäutige Liebende leidenschaftlich umarmen, während gleichzeitig jeder von beiden hinter dem Rücken des anderen einen Dolch gezückt hält. Der Regisseur geht die Speisekarte mit langsamen, wohlüberlegten Bewegungen durch, die mich an die Zeit erinnern, damals 1965 in Campeche, als ich an der gleichen scheußlichen Ruhr erkrankt war. Ich weiß noch, wie ich auf einer nackten Matratze lag, zu einem

langsamen, schwarzen Ventilator unter der Zimmerdecke hochsah und wünschte, ich wäre tot. Es war das einzige Mal, daß ich mir wirklich wünschte, ich wäre tot, und ich wünschte es mir von ganzem Herzen. Ich frage ihn, ob er irgendwelche Medikamente nimmt, worauf er unbestimmt nickt und sich dann einen Streifen Schweiß von der Oberlippe wischt. Er empfiehlt mir einen bestimmten Rotbarsch auf der Karte, aber ich bestelle mir nur eine Flasche Carta Blanca und Limonellen. Er bestellt sich den Fisch und starrt ihn dann auf dem Teller lange an, schiebt den breiten Kopf mit der Gabel hin und her, bis er von der Wirbelsäule abbricht. Der Kopf hat einen piranhaartigen Unterkiefer mit spitzen Zähnen.
Zwischen den einzelnen Bissen fängt er an, mir seine Ansichten über das Thema unseres Films auseinanderzusetzen: daß bestimmte Motive in dem Roman, den wir verarbeiten, in einer direkten Beziehung zu seinem persönlichen Leben stehen – vor allem zu seinen Problemen mit Frauen. Während er seinen Fisch kaut, tritt eine Art von bußfertigem Glanz in seine Augen, als wäre ich der erste Mensch auf Erden, dem er diese Dinge offenbart. Er erzählt mir von einer großen Liebe, die er früher mal erlebt hat, und wie alles in die Brüche ging, weil er nicht begreifen konnte, daß die Frau mit ihrem Standpunkt recht hatte. Aber während er erzählt, verändert sich nach und nach seine ganze Haltung, bis er zuletzt doch ihr die Schuld an allem gibt – sogar an seiner derzeitigen schlechten Verfassung. Zuletzt sagt er, das Hauptproblem sei gewesen, daß sie immer darauf herumritt, er würde sie nicht so stark lieben wie sie ihn. »Wie konnte sie so etwas sagen«, bricht es aus ihm hervor. »Woher will sie wissen, wie sehr ich sie liebe? Wie will sie so etwas überhaupt messen!« In seinen Augen steigt wirkliche Ver-

letztheit auf, wie bei einem kleinen Jungen, der für sein Leben gekränkt ist, und dann beginnt er, in seinen Rotbarsch zu weinen. Die Tränen tropfen in das verkohlte Augenloch des verstümmelten Kopfes. Ich kenne diesen Mann kaum.
In meinem neuen Zimmer finde ich eine große Flasche klaren weißen Tequila Sauza auf dem Beistelltisch. Gestiftet von der Filmgesellschaft. Es gibt einen kleinen Balkon, von dem man in die engen, gepflasterten Straßen von Papantla sehen kann. Zwei *federales* in dunkelgrünem Drillichzeug, jeder mit einem Maschinengewehr über der Schulter, patrouillieren durch die Straßen. Sie rauchen und lachen miteinander. Sie schlendern mit jener Arroganz umher, die alle Männer an den Tag legen, die Waffen tragen, wo sonst niemand welche haben darf. Papantla liegt angeblich im »Kokain-Korridor«. Am Tage und bei Nacht hallen gelegentlich Gewehrschüsse aus dem Dschungel herüber, die niemand erklärt.
Mein Zimmer ist blau und grün und sehr klein, mit einem Badezimmer, das wie ein enger gekachelter Wandschrank gebaut ist, Toilette und Dusche in einem. Die Dusche gibt nur ein dürftiges kaltes Geriesel von sich, und das kleine Fenster zur Straße hin ist offen, wie in einer Zelle. Kein Glas. Kein Vorhang. Wenn man sich unter das kalte Rinnsal stellt, kann man zusehen, wie es einem an den Knien hinab auf die weißen Fliesen läuft und dann zur Toilette, wo es eine kleine graue, gurgelnde Pfütze bildet, bevor es durch den Rost verschwindet. Gleichzeitig hört man die Straße, direkt unter dem kleinen Fenster. Sie ist so nah, daß es einem vorkommt, als würde man mitten auf der Straße duschen. Man hört Kinder, als wäre man unten bei ihnen. Hunde. Tropische Vogelstimmen. Spanisch. Verliebte Teenager. Kichernde Mädchen. Gesang. Maschinengewehre in der Ferne. Man hört Elvis Presley, während das winzige Stück Seife in der weißen Hand in Millionen Teilchen zerkrümelt.

Bei Tagesanbruch wecken mich die Stare. Ich finde schwarzen Kaffee in einem Eckcafé, wo eine Gruppe von Bauern, die Sombreros in den Händen haltend, einen Tisch umringt. Sie setzen einem kleinen Mädchen in einer marineblauen Schuluniform heiße Milch und *pan dulce* vor. Das Mädchen sitzt am Tisch, während die Männer stehen bleiben. Es sind keine Frauen bei ihnen, nur dieses kleine Mädchen. Die Männer tragen zerschlissene Arbeitskittel, weiße Hosen mit Stricken als Gürteln und *huaraches* mit Sohlen aus Autoreifen. Sie haben dunkle Indioaugen, die nur nach innen sehen; selbstbeherrscht. Ihre Hände haben immer schwer gearbeitet. Das kleine Mädchen ist makellos. Seine glänzenden Lackschuhe hat es auf eine Sprosse des Stuhls gestellt. Sein langes schwarzes Haar ist gewaschen und perfekt frisiert; keine Strähne hängt unordentlich herunter. Die Schulbücher hängen in einem Gürtel an der Rückseite seines Stuhls. Die Männer streicheln ihm sanft über den Kopf, während es in das süße Brot beißt und seine heiße Milch schlürft. Die großen ledrigen Hände der Männer berühren seinen perfekten Schopf nur sachte. Es ist ihre kleine Heilige. Es lächelt nicht. Sein Gesicht bleibt feierlich, fast beseelt, auch dann, wenn ihm etwas von dem süßen Brot aus den Winkeln seines winzigen Mundes krümelt. Die Männer sprechen sehr sanft mit ihm, fast flüsternd, freundlich, als würden sie kurze Gebete aufsagen. Sie streicheln seine Schultern, seinen Rücken und berühren doch kaum den Stoff seiner gebügelten Schuluniform. Sie rücken den Milchbecher und den Brotkorb näher zu ihm, so daß es den Arm nicht auszustrecken braucht. Sie betupfen sein kleines Kinn mit einer Papierserviette und streichen die Krümel von seinem Schoß. Plötzlich sieht es, daß sich der Schulbus dem *zócalo* nähert. Es springt auf und greift nach seinen Büchern. Die Männer legen Münzen auf den Tisch und eskortieren es nach draußen. Durch das Fenster kann ich sehen, wie sie ihm auf das weiche Haar küssen und zum Abschied winken, nachdem sie es in den Bus gesetzt haben. Die Männer stehen in einer Gruppe da und winken im Gleichtakt, bis der Bus abfährt. Sie winken weiter, bis der Bus verschwunden ist, dann schütteln sie einander wie Männer die Hände und gehen nach verschiedenen Richtungen davon, schwerer Arbeit entgegen.

Auf dem *zócalo* sitze ich im Schatten eines hohen Katalpabaumes auf einer grünen Eisenbank. Schwarze Eichhörnchen schleppen verfaulte Apfelsinen in ihren Mäulern von Baum zu Baum. Ich kann nicht erkennen, wo sie sie verstecken. Eine Gruppe von barfüßigen indianischen Männern mit Strohhüten und langen Macheten, die an ihren Gürteln baumeln, überqueren die Plaza und gehen auf die katholische Kirche zu. Diese Kirche steht an einer Ecke des Platzes auf einem kleinen Hügel und wird an zwei Seiten von einer Steinmauer eingefaßt. In die Mauer ist ein großes Mosaik eines geflügelten Drachen eingelassen. Ein Lindwurm mit klaffenden Zähnen, Glotzaugen und langer, vorschießender Zunge. Die Männer mit den Strohhüten bleiben vor dem Drachen stehen und starren auf sein Maul. Sie nehmen die Hüte ab und belächeln die Zähne. Einer von ihnen deutet mit seinem zerbeulten Hut auf das Auge des Lindwurms. Sie sprechen leise miteinander, in einer Sprache, die ich noch nie gehört habe. Die Kirchenglocke läutet dreimal kurz und klingt, als würde sie von einem kaputten Spielzeuglautsprecher verstärkt. Die Männer setzen ihre Hüte wieder auf und gehen mit ihren baumelnden Macheten weiter, auf den dichten Dschungel zu. Irgendwo kollern Truthähne. Einer von ihnen kreischt, als würde er gejagt. Mitten in alledem klingelt ein Telefon, es ist nicht das elektronische Piepsen, das man in den High-Tech-Büros in L. A. hört. Es ist ein Klingeln, wie es die Telefone in den dreißiger und vierziger Jahren von sich gaben. Ein Klingeln wie aus einem Raymond-Chandler-Film. Es klingelt weiter, während alte Frauen in goldbesetzten, grellrosa Röcken vorübergehen, auf dem Kopf Plastikbehälter, die in Bananenblätter gewickelt sind. Sie weichen einem zerbeulten blauen Taxi aus und überqueren, einander zukichernd, die Straße. Magere Hunde streichen auf dem *zócalo* herum und schnüffeln nach Abfall. Ein Lastwagen hält am Marktplatz, drei Männer springen heraus und machen sich daran, ein enthauptetes Schwein abzuladen. Auf seine Hüfte sind in blauer Farbe die Buchstaben *CV* gestempelt. Ein anderer Mann auf der Ladefläche des Wagens wirft den Kopf des Schweins in einen Plastikeimer und läßt ihn dann an einem Seil auf die Straße herunter. Der Kopf schwappt im eigenen Blut herum.

Später, auf dem Balkon des Café Centro: über dem *zócalo* und der Kirche mit der Drachenwand geht langsam die Sonne unter. Der Abend kommt. Unsere Filmtruppe hat an einem langen Tisch Platz genommen, von dem aus man die Straße und die ganze Plaza überblickt. Die Aussicht ist besser als jeder Film. Tequila und Carta Blanca fließen reichlich, bei den Schauspielern und im Team breitet sich so etwas wie Ferienstimmung aus.

Auf der Plaza vor der Kirche ragt ein Holzpfahl mehr als dreißig Meter in den immer dunkler werdenden Himmel. Eine kleine Gruppe Totaneco-Indianer haben sich am Fuß des Pfahls versammelt und treffen Vorbereitungen zu einem täglichen Ritual. Unter ihnen sind fünf Auserwählte, die sogenannten *voladores* (Flieger) in dunkelroten Gewändern, mit einem Kopfputz. Sie schieben sich an dem Pfahl nach oben, wobei sie dicke gelbe Taue, die sie um den Leib geschlungen haben, hinter sich herziehen. Ein Helfer am Boden sorgt dafür, daß sich die Seile nicht verheddern. Von den Einheimischen scheint sich keiner auch nur im geringsten für den Vorgang zu interessieren. Keiner von ihnen blickt auf. Auch die Touristen sind nicht zahlreich, da Papantla so weit abseits im tiefen Dschungel liegt. Es handelt sich hier einfach um ein tägliches Training der Totaneco, das sie schon lange betreiben, niemand kann sich erinnern, wann sie damit angefangen haben. Die *voladores* klettern immer höher, sie erreichen die Spitze des Pfahls, und kein Tusch erklingt. Der letzte, der hinaufklettert, ist ein Junge von ungefähr zehn Jahren. Oben angekommen, hockt sich der Anführer auf das Ende des Pfahls und beginnt, mit der einen Hand auf einer Bambusflöte zu spielen, während die andere eine kleine Trommel schlägt. Scheinbar mühelos wahrt er sein Gleichgewicht. Die vier anderen gehen auf einem hölzernen Ring in Stellung, der die Spitze des Pfahls umgibt; sie lösen die Taue von ihrem Leib und binden sie sich um die Fußknöchel. Während der Anführer seine monotone Flötenmusik fortsetzt, gewinnt das Ganze die Aura einer exotischen Zirkusnummer, aber ohne Führungsdrähte, ohne Sicherheitsgurte, ohne Netz und ohne wirkliches Publikum, abgesehen von uns: einem Haufen närrischer Gringos, die hier einen Film zu drehen versuchen. In dem Augenblick, da die Sonne hinter den Palmen ganz versinkt, steht der Anführer plötzlich aufrecht auf der Spitze des Pfahls und beginnt auf der Stelle zu tanzen, während er weiter Flöte und Trommel spielt. Es ist verblüffend. Die Spitze dieses Pfahls hat einen Durchmesser von allenfalls zehn Zentimetern, aber irgendwie tanzt er auf ihr. Er beugt sich nach vorn wie der nordamerikanische Donnervogel, stampft mit den Füßen auf und biegt den Körper nach links und rechts. Und plötzlich, auf irgendein stilles Zeichen oder an einer bestimmten Stelle der Musik werfen sich die vier anderen rückwärts in den Nachthimmel und »fliegen«. Die Seile wickeln sich langsam von der Achse des kleinen Holzrahmens ab, auf dem sie gesessen haben, und sie segeln, an ihren Fußknöcheln hängend, in größer werdenden Kreisen. Der kleine Junge scheint der unbeschwerteste und mutigste zu sein. Er breitet die Arme aus und dreht sich mit weit offenem Mund. Er lächelt über das ganze Gesicht. Seine Augen sind in der Ekstase geschlossen, und der aufgehende

Mond scheint durch seinen Kopf zu gleiten, während er langsam zur Erde kreist.

Ein dunkler Mann, der wie ein Apache aussieht, sitzt mir am Tisch gegenüber und stellt sich vor: Raul Cantado. Er sei früher Stuntman gewesen, aber der Regisseur habe ihm aus Gefälligkeit eine kleine Rolle in diesem Film gegeben. Raul begann als Stierkämpfer in Tijuana, arbeitete dann als Stuntman und doubelte eine Zeitlang den legendären mexikanischen Schauspieler und Regisseur Emilio Fernandez, der in Peckinpahs *The Wild Bunch* den Mapache spielte. Fernandez gelangte zu trauriger Berühmtheit, indem er im Laufe seines Lebens drei Menschen erschoß, zuletzt einen Kritiker, der die Kühnheit besessen hatte, schlecht über ihn zu schreiben. Emilio war nach der Verbüßung der Strafe für seinen zweiten Mord anscheinend gerade aus dem Gefängnis entlassen worden, ging direkt zum Haus des Kritikers, klingelte an der Tür und schoß ihm, als er öffnete, in den Kopf. Nach dem, was Raul erzählt, erschien Fernandez auf dem Filmset immer mit einem Aktenkoffer aus Schlangenleder, der sein Drehbuch, eine Flasche weißen Tequila und eine *pistola* Kaliber 45 enthielt. Seine Laufbahn nahm ein plötzliches Ende, als er eines Abends mit drei Nutten nach Hause kam und seiner Frau befahl, für sie zu kochen. Sie schoß ihm mit seiner eigenen Waffe in den Hals.

Raul trinkt den Tequila gern in großen Mengen und erzählt dazu Geschichten. Er trinkt mehr Tequila als zehn Männer. Er sagt, er sei in Eagle Pass, Texas, an der Rio-Grande-Grenze geboren. Sein Vater sei ein katholischer Priester und seine Mutter eine Chiricahua-Apachin. Ein ähnlicher Hintergrund wie bei meinem Lieblingsdichter César Vallejo. Raul hat nie von ihm gehört. Er sagt: »Dichter sind Frauen.« Jahrelang habe er Pferde-Stunts in Western von John Ford oben in Monument Valley gemacht, und er zeigt mir die ausgefransten Narben an Knien und Schienbeinen von den vielen Schleiftouren. Ein langer, schwarzer Pferdeschwanz fällt ihm bis tief zwischen die Schulterblätter, aber oben auf dem Kopf ist er völlig kahl. Weitere Narben ziehen sich an seinen Armen und an seinen dicken Handgelenken entlang. Seine silbernen Türkisringe klirren gegen das Tequilaglas, wenn er es hebt und seinen Trinkspruch ausbringt: *»Hasta no verte Dios mío!«* Wir alle trinken, während der Mond ganz aufgeht und unter uns auf dem *zócalo* die abgewrackten Taxis herumquietschen.

Nachher auf der dunklen Straße tue ich mein Bestes, Raul zum Hotel zu eskortieren. Die Augen sind ihm tief in den Kopf gesunken, und er läuft wie eine junge Kuh kurz vor dem ersten Kalben. Er ist klein, weit über fünfzig, aber in jeder Hinsicht kraftvoll. Er hat einen Nacken wie Mike Tyson und Beine aus Eisen. Mehrmals läuft er gegen Laternenpfähle und Bäume, steht mit verschwimmenden Augen einen Moment lang regungslos da und versucht sich auf das Ding zu konzentrieren, mit dem er eben zusammengestoßen ist. Als wir an der Kirchenmauer vorbeischwanken, bleibt Raul plötzlich stehen und starrt auf das Maul des Drachen. Er blickt hinauf zu den Zähnen und der Schlangenzunge. Er sagt, er wolle eine Frau, und zwar jetzt, auf der Stelle. Sie soll einfach vor ihm auftauchem, nackt dastehen, mit tropfenden Brüsten. Es ist drei Uhr morgens, und der *zócalo* ist menschenleer. Nicht mal eine Katze oder ein winselnder Hund. Raul sagt, er wolle jetzt zu einem Hurenhaus gehen. Er kenne eines, gleich hier um die Ecke. »Alle jung. *Jovenes y duras*«, sagt er. Ich zerre an seinem Ellbogen, versuche ihn in die Richtung des Hotels zu bugsieren, und er nennt mich einen Feigling. »Frauen machen dich zum Feigling! Zum Feigling, der sich vor dem Leben fürchtet! Die machen aus dir etwas, das kein Mann mehr ist!«

Wir platzen in die Lobby des Hotels. Der Portier fährt aus dem Schlaf hoch und stößt dabei das Telefon herunter, das mit dumpfem Klirren auf dem Kachelboden zerspringt. Fluchend geht der Portier in die Knie und versucht, die einzelnen Teile zu bergen. Raul erklärt ihm, er müsse dringend mit Mexiko City telefonieren. Er wolle seine Frauen anrufen. Er werde dafür sorgen, daß sie herüberkommen. Sie werden hier sein, sobald sie seine Stimme hören. Viele junge Mädchen, sagt er. *»Jovenes y duras!«* Sie werden alles stehen- und liegenlassen und herüberkommen. Sie wissen, ohne ihn ist ihr Leben sinnlos. In allen Farben und Größen werden sie kommen. Das garantiert er mir. Sie werden willige Augen haben. Schön und willig. Hüften wie Stuten werden sie haben; Haar wie eine Pferdemähne! Einige werden die alten *cantados* ihrer Dörfer singen. Andere werden tanzen. Alle werden sie willig sein! Der Portier richtet sich langsam auf und zeigt uns die zerbrochenen Teile des Telefons. Anrufen sei jetzt unmöglich, erklärt er uns. Raul macht einen Satz auf den kleinen Mann zu, als wollte er ihm an die Gurgel, aber dann torkelt er, irgend etwas Spanisches murmelnd, zur Seite und auf die Treppe zu. Wir wanken die Stufen hinauf und in sein Zimmer.

Er fällt mit dem Gesicht nach oben auf sein Bett, und ich ziehe ihm die Stiefel aus. Ich erwarte, daß ihm die Augen zufallen, aber sie bleiben offen und rollen. Er will, daß ich ihm aus der obersten Schublade seine Pistole gebe. Ich sage, das sei wohl im Augenblick keine gute Idee. Er solle lieber bis morgen warten. Da tritt plötzlich der Apachenblick in seine Augen. Sie sinken weit zurück und werden tiefschwarz, fast ohne Pupille. Seine Miene verändert sich, wie wenn die Sonne plötzlich hinter Wolken verschwindet. Er verlangt noch einmal nach seiner Pistole, und diesmal spricht er sehr langsam und überlegt. Das Schicksal hat sich in seine Stimme verkrallt. Ich hole ihm die Pistole. Sie liegt unter seiner Unterwäsche in einem handgenähten braunen Halfter, ein 45er-Colt mit Perlmuttgriff. Auf dem Lauf sind die Wörter *El Indio* eingraviert. Raul lächelt mir zu, als er seine Waffe sieht. Seine Augen kehren langsam in eine Welt zurück, die auch ich wahrnehmen kann. »Emilio Fernandez«, sagt er und zeigt mit dem Daumen auf seine Brust. *»Soy Emilio Fernandez – El Indio«*. Ich gebe ihm die Pistole, und er läßt die Trommel zweimal herumwirbeln, aber ohne mich aus den Augen zu lassen. Er lächelt weiter und hebt die Pistole langsam an meinen Kopf. Er zieht den Hahn zurück und lächelt weiter. Er richtet den Lauf auf die Stelle zwischen meinen Augen, aber ich spüre nichts. Keine Angst. Als gäbe es keine Grenze zwischen Leben und Tod. Ich lächle zurück. »Was wir brauchen, sind Frauen«, sagt er. »Stimmt's?«

»Ja«, sage ich. »Genau das brauchen wir.«

10/3/90 (Papantla, Mexiko)

us dem Handgelenk In der Szene, die ich jetzt spiele, soll ich in eine Hütte auf einer heruntergewirtschafteten Tabakplantage stürmen und entdecken, daß sich mein Jugendfreund, den ich seit zwanzig Jahren nicht gesehen habe, am Dachbalken erhängt hat. Den »Freund« spielt eine Puppe mit allem, was dazu gehört – gebrochener Hals, hervorquellende Augen, falsches Blut, das ihr aus dem Mund rinnt, die Haut aufgedunsen und milchig weiß. Jeder sieht, daß es eine Puppe ist. Nicht mal einen Haushund könnte man mit ihr hinters Licht führen. Ich jedoch soll nun irgendwo die Überzeugung hernehmen, daß das hier tatsächlich mein lang vermißter Kumpel ist. Er hat keinerlei Ähnlichkeit mit irgend jemandem, den ich gekannt habe, ob tot oder lebendig. Ich habe schon Leichen gesehen, aber keine von ihnen sah aus wie diese. Das einzige Tote, das ich je hängen sah, waren Rehe und Fasane. Ich habe schon mehrmals den Tod erlebt, aber die Erinnerung an jene Sterbenden ruft nichts hervor, was der richtigen Reaktion auf diese Situation entspräche. Kummer ist etwas anderes als Schrecken. Ich weiß, wie die Reaktion der Figur, die ich spiele, aussehen müßte, aber ich weiß auch, wenn ich versuchen würde, die Idee, die ich im Kopf habe, zu imitieren, dann würde sie genauso herauskommen – als Imitation. Also lasse ich dem Schicksal seinen Lauf und versuche es beim ersten Take einfach aus dem Handgelenk. Keine Probe; einfach aus dem Handgelenk und sehen, was passiert.
Ich stürme in die Hütte und entdecke die falsche Leiche, die da baumelt, aber genau in dem Augenblick, in dem ich hochsehe, bricht die Tür der Hütte aus den Angeln und kracht mir an den Kopf. Es ist ein unsanftes Erwachen. Während ich mich von dem Schlag erhole, fällt mir ein, ich könnte den Augenblick, in dem die Figur, die ich spiele, ihre

Entdeckung macht, tatsächlich so anlegen – als wäre ihr eine Tür an den Kopf geknallt. Warum eigentlich nicht? Etwas Besseres ist mir bisher noch nicht eingefallen. Beim zweiten Take, nachdem die Tür repariert ist, versuche ich es so. Aus dem Handgelenk. Der Regisseur sagt: »Ja, ja! Aber es wirkt eher physisch als psychologisch. Warum?«
»Ach, Sie wollen es ›psychologisch‹?« sage ich. »Das wußte ich nicht.«
»Na ja, ›psychologisch‹ ist vielleicht das falsche Wort. Sie wissen schon, was ich meine. Es hat mit seinem inneren Aufruhr zu tun.«
»Ah, okay. Psychologischer Aufruhr. Okay.«
»Na ja, das sind vielleicht nicht die richtigen Wörter. Ich habe nur nicht ganz verstanden, worauf Sie hinauswollten.«
»Ich habe versucht, es so zu spielen, als wäre ihm gerade eine Tür an den Kopf geknallt.«
»Verstehe. Aber warum? Was hat das mit seiner Situation zu tun?« fragt er.
»Ich weiß nicht. Ich dachte, es könnte funktionieren. Schlagen Sie was anderes vor.«
»Nun«, sagt er, »ganz einfach. Sie haben Ihren geliebten Freund seit zwanzig Jahren nicht gesehen, und nun kommen Sie hier rein und stellen fest, daß er sich unter dem Dach erhängt hat. Das ist etwas ganz anderes, als wenn einem eine Tür an den Kopf knallt, oder?«
»Vermutlich haben Sie recht. Ich weiß nicht. Klar, wahrscheinlich haben Sie recht. Es war nur ein Experiment.«
»Gut! Sehr gut! Ich liebe Experimente. Ich bin selbst ein Experimentator. Versuchen Sie es einfach mal anders. Sind Sie soweit? Sind wir soweit? Alle? Versuchen wir es noch mal.«
»Fertig«, sage ich.
»Gut! Kamera! Kamera! Ruhe, bitte! *Silencio!* Wir machen das noch einmal!«
Beim dritten Take stürme ich in die Hütte, die Tür bleibt in den Angeln; ich spiele nicht so, als wäre sie mir an den Kopf

geknallt; ich starre die falsche Leiche an; nichts passiert; auf einer Bank sehe ich ein Radio stehen, das zu den Requisiten gehört, und aus irgendeinem Grund marschiere ich hinüber und stelle es an.

»Stop! Stop!« schreit der Regisseur. »Das verstehe ich auch nicht. Was geht da vor sich? Warum stellen Sie plötzlich das Radio an? Ich begreife das nicht.«

»Keine Ahnung«, sage ich. »Es war bloß ein Impuls.«

»Gut! Sehr gut. Ich liebe Impulse. So arbeite ich selbst gern; mit Instinkt. Das ist sehr gut. Versuchen wir das noch einmal.«

»Aber Sie haben doch gesagt, Sie würden es nicht verstehen.«

»Tue ich auch nicht, aber es hat Geheimnis. Es hat etwas Geheimnisvolles. Das könnte was werden. Es bringt mich auf eine Idee. Wie wäre es, wenn das Radio an ist, es läuft schon, wenn Sie zur Tür hereinkommen. Dann sehen Sie die Leiche, gehen rüber zum Radio und stellen es ab. Sollen wir das mal so probieren?«

»Sie meinen, *ab*stellen, statt *an*stellen?«

»Genau«, sagt er. »Ganz genau. Sie stellen das Radio *ab*.«

»Nur das wollen Sie ändern?«

»Genau. Alles andere ist perfekt.«

»Okay.«

Beim vierten Take stürme ich herein, entdecke die Leiche; das Radio spielt; ich gehe rüber, bleibe aber einfach stehen und starre es an. Die Kamera hinter mir läuft weiter. Das Radio spielt weiter.

»Stop! Stop! Haben wir irgendwas vergessen?« sagt er.

»Tja, wissen Sie, ich habe mir überlegt – ich habe versucht, einem neuen Impuls zu folgen, der plötzlich auftauchte.«

»Was für ein Impuls?«

»Ich frage mich, wie es wäre, wenn ich dem Radio eine Zeitlang zuhören würde, nachdem ich meinen Kumpel da hängen gesehen habe.«

»Ja, aber wie lange?« fragt er. »Wir können nicht ewig Ihren Rücken filmen. Das ist nicht interessant.«
»Stimmt. Ich verstehe, was Sie meinen.«
»Versuchen wir es noch einmal, bitte. Wir sind nahe dran. Ich habe ein gutes Gefühl. Ich glaube, wir haben es fast.«
Beim fünften Take stürme ich zur Tür herein; entdecke meinen Puppenkumpel; gehe im nächsten Moment zu dem laufenden Radio und schalte es aus.
»Stop! Stop!« sagt er. »Also, ich habe das Gefühl – jetzt habe ich das Gefühl, das läuft zu automatisch. Er geht einfach da rüber und stellt das Radio aus, als wäre nichts passiert. Es gibt keinen Grund. Das ganze Geheimnis ist plötzlich weg.«
»So kam es mir auch vor«, sage ich. »So kam es mir von Anfang an vor. Das Geheimnis fehlt.«
»Also, versuchen wir es noch mal. Wir haben es fast. Ich spüre es.«
Beim sechsten Take stürme ich zur Tür herein; entdecke die Leiche; halte einen Moment inne; gehe rüber zum Radio; halte wieder inne; und dann schlage ich das Radio mit der Faust zu Boden. Ich schlage das Scheißding einfach bewußtlos.
»Stop! Stop!« sagt er. »Das ist perfekt! Absolut perfekt! Das ist es! Macht davon eine Kopie! Es war perfekt.«

3/90 (Paso de Valencia, Mexiko)

(*Wenn sie* »Action!« *sagen, heißt das noch lange nicht, daß du irgendwas* tun *mußt. – Marlon Brando*)

Rio Tecolutla Ich und Hendker sitzen wieder in dem International, er am Steuer. Der Wagen macht ihn jetzt sehr nervös. Tut nicht das, was er von ihm will. Die Kupplung hängt nur noch an einem Faden. Heute sollen wir eine seichte Stelle an diesem breiten Fluß durchfahren; in einem bananenförmigen Bogen direkt auf die Kamera zu und dann zu der alten Fähre, die weiter unten am Ufer auf uns wartet. Für uns ist die Sache wieder ziemlich einfach, aber die Hintergrundaktion ist kompliziert. Hinter uns am Ufer ist eine Gruppe indianischer Statisten mit Fischernetzen plaziert, die sich im Gleichtakt bewegen sollen, wenn wir an ihnen vorüberfahren. Es fällt ihnen schwer, rechts und links auseinanderzuhalten. Ein anderer Indianer steht knietief im Fluß und soll uns zuwinken, wenn der Wagen vorbeifährt. Das ist Raul. Er ist noch vom Vorabend besoffen. Es dauert seine Zeit, bis soviel Tequila verdunstet ist. Er kann kaum den Arm in unsere Richtung heben. Seine Augen sehen aus, als wäre ein Zug drübergefahren. Anscheinend erkennt er mich gar nicht. Ich lehne mich aus dem Fenster des Wagens und rufe ihm zu: »Emilio Fernandez! He, Emilio!« In seinen nassen Hosen starrt er mich bloß an und wendet sich dann verstört der weit entfernten Kamera zu.

Hendker hat den Motor wieder abgewürgt, und wir kommen zu dem Schluß, daß wir vielleicht die Plätze tauschen sollten. Ich habe schon Pickups gefahren. Aber als ich mich hinter das Lenkrad schiebe, wird mir sofort klar, womit Hendker zu kämpfen hatte. Die Steuerung hat soviel Spiel, daß man dreimal kurbeln muß, ehe die Räder überhaupt anfangen, sich zu drehen. Die Kupplung kommt nicht, ehe man sie ganz losgelassen hat, und dann geht ein furchtbares Geruckel los, bis sie schließlich ihren Rhythmus findet und rundläuft. Bei »Action!« haben wir einen ziemlich glatten

Start. Alles scheint zu klappen. Die Fischer schwenken ihre Netze in die richtige Richtung. Raul bringt einen schlaffen Gruß zuwege und sieht auch nicht in die Kamera. Der International rumpelt durch seichtes Wasser am Ufer entlang. Soweit ich erkennen kann, schreit in der Umgebung der Kamera niemand, und niemand gebärdet sich hysterisch. Ich mache den Bananenbogen und fahre auf das Ufer zu. Hendker »schauspielert« was das Zeug hält, obwohl die Kamera sechs Meilen weit weg ist. Er durchlebt irgendeine innere Bewegung, die ich nicht ganz mitbekomme, hält sich die Knie und grinst wie verrückt. Plötzlich spüre ich, wie das Heck des Wagens wegrutscht und die Hinterräder Geröll hochwirbeln. Wir sind auf eine verschlammte Stelle im Flußbett geraten. Ich schalte runter in den zweiten Gang, und nun sackt das Hinterteil erst recht weg, bis über die Kotflügel. Der Motor stirbt ab, und wir sitzen mitten im Fluß, die Schnauze in einem Winkel von fünfundvierzig Grad schräg nach oben, das Heck unter Wasser. Wir müssen ein bißchen so aussehen wie die *Titanic*, kurz bevor sie den Geist aufgab. *Jetzt* ist Geschrei in der Umgebung der Kamera. Wildes Gestikulieren. Ich kann sie durch die Windschutzscheibe sehen. Wie die Heuschrecken springen sie herum und winken zu uns herüber. Anscheinend begreifen sie nicht, daß wir festsitzen. Sie bedeuten uns, daß wir weiter auf die Kamera zufahren sollen, als hätten wir die Regieanweisungen nicht kapiert oder so. Ich fange an, zurückzuwinken, aus dem Fenster, aber sie winken noch immer. »*Kamera stop!*« brülle ich, aber wir sind zu weit entfernt, sie können mich nicht hören. Hendker »spielt« immer noch. Ich sage ihm, die Aufnahme ist zu Ende. »Wir sitzen fest«, erkläre ich ihm. »Niemand hat ›Stop‹ gesagt«, erwidert er, immer noch darauf bedacht, daß sein Gesichtsausdruck zur Rolle paßt.

»*Ich* habe ›Stop‹ gesagt, aber sie haben mich nicht gehört.«

»*Sie* haben ›Stop‹ gesagt?« fragt er und grinst wie ein verrückter Hund.

»Richtig. Ich. Aber ich glaube, die haben mich nicht gehört.«
»Aber Sie sind nicht der Regisseur.«
»Nein.«
»In Europa kann nur der Regisseur ›Stop‹ sagen«, sagt er.
»Hier ist nicht Europa. Hier ist Mexiko, und jeder Idiot sieht, daß die Aufnahme zu Ende ist.« Langsam schmilzt seine Mimik dahin. Der Ausdruck von Erschöpfung und Resignation, den er schon erarbeitet hat. Ich kann nicht erkennen, wieviel davon zu ihm selbst gehört und wieviel zur Rolle, aber ein Teil davon blättert jetzt ab. Immerhin hat er für sich schon etwas zustande gebracht. Ich versuche bloß, diesen Scheißwagen durch den Fluß zu fahren, und schaffe nicht mal das. Wir sitzen fest, allein in diesem Wrack, und die Kamera ist meilenweit weg. Auf allen Seiten umgibt uns der Fluß. »Aus welcher Gegend in Deutschland kommen Sie?« frage ich ihn beiläufig, da es ja so aussieht, als würden wir hier noch ein Weilchen zusammen eingesperrt sein. Private Unterhaltung scheint ihn zu verunsichern, er will noch immer nicht ganz aus seiner Rolle heraus. Es könnte ja eine winzige Chance bestehen, daß die Aufnahme noch läuft.
»Bayern«, sagt er. »Aus einem kleinen Dorf in den Bergen.«
»Muß sehr friedlich sein«, sage ich.
»Ja.«
»Sind Sie verheiratet?« frage ich ihn.
»Ja. Drei Kinder. Sie sind inzwischen erwachsen.«
»Das muß schwer sein. Zusehen, wie sie alle ihre eigenen Wege gehen.«
»Eigentlich nicht, nein. Meine Frau und ich, wir genießen das Alleinsein.« Er blinzelt immer noch durch die Windschutzscheibe in die Richtung der Kamera, in der Hoffnung auf irgendein Anzeichen von Rettung. Schweiß sickert aus seinen Augenbrauen hervor.
»Sind Sie gern Schauspieler?« frage ich ihn. Er sieht mich mit einem strahlenden Lächeln an. Jetzt ist er ganz aus sei-

ner Rolle heraus. Ich habe das Gefühl, ich sehe den wirklichen Menschen.
»Ich liebe es«, sagt er. »Ich liebe es über alles.«
»Spielen Sie schon lange?«
»Mein Leben lang«, sagt er, und seine Stimme nimmt einen ruhigen, gelassenen Ton an. Sein Blick gleitet zurück über den Fluß zur Kamera, die inzwischen verlassen dasteht. Ein einsamer Anblick.
»Anscheinend haben sie uns vergessen«, sagt er mit einem leisen, nervösen Glucksen.
»Offenbar«, sage ich. »So ergeht es den Schauspielern beim Film.«
»Ich habe meistens für das Theater gearbeitet.«
»Da brauchen Sie sich jedenfalls nicht mit Pickups und Flüssen herumzuschlagen.«
»Nein!« Er lacht und umklammert wieder sein Knie, als fürchtete er, sich völlig zu verlieren. »Meinen Sie, wir sollten aussteigen?« fragt er.
»Um uns herum ist überall Wasser.«
»Ja – aber es kann nicht sehr tief sein, was meinen Sie?«
»Ich habe keine Ahnung. Zumindest sinken wir nicht weiter.«
»Es gibt doch keine – wie sagen Sie dazu? – keine Piranhas hier unten, oder?«
»Piranhas? Nein, ich glaube nicht. Nicht hier. Die gibt es in Südamerika. Amazonas.«
»Ah! Da kommen sie ja!« sagt er, springt wie ein kleiner Junge auf die Sitzbank und zeigt auf einen grünen Lastwagen in der Ferne, der auf uns zufährt. »Sie haben begriffen, daß wir in der Klemme sitzen.«
Raul steht noch immer mit hängenden Schultern bis zu den Knien im Wasser und starrt zum Ufer hinüber. Ich kann ihn im Rückspiegel sehen. Er rührt sich nicht.
»Das ist übrigens Emilio Fernandez«, sage ich zu Hendker und will ihn dazu bringen, sich umzusehen. »Da steht er.«

»Wer ist Emilio Fernandez?« fragt Hendker, die Augen fest auf das nahende Rettungsfahrzeug gerichtet.
»Sie haben noch nie von Emilio Fernandez gehört?«
»Nein. Wer ist das?«
»Ein Nationalheld. Er hat einen Kritiker umgebracht.«
Hendker lacht nervös und wischt sich über die Stirn. Er wirft mir einen kurzen Blick zu, als wäre ich übergeschnappt, dann stößt er die Tür mit der Schulter auf. Er springt in den Fluß und winkt verzweifelt zu dem Rettungswagen hinüber. Ich beuge mich aus dem Fenster und rufe ihm zu: »Die Leute sagen, seine eifersüchtige Frau hätte ihn umgebracht, aber das stimmt nicht! Sie können es mit eigenen Augen sehen! Da steht er! So lebendig wie Sie und ich! Emilio Fernandez persönlich! El Indio!«
Raul hört mich und dreht sich in dem strudelnden Wasser langsam um. Er funkelt mich mit seinen dunklen, von geplatzten Blutäderchen umgebenen Augen an. Sehr langsam hebt er den Arm, zeigt mir den Finger und dreht mir wieder den Rücken zu. Sonnenlicht prallt von seinem feisten Nacken ab, während ihm das Kinn auf die Brust sinkt.

31/3/90 (El Puerto Barca de Balsa, Mexiko)

Colorado ist kein Feigling Wir sind in einem Dorf, das von der modernen Zivilisation fast abgeschnitten ist. Es liegt am Ende einer schmalen Halbinsel, und der einzige Zugang ist eine primitive Fähre, die zweimal am Tag fährt. In diesem Ort gibt es vier Fahrzeuge, zwei Telefone, ein Radio und keinen Fernseher. Das ganze Dorf ist auf den Beinen, um die Invasion des Filmteams mitzuerleben. Die Leute stehen in kleinen Gruppen herum und haben sich ihre Kinder auf die Schultern gesetzt. Sie sehen zu, wie wir die Lichtausrüstung, die Tonausrüstung, die Kameraausrüstung abladen; Ausrüstung im Wert von vielen hunderttausend Dollar. Sie lauschen, wie wir Französisch, Italienisch, Deutsch, Englisch und Griechisch sprechen. Sie starren auf unsere Kleidung. Sie beobachten uns so, wie ihre Kinder uns beobachten: ohne Urteil, ohne Feindseligkeit, das pure Staunen. Sie kichern und deuten verschämt auf das lange blonde Haar der Kameraassistenten aus Westberlin. Sie starren auf die Tätowierungen und die Rock-'n'-roll-T-Shirts; auf die Regieassistenten, die im Kreis herumlaufen und in ihre geheimnisvollen kleinen schwarzen Walkie-Talkies schreien; auf den Regisseur, der mit den Armen fuchtelt und vier verschiedene Sprachen spricht; auf den Tonmann, der sein Nagra im Schatten eines riesigen Banjanbaumes aufzubauen versucht und seinen Campingstuhl und einen gestreiften Schirm aufklappt. Auf dem Baum sitzen dicht an dicht langschwänzige Stare und zetern und schnattern in einem fort. Der Tonmann nimmt die Kopfhörer ab und glotzt verstört nach dem Schwarm schwarzer Vögel. In einer mit Gras gedeckten Holzhütte stellt jemand das einzige Radio im Ort an. Eine schöne *corrido*-Ballade dringt durch die feuchte Luft herüber und verbindet sich mit dem Lärm der Stare und dem Gekicher der Kinder. Der Tonmann wirft verzweifelt die Arme in die Luft. Die zweite Regieassistentin stürmt quer über die Plaza auf die kleine Holzhütte los, wo das Radio spielt. Auf spanisch schreit sie die Hütte an: »Silencio, por farvor! Silencio!« Das Radio spielt weiter; die Stare krakeelen weiter; die Kinder kichern weiter; die alten Männer lachen weiter; die Frauen lachen den alten Männern zu; die jungen Männer lachen den Frauen zu. Nirgendwo ist Geschrei. Kein einziges Kind im ganzen Dorf schreit. Die Truthähne kollern; die Schweine grunzen; die Hunde kläffen; die Hähne krähen. Kein Auto hupt. Der Regisseur schreit: »Silencio!«, aber das Dorf singt weiter. Nichts kann es davon abbringen, nicht mal der Film. Ein alter *charro* auf einem noch älteren Pferd, dessen Rippen sich deutlich abzeichnen, steht mitten auf der staubigen Straße und starrt uns an, die gegerbten Hände über dem Sattelknauf gekreuzt. Der erste Regieassistent bittet ihn weiterzureiten, denn er steht im Bild. Der *charro* schlägt sein altes Roß mit einem zerschlissenen Tauende und stößt ihm dann die nackten Fersen in den Leib, aber das Pferd blinzelt nur. Es steht einfach da, läßt die Ohren hängen und will sich nicht rühren. Das ganze Dorf lacht. Der Regisseur schreit »Silencio!« Der alte *charro* prügelt noch einmal auf sein Tier ein, das Pferd bockt ein paarmal mitleiderregend und geht dann weiter. Das ganze Dorf jubelt. Der *charro* grinst und tippt an seinen großen Sombrero. Das Gelächter hält an und schallt bis in den Dschungel. Plötzlich hat der Regisseur es sich anders überlegt: der *charro* soll zurückkommen. Vielleicht kann er dem Hintergrund zusätzlich etwas Farbe geben, aber es ist zu spät. Der alte Mann ist in einem Mangowäldchen verschwunden, und die Regieassistenten können ihn nicht mehr finden. Er ist wie vom Erdboden verschluckt.

Die Kamera ist schließlich bereit. Wir drehen einen Hahnenkampf auf der Straße vor einer staubigen Apotheke. Ich und Hendker sollen da hineinplatzen und uns nach einem alten Freund erkundigen, den wir suchen. Der Hahnenkampf ist echt, nur daß die Sporne der Hähne mit Lederkappen, statt mit Klingen versehen sind, wie bei einem richtigen Wettkampf. Auf der Straße ist eine Sandarena vorbereitet. Die Hähne mit ihren Betreuern sind zur Stelle. Diese Betreuer schwenken ihre Kampfhähne immer wieder aufeinander zu, um sie in Fahrt zu bringen. Unser kleiner französischer Schärfeassistent tritt in den Sandkreis und zwischen die beiden mexikanischen Betreuer. Er trägt enge Bermudashorts und niedliche schwarze Tennisschuhe, und er zieht das Bandmaß, das am Objektiv befestigt ist, hinter sich her und hält es einem der mexikanischen Betreuer unter die Nase, der seinen Hahn wie ein Baby hätschelt und ihm die rot und grün glänzenden Halsfedern streichelt. Der Betreuer hat den Mund voll Wasser. Er nimmt den Hahn hoch, hält ihn sich vor das Gesicht und spuckt das Wasser auf den Kopf und unter die Flügel des Hahns und auf den kleinen französischen Schärfeassistenten, der das mit Fassung trägt. Er ist kein Spielverderber. Er lächelt dem mexikanischen Betreuer verbindlich zu, der so sehr mit der Vorbereitung seines Hahns beschäftigt ist, daß er gar nicht merkt, was er mit seinem Spucken angerichtet hat. Der Schärfeassistent zeichnet mit dem Finger eine Markierung in den Sand vor dem Mexikaner und zieht sich dann, sein Bandmaß aufrollend und unablässig lächelnd, aus dem Ring zurück. Noch eine bescheidene, kleine Verbeugung, dann kehrt er pflichtbewußt an seinen Platz neben die Kamera zurück und stellt das Objektiv ein. Der mexikanische Betreuer blickt zu Boden und bemerkt die Markierung im Sand. Er weiß nicht, woher sie stammt, aber er will, daß der Sand für seinen Kampfhahn glatt ist, also löscht er sie mit der Spitze seiner Sandale aus. Der Schärfeassistent blickt auf und merkt, daß seine Markierung verschwunden ist. Er kann das nicht begreifen. Er kehrt in den Ring zurück, rollt sein Bandmaß noch einmal aus, macht eine neue Markie-

rung in den Sand und geht schließlich auf die gleiche Weise ab wie beim ersten Mal, lächelnd, unter Verbeugungen. Wieder löscht der Mexikaner die Markierung. Der Schärfeassistent hört nicht auf zu lächeln. Diesmal bringt er ein Stöckchen mit und steckt es in den Sand. Der Mexikaner zieht es wieder heraus. Stöckchen sind für Kampfhähne noch schlechter als Markierungen.
Als der Kampf schließlich in Gang kommt, wird die Aufnahme mehrmals von dem betrunkenen Besitzer eines der beide Hähne unterbrochen. Immer wieder tritt dieser Mann in den Ring und feuert seinen Hahn an. Der Regisseur versucht ihm zu erklären, daß dies kein echter Kampf ist. Daß er bloß für die Kamera gestellt wird. Aber der Mann versteht ihn nicht. Er sagt, sein Hahn, den er Colorado nennt, kämpfe immer auf Leben und Tod. Er habe ihn schon in Texas, Arizona und ganz Mexiko kämpfen lassen, immer auf Leben und Tod. Er sagt, es würde ihn für künftige Kämpfe verderben, wenn man nicht zuließe, daß er seinen Gegner tötet. Der Regisseur erklärt ihm, das sei im Film nicht möglich. Es sei verboten, Tiere für das Kino zu töten. Der Besitzer ist beleidigt und nimmt seinen Hahn auf den Arm. Er sagt: »Colorado ist kein Feigling!« und stapft davon. Der Regisseur entschuldigt sich, aber der Besitzer läßt nicht zu, daß sein Hahn unter diesen Bedingungen weitermacht. Schwankend, seinen stolzen Hahn unter den Arm geklemmt, wandert er auf der unbefestigten Straße davon. Dem Film hat er den Rücken gekehrt.

14/3/90 (Comalteco, Mexiko)

)rt und Stelle Ich und mein ältester Sohn schleppten eine große Kalksteinplatte vom Ufer des Michigansees zu dem kleinen Friedhof oberhalb der Heuwiesen von Door County. Wir zogen sie mit einem alten Nylonseil, das auf der Ladefläche von meinem Truck gelegen hatte. Zwischen zwei Riesenlebensbäumen gruben wir einen Graben für sie und ließen sie hochkant hineinrutschen, so daß die flache weiße Seite des Steins der Morgensonne zugekehrt war. Seit mehr als siebzig Jahren waren meine Großeltern mütterlicherseits hier in einem unbezeichneten Grab beerdigt. Meine Mutter hatte sich deswegen immer wieder Gedanken gemacht, also wollten wir die Sache für sie endlich in Ordnung bringen: einen Stein von demselben Ufer aufstellen, an dem ihr Vater damals um die Jahrhundertwende sein erstes Blockhaus gebaut hatte. Später an diesem Tag brachten wir sie nach oben, damit sie es sich ansehen konnte. Eine kleine Überraschung. Sie ging um den Stein herum, die Arme vor der Brust verschränkt, mit nachdenklicher Miene. Sie dankte uns für die Mühe und lächelte. Dann blieb sie eine Zeitlang stehen und sah sich die beiden Lebensbäume genau an. Ihre Augen wanderten an der schuppigen Borke hinauf, zu dem dichten, farnartigen Baldachin. Dann drehte sie sich um und blickte über den Kiesweg, der die protestantische Seite von der katholischen trennte. »Ich glaube, er steht an der falschen Stelle«, sagte sie entschuldigend, drehte sich wieder um und nickte zu unserem Riesenstein hinüber. »Es ist so lange her. Ich versuche mich zu erinnern. Ich weiß, Paps wurde direkt neben Mutter begraben. So hatten sie es abgesprochen. Sie wollten immer nebeneinander liegen. Es war natürlich ihre Entscheidung, sie wollten keinen Stein. Damals waren alle Leute so bescheiden. Ich weiß, Paps wollte es so; sich einfach in der Erde auflösen und verschwinden. Ich kann mich um alles in der Welt nicht erinnern. Diese beiden Bäume waren damals so klein.« Ich sagte ihr, wir könnten den Stein leicht noch mal umstellen. Wir müßten nur ein bißchen graben und ihn dann an die neue Stelle rücken. Aber sie konnte sich nicht an die genaue Stelle erinnern. »Ich bin einfach nicht sicher. Aber ich glaube, das hier ist die Grabstelle der Pooles. Es kommt mir vor, als hätten wir Maude hier beerdigt. Ich glaube, ihnen gehörte alles zwischen diesen beiden Lebensbäumen. Ich weiß noch, wie ich bei der Beerdigung hier stand. Ist doch schrecklich, wenn man anfängt, seine Beerdigungen durcheinanderzubringen.« Sie ging ein paar Schritte zurück, blieb stehen und wendete sich der blinkenden Weite des Michigansees zu. Der Wind nahm eine Strähne ihres weißen Haars und blies sie ihr über den Mund, aber sie rührte sich nicht. Sie schien in die Weite jenseits des großen Wassers zu starren, bis nach Kanada. »Ja, ich glaube, ich stand mit dem Gesicht nach Osten, zum See. Ich bin mir sicher. Ich weiß noch, wie mich der Wind traf, genauso. Ich konnte das Wasser riechen.«

»Vielleicht sollten wir mal bei der Verwaltung nachfragen, Mom. Die haben bestimmt einen Plan oder so was, wo alle Grabstellen eingezeichnet sind.«

»Vermutlich«, sagte sie und drehte sich um, den Birkenwäldern zu. »Für diesmal sollten wir es lieber so lassen.«

Fast genau ein Jahr später begruben wir die Asche meiner Mutter links neben den beiden Riesenlebensbäumen. Wir hatten bei den Leuten, die sich um den Friedhof kümmerten, nachgefragt, und natürlich – unsere Kalksteinplatte stand am falschen Platz, also gruben wir sie wieder aus und stellten sie um. Genau hinter das Grab meiner Mutter. Jetzt war alles an Ort und Stelle, und wir ließen es so.

4/5/95 (Scottsville, Virginia)

Diane Glancy
Tante Parnettas elektrische Wunden
Erzählungen
Aus dem Amerikanischen von Alissa Walser
160 Seiten, gebunden

Die Cherokee Diane Glancy erzählt in ihrem preisgekrönten Band *Tante Parnettas elektrische Wunden* vom schwierigen Leben der Indianer in den heutigen Reservaten zwischen den eigenen, nur noch halb gewußten und verstandenen Traditionen und dem übermächtigen, befremdlichen »way of life« der US-amerikanischen Zivilisation.

»Sie war eine Fremde in dieser Welt. Eine Indianerin im Land des weißen Mannes. ›Sogar der Kühlschrank ist weiß‹, erzählte Parnetta dem Großen Geist.«
Aus Diane Glancy, *Tante Parnettas elektrische Wunden*

»Glancys Geschichten sind eine Kostbarkeit.«
American Book Review

S. Fischer

Mavis Gallant

Grünes Wasser, grüner Himmel

Roman

Aus dem Englischen von Reinhild Böhnke

160 Seiten, gebunden

Grünes Wasser, grüner Himmel ist ein subtiler, verstörender und stilistisch bezaubernder Roman über eine heillose Mutter-Tochter-Beziehung. Das Ambiente erinnert an Henry James; die Hauptpersonen sind Amerikanerinnen, und ihre Geschichte spielt in Venedig, Cannes und Paris, zumeist in Hotels oder kurzfristig angemieteten Appartements. Bonnie, die übermächtige, exzentrische und egoistische Mutter, hat sich mit einer dummen Affaire ihr bequemes Leben in New York verscherzt und tyrannisiert seitdem ihre Tochter Flor. Flor setzt der bourgeoisen Fassade der Mutter mehr und mehr eine eigene Wirklichkeit des Wahnsinns entgegen.

»Gallants Figuren sind verwirrte Touristen im Ausland ihres eigenen Lebens.«
Times Literary Supplement

S. Fischer